GRöls Verlage

„Bücher sind wie Fallschirme. Sie nützen uns nichts, wenn wir sie nicht öffnen."

Gröls Verlag

Redaktionelle Hinweise und Impressum

Das vorliegende Werk wurde zugunsten der Authentizität sehr zurückhaltend bearbeitet. So wurden etwa ursprüngliche Rechtschreibfehler *nicht* systematisch behoben, denn kleine Unvollkommenheiten machen das Buch – wie im Übrigen den Menschen – erst authentisch. Mitunter wurden jedoch zum Beispiel Absätze behutsam neu getrennt, um den Lesefluss zu erleichtern.

Um die Texte zu rekonstruieren, werden antiquarische Bücher von Lesegeräten gescannt und dann durch eine Software lesbar gemacht. Der so entstandene Text wird von Menschen gegengelesen und korrigiert – hierbei treten auch Fehler auf. Wenn Sie ebenfalls antiquarische Texte einreichen möchten, finden Sie weitere Informationen auf www.groels.de

Viel Freude bei der Lektüre wünscht Ihnen das Team des Gröls-Verlags.

Adressen

Verleger: Sophia Gröls, Im Borngrund 26, 61440 Oberursel

Externer Dienstleister für Distribution & Herstellung: BoD, In de Tarpen 42, 22848 Norderstedt

Unsere „Edition | Werke der Weltliteratur“ hat den Anspruch, eine der größten und vollständigsten Sammlungen klassischer Literatur in deutscher Sprache zu sein. Nach und nach versammeln wir hier nicht nur die „üblichen Verdächtigen“ von Goethe bis Schiller, sondern auch Kleinode der vergangenen Jahrhunderte, die – zu Unrecht – drohen, in Vergessenheit zu geraten. Wir kultivieren und kuratieren damit einen der wertvollsten Bereiche der abendländischen Kultur. Kleine Auswahl:

Francis Bacon • Neues Organon • **Balzac** • Glanz und Elend der Kurtisanen • **Joachim H. Campe** • Robinson der Jüngere • **Dante Alighieri** • Die Göttliche Komödie • **Daniel Defoe** • Robinson Crusoe • **Charles Dickens** • Oliver Twist • **Denis Diderot** • Jacques der Fatalist • **Fjodor Dostojewski** • Schuld und Sühne • **Arthur Conan Doyle** • Der Hund von Baskerville • **Marie von Ebner-Eschenbach** • Das Gemeindekind • **Elisabeth von Österreich** • Das Poetische Tagebuch • **Friedrich Engels** • Die Lage der arbeitenden Klasse • **Ludwig Feuerbach** • Das Wesen des Christentums • **Johann G. Fichte** • Reden an die deutsche Nation • **Fitzgerald** • Zärtlich ist die Nacht • **Flaubert** • Madame Bovary • **Gorch Fock** • Seefahrt ist not! • **Theodor Fontane** • Effi Briest • **Robert Musil** • Über die Dummheit • **Edgar Wallace** • Der Frosch mit der Maske • **Jakob Wassermann** • Der Fall Maurizius • **Oscar Wilde** • Das Bildnis des Dorian Grey • **Émile Zola** • Germinal • **Stefan Zweig** • Schachnovelle • **Hugo von Hofmannsthal** • Der Tor und der Tod • **Anton Tschechow** • Ein Heiratsantrag • **Arthur Schnitzler** • Reigen • **Friedrich Schiller** • Kabale und Liebe • **Nicolo Machiavelli** • Der Fürst • **Gotthold E. Lessing** • Nathan der Weise • **Augustinus** • Die Bekenntnisse des heiligen Augustinus • **Marcus Aurelius** • Selbstbetrachtungen • **Charles Baudelaire** • Die Blumen des Bösen • **Harriett Stowe** • Onkel Toms Hütte • **Walter Benjamin** • Deutsche Menschen • **Hugo Bettauer** • Die Stadt ohne Juden • **Lewis Caroll** • *und viele mehr….*

Julius Stinde

Frau Wilhelmine

Der Familie Buchholz

Dritter Theil

Inhalt

Ruhestand

Wer ein Vorhaben erreichen will, muß nicht nur den richtigen Augenblick erwählen, sondern auch feste zufassen, das weiß selbst eine vernunftlose Mausefalle, denn Entflohenes kehrt nicht wieder. Wie viel mehr hat daher der überlegende Mensch den Zeitpunkt zu erwägen, wenn es ihm daran liegt, etwas durchzusetzen und muthmaßliche Widerstände auf ihr Nichts zurückzuführen?

Zum Glück kenne ich das Seelenleben meines Mannes einigermaßen, wenn es auch nicht ganz frei von Schlupfwinkeln ist, und warte die günstige Gelegenheit ab, ihm die beabsichtigten Wünsche zur Genehmigung vorzulegen. Natürlich darf er noch nicht im Kontor gewesen sein, wo der brieflich angelangte Verdruß sein ganzes Interesse in Anspruch nimmt, und ebensowenig darf eine ungeruhsame Nacht vorhergegangen sein. Als Wetterglas probirte ich in den vielen Jahren das Frühstück aus. Nimmt er z. B. große Schlucke von dem siedendheißen Kaffee, ohne sich zu verbrühen, läßt man ihn am besten ganz so wie er ist, weil er vor lauter Hast und Eile doch nicht standhält, nippt er aber blos und schmiert sich noch ein halbes Brötchen und noch ein viertelchen und zuletzt noch ein kleines Stückschen, dann kann man ihm die Tasse mit Zärtlichkeit vollgießen und er bleibt und hört ruhig zu.

Nachdem unsere Betti mit Herrn Felix Schmidt verlobt war, fühlte ich heraus, daß mein Karl sich mit Heimlichkeiten trug, die sich natürlich auf das Geschäft bezogen, da er sie nicht laut werden ließ. So hielt er es von je her. Nie hat er mir die Sorgen aufzuverheben gegeben, wenn Handel und Wandel stockten und die Wollwaaren sich anstauten oder ähnliche Konjunkturen. Nein, erst wenn Alles wieder klippeklar lag, erfuhr ich, wie wir stehen, aber immer einen Posttag später. Darum mißhelligte ich ihn auch diesmal nicht mit Fragen, denn mein Karl gehört nicht zu den Unternehmungslustigen, die Alles daran wagen, um ein Jahr lang Gummiräder zu fahren und den Rest ihres Bestehens auf Pantinen laufen.

Trug er sich jedoch mit verborgenen Absichten, warum sollte ich nicht die meinen haben? Emmi war mit einem Manne versorgt und Betti dicht davor, ich konnte also die Hände in den Schooß legen und ruhig zusehen, wie es weiter ging. Wozu brauchte ich mich ferner abmarachen und durch das Leben plagen? Die jungen Leute waren groß genug ihre eigenen Dummheiten zu begehen und selbständig dazu, ohne Beihülfe klug zu werden. Manche Eltern geben ihren Kindern ja keine andere Erziehung mit als zwei kräftige Arme und die dazu gehörige Unkultivirtheit, meine aber haben von Allem gehabt, sowohl in Lernwissenschaften als in Benehmen, Bildung und Hausstand. Demgemäß sagte ich zu mir: „Wilhelmine, für Dich wäre ein beschauliches Altentheil das Angemessenste. Du hast das Deinige gethan und darfst mit Fug und Recht Anspruch auf einen gemächlichen Ruhestand erheben."

Hierunter malte ich mir jedoch keine gänzlich einsiedlerische Lebensweise mit nur Carotten und sonstigem Wurzelwerk des Waldes aus, sondern gedachte blos an einen Rückzug von Allem, was mich nichts anging, wodurch mancher Aerger und Verdruß vermieden werden kann, weil Zwist und Widerwärtigkeit doch nur daraus entstehen, daß das Gute, was man verüben will, nicht begriffen wird. Hingegen für Schandthaten ist sofort verständnißinnige Intelligenz vorhanden.

Als meine Ideen schon anfingen überreif zu werden, war es endlich Zeit, sie an meinen Mann zu bringen und den richtigen Augenblick zu erwischen. „Karl," sagte ich, „hast Du Dir eigentlich schon überlegt, wie wir es mit unserer silbernen Hochzeit halten wollen?" – „Bis jetzt noch nicht," antwortete er, „aber fidel soll sie werden, das steht baumfest wie eine alte Pappel." – „Du wolltest sinnig vergnügt sagen, nicht wahr, mein Karl? Du weißt doch, daß mir das Rauschende und Lärmende schlecht bekommt." – „Wer rauscht und lärmt denn gleich?" fragte er. – „Es bleibt nicht aus. Vor Tisch suchen sie allerdings ihre Forsche in weltmännischer Benehmigung und reden wie mit Filzsohlen, aber wenn sie den Fisch erst hinter sich haben und keine Gräten mehr fürchten brauchen, dann lassen sie den Stimmbändern freien Lauf, und je röther sie sich mit dem Getränk anwärmen, um so mehr tosen sie, bis der eine sein Organ noch mehr anstrengen muß, als sein Nachbar schon thut, blos damit er verstanden wird, und so Sämmtliche in gegenseitiger Steigerung, daß man meint, die Harthörigen hätten Quartal. Solche Akustik fällt mir auf die Nerven."

„Wilhelmine," sagte mein Mann ruhig lächelnd, „Deine Nerven sind wie neu." – „Karl, ich habe welche." – „Die werden bis dahin wohl wieder gut sein. Ungefeiert darf der Tag nicht hingehen, an dem Du vor fünfundzwanzig Jahren mein liebes Weib wurdest; das bin ich Dir schuldig und Du mir."

„Wir könnten ja ein kleines Reiseken unternehmen," warf ich oberflächlich hin und schenkte seine Tasse aufs Neue voll, um ihn zu bannen. – „Also Ausfahrnerven hast Du nicht?" – „Karl, die Angelegenheit ist zu ernst, um mit kaltem Spott abgethan zu werden. Reisen stärkt, das ist eine allgemeine Thatsache."

„Und wohin hast Du Dir ausgesonnen, daß wir gehen sollten?" – „Wenn man die Landkarte nimmt, ist die Schweiz eigentlich kaum eine Entfernung."

Mein Karl antwortete nicht gleich, sondern zog einen rechten großen Schluck aus der Tasse. „Aha," merkte ich, „hier thürmen sich Hindernisse hoch" und fuhr deshalb unmittelbar fort: „Die Polizeileutnanten war in der Schweiz, wie sie ihre Mila nach der Pension brachte, und thut, als wenn der Rigi ihretwegen aufgehäuft worden wäre, und wen Du überhaupt sprichst, der prahlt mit seiner Schweizerreise. Assessor Lehmanns grasten die Schweiz auf ihrer Hochzeitsreise ab, selbst Herr Pfeiffer ist mit den seltensten Bergen Du und Du. Kannst Du es auf die Dauer aushalten, wenn sie Dich mit so einer geringschätzenden Mitleidigkeit fragen: ›Was, Sie waren noch nicht in der Schweiz?‹ – ›Wirklich nicht? – Das ist ja unbegreiflich? – ›Die muß man doch gesehen haben, allein schon Andermatt‹ und wie die Stellen im Teil alle heißen. Dem mag ich nicht mehr ausgesetzt sein. Und wir können es, mein Karl. Die silberne Hochzeitsfeier würde mehr ins Geld reißen, als ein kleiner Abstecher nach den ewigen Höhenzügen mit dem unverfälschten Gletschereis. Sei doch vernünftig."

Mein Karl hatte sich mittlerweile erhoben und seine Morgencigarre angestochen, worauf er wieder Platz auf dem Sopha nahm. Er war also eingehend veranlagt, was ziemlichen Hoffnungsschimmer erweckte.

Nachdem er einige aromatische Züge gethan, begann er in sehr auseinandersetzendem Tone: „Ich gebe Dir in mancher Beziehung recht, Wilhelmine, und würde gegen Dein Reiseprojekt nichts einzuwenden haben, wenn es mit den geschäftlichen Dispositionen vereinbar wäre." – „Nanu?" – „Laß mich ausreden, Kind." – „Wo ich mich kaum rühre?" – „In der letzten Zeit ist die Konkurrenz eine andere geworden als früher. Nicht die Güte der Waare giebt mehr den Ausschlag, sondern die Billigkeit und das Publikum begünstigt dies Unterbieten im Preise durch seine Unkenntniß." – „Natürlich ist der ganze Kram Bowel," rief ich dazwischen, „und hält nicht für die Hälfte."

„Ganz recht, der Käufer betrügt sich selbst. Gutes Material und gediegene Arbeit sind nicht umsonst zu haben, die standen allezeit im Preise und werden es auch in Zukunft. Aber dem herrschenden Zuge muß man folgen." – „Karl, Du wirst doch keinen beständigen Ausverkauf mit Ramschwaare arrangiren?" – „Nein, aber gewisse Artikel selbst fabriziren und damit jede gesunde Konkurrenz bestehen. Betti's Verlobter ist eine ausgezeichnete Kraft; seine Kenntnisse in der Fabrikation und seine Jugend werden sich mit meiner Geschäftserfahrung und meinem Alter zu neuer ersprießlicher Thätigkeit vereinen." – „Daran zweifele ich durchaus nicht, mein Karl, wo Du dabei bist, geht die Mühle immer rechts herum, wenn Du nun eine so verläßliche Hülfe bekommst, kannst Du Dich ja prachtvoll losreißen und mit um so größerer Gemüthsruhe reisen."

„An Reisen ist gar nicht zu denken, wir bauen."

„Bauen?" wiederholte ich entsetzt.

„Jawohl, mit Ziegelsteinen und Kalch."

„Daß Ihr keinen Chokoladenkreme dazu nehmt, kann ich mir lebhaft vorstellen," rief ich aufgebracht. „Ein angenehmer Kompagnon, ein vortrefflicher Schwiegersohn, der Dich zu solchen Thorheiten verleitet. Bauen! Ich bitte Dich, bauen! Mauere nur lieber gleich Frau und Tochter mit in den Grund ein, damit sie nicht mit sichtlichen Augen erleben, wie Alles drunter und drüber geht und doch nichts Gescheutes herauskommt. O, Karl, warum hast Du mir davon nicht eher etwas gesagt? Nun ist es Gott sei Dank natürlich schon zu spät und nichts mehr zu ändern."

„Wilhelmine! Daß ich Dir gegen meine Gewohnheit diesmal überhaupt Mittheilung von meinen Plänen mache, geschieht, um Dich von der Unmöglichkeit Deines Reiseprojektes zu überzeugen." – „Die sehe ich durchaus noch nicht ein." – „Nur Geduld, Du wirst schon. In unserer Branche liegt bei einigen Artikeln in der Neuheit des Musters das Geschäft. Wer ein gut einschlagendes Muster zuerst auf den Markt bringt, schöpft die Sahne ab, wer damit ankommt, wenn der Hauptbedarf gedeckt ist, muß sich mit weniger begnügen, und wer schließlich erst eine Ahnung von dem Muster erhält, wenn es bereits imitirt und gemein gemacht worden ist, um dem gräulichsten Schund eine verkäufliche Außenseite zu verleihen, der steht ganz hinten, wo das Rennen vorbei ist. Fabriziren wir nun gewisse Dinge selbst, so haben wir nicht nur den Gewinn des Fabrikanten, sondern als alleinige Besitzer des Musters erzielen wir auch den möglichsten Nutzen, bevor die Nachahmer sich desselben bemächtigen und das Geschäft durch ähnliche, minderwerthige oder geradezu für die Prellerei angefertigte Waare auf den Hund bringen."

„Karl," fragte ich erstaunt, „wenn Du Dir Etwas erfindest, darf es doch kein Anderer nachmachen?"

„Er darf es nicht, aber er thut es."

„Giebt es dagegen keine Verbote?"

„Wir haben Patentgesetze und Musterschutz, die als Sicherheitszäune den Einbruch auf geistigem und industriellem Gebiete verhindern sollen, aber sie wehren nur theilweise ab. wer betrügen und gaunern will, erspäht Löcher in den Bestimmungen, wo ehrliche Leute die unangreifbarste Deckung wähnen. Ein solcher Betrüger ahmt das Muster nicht sklavisch nach – dann wäre er baldigst gegriffen –, sondern wiederholt es mit einigen selbstverständlichen unwesentlichen Verschiebungen, er reproduzirt es, wie man sagt, auf dem Wege der Anempfindung, und dagegen giebt es keine gesetzlichen Mittel."

„Warum erfindet er sich selbst nichts?" fragte ich unwillig. – „Weil er zu talentlos ist und Annektiren weniger beschwerlich fällt, als Neues auszusinnen und das Risiko des ersten Angebots zu tragen." – „Karl, schämt er sich denn nicht?" – „Nein, er ist obendrein frech, um dem Publikum zu imponiren. Ueberdies will jeder Mensch leben, der Eine so und der Andere so."

„Es ist wahr," bestätigte ich, „Keiner giebt dem Andern Hundertmarkscheine, aber deshalb braucht er doch nicht gleich rauben."

„Raub nennt man das nicht, sondern Wettbewerb. Aus gleichem Grunde versehen deutsche Fabrikanten gar häufig ihre beste Waare mit französischen und englischen Etiketten, weil der deutsche Käufer eine › haute nouveauté‹ für preiswürdiger hält als eine ›Neuheit‹ und so wird der alte Aberglaube, daß alle ausländischen Erzeugnisse die unseren überträfen, künstlich erhalten. Zum Dank dafür schicken Engländer miserable Artikel, mit deutschem Fabrikstempel versehen, dahin, wo sie Konkurrenz fürchten, wodurch sie unsere Industrie ebenso langsam und sicher in Verruf bringen, wie wir der ihrigen durch Fremdmannssucht zu einem Ansehen verholfen haben, den sie genau betrachtet nicht überall verdient."

„Das sind ja Zustände, Karl."

„Eben deshalb heißt es Frontmachen. Sperrt beim Kaufen die Augen auf und seht nach der Güte und nicht nach der Etikette der Waare. Dann nimmt der Schwindel ein Ende. Uns zwingt die Konkurrenz zum Bauen. Leistet die Fabrik, was wir von ihr erwarten, dann reise ich mit Dir, wohin Du willst, Minchen, auf den Blocksberg oder wo es sonst hübsch ist."

„Karl, ein Grabmonument hat mehr Zartsinn als Du, das würde solche Lokale nicht in den Mund nehmen. Hast Du denn bedacht, wieviel Unruhe und Staub das Bauen bringt? Ganz gewiß nicht, sonst sagtest Du jetzt noch, daß Du es lieber sein ließest."

„Das an unseren Hof grenzende Grundstück ist schon erworben und die Baulichkeiten darauf können bequem zu unseren Zwecken hergerichtet werden. Der Baumeister Krause hat die Risse bereits in Angriff genommen." – „Das ist ein Trost," rief ich, „denn zu dem habe ich vertrauen, der hat Sinn für das praktische und Solide. Wenn sie dem damals den Babylonischen Thurm gegeben hätten, dann hielte er heute noch." – „Du sollst sehen, Minchen, daß selbst Dir der Bau Spaß machen wird." – „Höchstens wenn er wieder einstürzt. Ach, ich hatte es mir so wohlthuend ausphantasirt, mich ganz der Ruhe zu widmen." – „Wem?" fragte mein Mann legte die Hand hinter das Ohr. – „Der Ruhe. Mir däucht doch, ich sprach deutlich genug." – „Wilhelmine, Du und Ruhe! Seit wann denn?" – „Karl, wenn Du eigens sitzen geblieben bist, um mich zu kränken, dann sage es lieber gleich gerade heraus, als hinterm Berge halten und lothweise martern. Das finde ich nicht edel." – „Die Ueberraschung war zu groß," entschuldigte er sich, „ich konnte es nicht gleich fassen. Erkläre mir aber blos das Eine, Wilhelmine: wie willst Du es anfangen, ruhig zuzusehen, wenn etwas schief geht, ohne zu rathen, ruhig die Hände in den Schooß zu legen, ohne zu helfen wo Noth ist?"

„Ich will mich um nichts mehr kümmern, was mich nichts angeht," war meine Antwort, „ich will mir die Finger nicht mehr für Andere verbrennen. ›Was Deines Amtes nicht ist, das blase nicht‹, wird von nun an meine Lebensregel, und wenn Du mich überhaupt verstehen *willst*, weißt Du jetzt ganz genau, wie ich es meine. Aber Du bist auch Einer, der erst durch ein Brett sehen kann, wenn ein Loch drin ist."

„Ich habe Dich vollkommen begriffen," erwiderte mein Karl gelassen, „und kann Dein Programm nur billigen." – „Karl, Programm, was ist das wieder für ein Ausdruck?" – „Sagen wir also Festordnung, wenn Du Feiertag machen willst. Möge der Himmel Dir Kraft und Standhaftigkeit dazu geben." – „Karl, mich zum Besten haben, finde ich höchst unmoralisch. Und nun erst recht. Du sollst sehen, daß ich es durchsetze. Für unsere nächsten Angehörigen werde ich nach wie vor auf dem Posten sein, das ist meine Pflicht, selbstverständlich mit Vermeidung jeder überflüssigen Einmischung, für Fremde und Dahingehörige bin ich jedoch unter keiner Bedingung vorhanden. Merke es Dir, Karl, für die ist Wilhelmine

Buchholz für alle Zeit eine wesenlose Lücke." – „Wenn es mir gestattet wäre, einigen Zweifel zu hegen ..." – „Das ist Dir nicht gestattet."

„Deine Ruhe fängt gut an, über ein Nichts wirst Du gleich Feuer und Fett." – „Ein Nichts, Karl? Ein Nichts? Ich will nach der Schweiz und Du willst bauen, ist das etwa nichts?" – „Ich meinte, Dir sei es um Ruhe zu thun." – „Weshalb schlage ich die Reise anders vor, als hier dem Silberhochzeittrubel zu entweichen?" – „Als wenn Du Ruhe auf der Reise fändest. Wo bleibt die Logik?" – Glaubst Du, ich wäre wankelmüthig wie ein Chamäleon, das seine Gesinnung alle fünf Minuten wechselt? O nein, ich halte, was ich mir vorgenommen." – „Wetten, daß nicht?" – „Doch" – „Kein halbes Jahr." – In meinen innersten Gefühlen verletzt, war ich schon bereit, eine mindestens zweischneidige Bemerkung zurückschleudern, als eine gewissermaßen wie aus den Wolken fallende Schlauheit mich daran hinderte. „Gut," rief ich, „wetten wir. Gewinne ich, reisen wir nach der Schweiz." – „Topp," lachte mein Karl und hielt die Hand zum Einschlagen hin, „aber was setzest Du dagegen, im Falle Du verlörest?" – „Ich und verlieren, denkt' nicht dran!" – „Nenne Deinen Einsatz, Minchen." – „Wenn ich verliere, will ich Dir in allen Dingen recht geben, was es auch sei." – „Und nicht widersprechen, wenn ich baue?" – „Es gilt."

Ich schlug ein. – „Abgemacht," rief mein Karl. – „Was ist abgemacht? Ich verpflichte mich zu gar nichts." – „Hast Du jetzt schon Lust, den Kontrakt zu brechen?" – „Karl, ich verbitte mir jede Anzüglichkeit ..." – Mein Mann stand auf, da es nach und nach höchste Zeit fürs Kontor geworden war. „Von Dir allein hängt die Reise ab," sprach er. „Hast Du in einem halben Jahr Dir Fernstehende weder mit Gewalt glücklich noch unglücklich gemacht, bin ich mit der Schweizerreise hereingefallen, verwirkst Du aber Dein Wort, dann wird hiergeblieben und gebaut." – „Karl, ich schwöre Dir ..." – „Wilhelmine, bedenke, daß Konsequenz und Störrigkeit zwei sehr verschiedene Dinge sind."

„Du sollst schon merken, wie konsequent ich sein kann," rief ich ihm nach. Als wenn die Männer die Beharrlichkeit in Generalpacht bekommen hätten? Im Gegentheil, wenn es sich um wirkliche Energie handelt, wendet man sich an uns Frauen. Das steht in jeder Weltgeschichte, so oft man darin blättert.

Als ich nun alleine war, besann ich mich noch auf Mancherlei, was ich meinem Karl hätte sagen können, daß nämlich zu große Vertrauensseligkeit noch niemals gut gethan hat und er Frau, Kinder und Enkel gewissenlos auf die Pläne setzt, die ein junger Mann ihm unterbreitet, der, wenn er auch etliches

Vermögen besitzt, deshalb doch unbesonnen genug sein kann, unser bischen Kies zu verpulvern. Buchholzens Thaler stiegen auch; die sind nicht von Blei. Kann er auf eine Solidität ohne Knacks zurückblicken? Aber wozu alte Sachen aufrühren, denn erführe Betti, daß der Mann den sie mit ganzer Gewalt liebt, in dem sie den Herrlichsten von Allen erblickt, nahe daran war, sich mit einer Unwürdigen zu verplempern: es könnte ein grausiges Malheur geben. Sie ist dazu im Stande. Darum muß man schweigen, wie die Bibel auf dem Altar.

Nun hatte ich allerdings der Polizeileutnanten gesprächsweise fest versichert, daß ich und mein Karl ganz bestimmt nach der Schweiz reisen würden, und die Uebrigen wußten es auch, obgleich sie mehr darüber geredet hat, als ich. Ebenso mußte die Bergfeldten davon gehört haben, weil sie mir neulich sagte: Herjeh Buchholzen, ich meinte, sie säßen auf'n Montblank und kommen leibhaftig in der Dorotheenstraße angewalzt. Und die Krausen, die ganz spitz bemerkte, von einer Reise dürfte man erst sprechen, wenn sie glücklich beendigt wäre, es käme so leicht etwas dazwischen. Wenn die dahinter käme, daß die Reise ein von meinem Mann verweigertes Traumbild mit Voreiligkeit war, freut sie sich zu Tode, weil sie auf jede Gelegenheit für Sottisen und Marlicen spannt, die unsereins herunterschlucken muß, weil diesmal doch am Ende ein Körnchen Wahres zu Grunde liegen könnte. Solche alte Gipskatze.

Vielleicht gelingt es mir, Doktor Wrenzchen zu veranlassen, daß er meinem Manne die Baupuschel ausredet. Bauen kostet Geld, viel Geld und da der Doktor ziemlich erbsüchtig ist, wird er schon Bedenken gegen die Verwendung der Kapitalien zum Demoliren unverhohlen äußern. Als Vater von Zwillingen muß er sorgen, daß das Bischen Erbschaft nicht verzoddelt wird und außerdem ist es wünschenswerth, daß Einer Widerpart gegen Herrn Felix und meinen Karl bildet, denn wenn die drei Mannsleute fest zusammenhalten legen sie mich in den Skat. Meine Ruhe will ich allerdings, aber oben auf den Boden, neben das gelbe Pferd lasse ich mich nicht hinstellen. Habe ich den Doktor auf meiner Seite, kann Herr Felix sich nicht auflehnen, denn so wie er Miene macht, geb' ich ihm mit dem Tulpenstengel zu verstehen, daß ich was weiß, worauf er zahm wird. Ist dies erreicht, dann können wir meinen Mann mit Leichtigkeit überstimmen: der Bau geht in die Brüche und wir gehen in die Schweiz.

Erfreulicher und aussichtsvoller wäre es gewesen, wenn mein Karl gleich ja gesagt hätte, anstatt die Bitte abzuschlagen, zu zögern und mit einer dummen Wette die Feindseligkeiten zu eröffnen, wenn Keiner verlieren will, muß es ja Krieg geben. Die Schweiz ist unvermeidlich, schon allein des Gespräches wegen.

Ich will in dem erfrischenden Schatten der Berge sitzen und Alpenluft athmen, statt daheim über Sandhaufen und Klamotten klettern und den Staub von durchbrochenen Wänden schlucken. Muß ich allerlei Intriguen ins Leben rufen, um zum Ziele zu gelangen, so ist mein Karl schuld, wenn mein Charakter Flecken und Beulen kriegt, aber im klebrigen werde ich mich schwer hüten die Wette zu verlieren.

Als wenn die Männer immer recht hätten? Doch höchstens ab und an.

Im „Zoologischen"

Früher, als die Wissenschaft noch in den Buden auf den Jahrmärkten gezeigt wurde, mußte der civilisirte Mensch mancherlei Bequemlichkeiten entbehren, wenn er sich über die wilden Thiere belehren lassen wollte, die freilich meistens nur auf einige Affen ausfielen, oder wenn es hoch kam, auf einen Wüstenkönig im Käfig auslief, wobei sie Einem die Wüste durch Einstreuen von Sagespänen vorzugaukeln versuchten, auf die der Kenner jedoch nicht hereinfiel. Jetzt dagegen setzt man sich auf die Stadtbahn und fährt nach dem Zoologischen, wo alles miteinander vereinigt ist: Kenntnisse, Natur, Unterricht und Restauration. Und dazu die Konzerte am Dienstag, bei deren Klängen das Publikum auf und nieder wallt, wozu die Damen im Frühsommer die Toiletten anziehen, die sie nachher in den Bädern tragen wollen. Wer nicht nach Heringsdorf geht, kann im Zoologischen Garten sich einen Vorgeschmack von dem kolorirten Gesammtgemälde machen, wie es sich am Strande der Ostsee darstellen wird.

Dieser Umstand war es jedoch nicht, der uns diesmal hinausführte, sondern uns trieb die Absicht, dort einen Familiennachmittag abzuhalten und zwar: mein Karl und ich, Dr. Wrenzchen und Emmi, die gern einmal wieder einen längeren Abschnitt freier Luft genießen wollte, Felix und Betti und Herr Max mit seiner Braut Frieda, die sich uns anzuschließen gedachten.

Herr Max und Braut hatten Visite gemacht und waren auch bereits gebeten gewesen. Ob sie die Richtige für ihn ist, das kann ich noch nicht sagen, denn sie redet nur wenig und benimmt sich ziemlich linkisch. Es sollte mir aber leid thun, wenn er sich vergriffen hätte, da er ein so netter Mensch ist, und eine Frau verdient, die in jeder Beziehung ein passendes Seitenstück zu ihm bilden muß, weil es wohl kaum etwas Bedrückenderes für den Mann giebt, als wenn seine Frau ihm als lebenslängliche Ehestandsscharade am Arme hängt und jeder, der sie sieht, nicht begreifen kann, wie der Mann zu der Frau gekommen ist? Dem Vermögen verzeiht man ja heutzutage Alles, aber sie soll so gut wie gar nichts haben.

Doch ich will nicht diejenige sein, die ihr Splitter in die Augen sticht, denn sie hat am Ende ihre schätzenswerthen Eigenschaften inkognito. Auch waren wir nicht zum Konzert gegangen, um über unsere Nebenmenschen zu spektakeln, sondern das Gebotene mit Milde und Güte zu genießen.

Und selbst wenn sie mir das größte Bedenken einflößte: ... ich lasse meine Hände aus dem Spiele, denn erstens ist sie mir fremd und zweitens viel zu untergeordnet, daß ich ihretwegen eine Reise einzubüßen auch nur die geringste Lust verspürte. Herr Max hatte seine ungetrübte Sehkraft, als er vermählungssüchtig war, weshalb machte er sie zu?

Als wir ankamen, stellte sich unseren Blicken bereits ein bedeutender Zulauf von feinerer Gesellschaft dar, so daß wenig Aussicht auf einen Tisch für vier Paare in guter Lage vorhanden schien, aber Dr. Wrenzchen akkordirte gleich mit dem Kellner Nummero 93, der uns eine ausgezeichnete Ansiedelung reservirte, und nachdem diese Obliegenheit gefingert worden, konnten wir uns der allgemeinen Promenade anfügen, welche sich vom Musikpavillon, an dem Restaurationsgebäude vorbei, bis nach den Geiern erstreckt. Auf der anderen Seite hat man den See mit der großen Fontaine und dem Wassergeflügel darauf, welches sich malerisch gruppirt.

Die Lustwandelnden gehen, mit galanterievollen Gesprächen beschäftigt, in zwei breiten Zügen an einander vorüber, und die, welche sich kennen, grüßen sich mit liebreizendem Erfreutsein, diejenigen dagegen, welche sich nicht kennen, betrachten die wechselseitige Kostümirung, und wenn Eine nicht so aussieht, wie sie aussehen sollte, fühlt die Andere sich sehr erhaben, obgleich sie nicht wissen kann, von wem sie wiederum im Allerneuesten übertroffen wird. Mode ist nicht allein kostspielig, sondern auch unergründlich.

Betti hatte ein unbeschreibliches Vergnügen daran, sich mit ihrem Bräutigam unter so vielen Leuten zeigen zu können, und das auch mit vollem Recht, denn hinter ihnen schlendernd konnte ich wohl bemerken, einen wie vortheilhaften Eindruck die beiden machten, und wie manche für sich dachte: ›Ach, wäre der junge bildhübsche Mann mein, wie stolz würde ich sein, wie würde mir das Herz schlagen.‹

Felix sah tatsächlich sehr einnehmend aus. wohlgestaltet, wie er ist, saß ihm der neue Tuchrock wie angegossen und auch die Silbergrauen waren von tadellosem Schnitt, dazu weiße Weste und einen Cylinder von spiegelnder Schwärze, kaum zweimal auf. Betti, einfach in erbsengelbem Satin mit kleinem rothbraunen Muster und spitzem Hut von derselben Farbe, mit ebenfalls rothbraunem Plüsch und gelben Feldblumen garnirt, erschien nicht minder geschmackvoll. Allerdings ist der Stolz eine Schwachheit, aber ich konnte doch nicht umhin, meinem Manne zuzulispeln: „Karl, sind sie nicht Zierrathen des menschlichen Geschlechts? Du kannst den ganzen Erdkreis absuchen und stößt nicht auf ihresgleichen."

Auf den Doktor und Emmi durften wir ebenfalls mit einigem Stolz blicken, wenn wir bedachten, wie viele, die schon mit dem Finger nach der Ewigkeit hinzeigen konnten, durch seine Rezepte der bürgerlichen Existenz wiedergegeben worden sind. Als Studirter und mit seinem Doktortitel ist er ja von vornherein ein ganzer Korb voll mehr als Felix, namentlich wenn man sich überlegt, wie mühevoll es gelingt, bis zum Kommerzienrath hindurchzudringen, womit sie auch erst herausrücken, wenn sie sicher sind, daß er mit Gewichtigkeit getragen wird.

Nachdem wir eine Portion Musik gehört und hinreichend Umschau unter der Menschheit gehalten hatten, machte ich den Vorschlag, auch den zoologischen Thieren ein halbes Stündchen zu widmen. „Lieber Schwiegersohn," sagte ich deshalb vernehmlich, weil verschiedene nichtssagende Physiognomien uns mit einiger Keckheit beobachteten, „Sie wissen als Doktor doch, auf welchen Namen die Thiers hören, ich glaube, es wäre sehr interessant, wenn Sie uns erklärten, welchen Nutzen sie haben und in welcher Weise sie belehrend einwirken." Er war hierzu auch gleich geneigt und so gingen wir denn von Gehege zu Gehege und stellten Naturbetrachtungen an.

Der gewöhnliche Europäer hat im Allgemeinen nur schwache Begriffe von den Thieren und wozu sie sich eignen. Manche gestalten sich nach ihrem Tode zu Pelzen und Muffen oder rufen Industrien ins Leben, wie der Handschuh-Hund, und viele sind überhaupt nur zum Ausstopfen geschaffen. Mich hat es immer sehr erheitert, wenn Leute im Zoologischen thun, als hätten sie mindestens Universität genossen, aber sich sträflich blamiren, wenn die Schilder an den Gittern verkehrt hängen, und sie die Naturgeschichte ebenso regulär verwechseln, wie andere Normalmenschen. Dann wissen sie nicht, ob der Kasuar wirklich der Kasuar ist oder etwas Aehnliches aus der nämlichen Gegend und sind total drunter durch, wenn Mehreres zusammengesperrt ist, daß sie nicht aus dem Bekanntesten klug werden, wie z. B. Ohreule. In der Achtung seiner Angehörigen steigt Niemand, der erst mit Kennerschaft prahlt und nachher die haarigsten Irrthümer von sich giebt.

Allerdings schielte der Doktor mehrstentheils auch erst nach den Täfelchen mit den Thiernamen, aber doch wohl nur, um zu sehen, ob sie ihre Richtigkeit hatten, denn was er weiß, das weiß er.

Im Raubthierhaus sahen wir die jungen Tiger, welche von einer Hündin als Amme großgezogen wurden. Der Doktor sagte, sie sei eigens aus dem Spreewald verschrieben, und erst, als ich dies anmaßend von der Tigerin fand, lachte er, woran ich merkte, daß er uns zum besten hatte. Ich ersuchte ihn, solche Späße zu unterlassen, da sie die Wissenschaft herabsetzten. Er aber sagte wie gewöhnlich: „Das ist ja nur äußerlich, liebe Schwiegermama!"

Selbstverständlich dankte ich für Fortsetzung der ins Lächerbare ausartenden Beobachtungen und wir verließen das Raubthierhaus, mein Karl und ich voran, dann Felix und Betti, darauf Herr Max und Braut und zum Schluß der Doktor mit Emmi, die mir zum Verdruß miteinander kicherten und sich irgend Jemand aus unserer Mitte zur Zielscheibe ihrer Heiterkeit ersehen hatten. Dies konnte ich jedoch nicht leiden, weil Heimlichkeit mit Gegriene sehr etwas Verächtliches ist, und wollte in gerechtfertigter Mißstimmung meinem Doktorschwiegersohne, eine allerdings an seine Frau adressirte Zurechtweisung in das Gehör spediren, woran mich jedoch Jemand in kakligen Sommerstoff Gekleideter hinderte, indem er seinen Strohhut lüpfte und uns begrüßte. Es war Herr Kleines in höchst eigener Person. Diese Unverfrorenheit riß mir die Schale des Zornes aus der Hand, welche für den Doktor bis an den Rand gefüllt worden war. Herr Kleines that, als sei nie etwas zwischen uns vorgefallen, und mein Erstaunen darüber benutzte er, uns anzureden und mich speziell nach meinem Befinden zu fragen. Ich wollte ihn in der ersten Aufwallung schon um seine entferntere Gegenwart ersuchen, allein ich besann mich, daß wir ihn im Winter vielleicht zur Aushilfe beim Skat gebrauchen könnten. Da die Töchter außerdem in festen Händen sind, so kann er in unseren vier Pfählen keinen Schaden mehr anrichten.

Ich drohte ihm deshalb blos mit dem Finger und sagte: „Sie sind mir der Rechte!" – „Wie so?" fragte er, als wüßte er von nichts. – „Ihrentwegen mußte Polizeileutnants Mila nach der Schweiz in eine Pension geschickt werden," warf ich ihm vor. – „Es soll mich freuen, wenn ich dazu die Ursache gewesen bin," erwiderte er kühnlich, „denn sie bedurfte sehr der Nachhülfe, was andere junge Damen – er machte eine schräge Neigung dahin, wo Emmi und Betti standen – niemals nöthig gehabt haben."

Hierin konnte ich ihm nicht ganz unrecht geben und gestattete ihm, sich zu uns zu gesellen. – „Bekamen Sie gar keine Furcht, als Sie mich jetzt plötzlich wiedersahen?" fragte ich ihn. – „Nein," entgegnete er. „Als sie soeben mit den lieben Ihrigen aus dem Raubthierhaus traten, mußte ich nämlich an die Arche Noäh denken." – „Warum das?" – „Wegen Sem, Ham und Japhet," sagte er verschmitzt. – Nun ging mir mit einem Male eine Gasfabrik auf. „Das soll doch wohl nicht so viel heißen, daß Sie mich für die Mutter Noah ästimiren?" ließ ich ihn anlaufen, er aber spielte den Ernsthaften und sagte entrüstet: „Entschuldigen Sie, ich glaubte, Sie verständen Scherz."

Ich schwieg und warf einen Blick auf unsere Gesellschaft, die durch ihr paarweises Auftreten allerdings Aufmerksamkeit erregen konnte, obgleich ich mich gerade über unsere Vollzähligkeit gefreut hatte. Jetzt war durch die Aeußerung des Herrn Kleines die Besorgniß erweckt, daß vielleicht andere ebenso hämisch über uns gedacht hätten wie er, während wir nichtsahnend promenirten.

So kann durch ein einziges, schonungslos hingeworfenes Wort die heiterste Unbefangenheit in das keineswegs erhebende Gefühl unbewußter Blamirtheit verwandelt werden und daher sann ich darauf, wie wir unter Vermeidung des doppelten Gänsemarsches an unseren reservirten Tisch gelangen könnten. Wie so oft in meinem Leben half hier wieder das Geschick nach, ohne jedoch, daß ich ihm dafür zu besonderem Danke verpflichtet wäre, denn selbst die Erinnerung daran ist kein sogenannter Genuß.

Die Kinder wollten nämlich noch gern zu den Bären, die zur Kurzweil von Jung und Alt ungemein komisch veranlagt sind und gefüttert werden dürfen, wir daher Alle oben auf den Zwinger hinauf, von wo man einen zoologischen Tiefblick hat, und ihnen Brocken hinabwerfen kann, die sie fangen, wobei sie sich sehr drollig benehmen. Es war ziemlich voll, aber wir drängten uns heran und standen dicht an der Brüstung, das Schauspiel zu beaugenscheinigen.

Herr Felix hatte Bretzeln gekauft und Betti belustigte sich damit, den Bären kleine Stücke zuzutheilen, die sie in das Wasserbassin warf, aus dem die unbeholfenen Geschöpfe die Brosamen mit ihren Pratzen herauslangten. Wie nun diese harmlose Unterhaltung im besten Gange ist, will denn die Frieda auch etwas sehen und versucht, sich zwischen Felix und Betti zu quetschen. Felix sieht sich natürlich um, wer sich da einkeilt, wobei sie ihn mit einem von ihren ungebacherten Ellbogen stößt und sein schöner neuer Cylinder in den Zwinger kegelt. Nun dies Gaudium von dem Publikum. Ich schreie: „der Hut, der neue Hut!" worauf ein nochmaliger Freudenausbruch erfolgt.

Der größte von den Bären zoddelt indessen auf den Hut los, beschnuppert ihn und haut dann mit der Tatze darauf, daß der Cylinder im Nu zusammengeknautscht ist, wie eine Ziehharmonika. Das Publikum, soweit es nicht zu unserer Familie gehörte, amüsirte sich kostbar, weil nun der Bär den Hut nahm, eine Pote hineinstach und ihn darauf ansah, was er wohl weiter damit anfangen könnte, wobei er ordentlich vernünftig niedersaß. Alle warteten gespannt. Da rief plötzlich eine Stimme ganz laut: „Nu bügelt er'n uf" und das gerade in dem Moment, wo das Ungethüm den Hut nochmal antrieb und mit seinen niederträchtigen Krallen so zu sagen in mehrere Drittheile spaltete. – Dies Gelächter höhnischer Schadenfreude, das hierauf erfolgte! Es gellt mir noch in den Ohren, und die verletzenden Bemerkungen einer pöbelhaften Menge dazu! Ich danke ergebenst. Der Feez nahm eher kein Ende, als bis das Unthier den nagelneuen, statiösen Bibi in schändliche kleine Finzel zerzaust hatte. Herr Felix konnte dem Opferfeste in bloßen Haaren zusehen und sich geniren, wobei Betti ihm half. Ihr stand das Weinen dicht hinter den Augen.

Wer aber hatte den nichtswürdigen Ruf gethan, der die Hohnlust der Versammlung entfesselte? Kein anderer selbstverständlich als Herr Kleines, der ja nie überlegt, was er thut.

Diesmal mochte er doch wohl einsehen, daß seine Benehmigung eine rasche Sühne erforderte, wenn er es nicht für alle Immerlichkeit mit uns verderben wollte, weshalb er sogleich enteilte, um von einem Kellner leihweise eine Kopfbedeckung zu erwerben. Herr Max entschuldigte sich im Namen seiner Braut und bot Felix seinen Hut an, aber da Frieda ein widerwilliges Gesicht zog, obgleich sie die Attentäterin gewesen war, lehnte Felix ab. – Die Pute!

Ueberhaupt dies Mädchen. Sonst im Allgemeinen wird Eine bei längerem Zusammensein, wenn man sie auch nicht mag, immerhin erträglich und man verhärtet sich gegen sie, diese ist jedoch nur zum Abgewöhnen. Das Gesicht ist nicht häßlich und die Farbe gesund, obgleich der Teint zu den verschwindensten Hochzeitsgaben gehört. Ihr Wuchs geht ziemlich ins Breite, aber das sagt ja

Manchem zu. Doch das bischen Schönheit und Taille vergeht, während das Gemüth bleibt, und sobald das nichts taugt, ist es kein Wunder, wenn die Ehe in Mißvergnügen ausartet und der Mann sich überall am wohlsten fühlt, nur nicht bei ihr.

Herr Kleines kam nach einer Weile angeprescht und hatte denn auch richtig einen Hut aufgegabelt, aber wie stets und allemal, unbrauchbar. Als Felix diese Dohle aufsetzte, die irgendwo einen Orkan oder sonst eine Neujahrsnacht mitgemacht haben mußte, sah er schmachvoll aus. Die sämmtliche Feinheit war vernichtet; in solcher Verschimpfirung konnte er sich nicht vor Menschen sehen lassen. Betti war wüthend, aber sie verbiß ihren Aerger, um sich vor Maxens Braut keine Schwäche anmerken zu lassen.

Ewig und drei Tage bei den gemeinschädlichen Bären herumstehen, war kein Amüsement, die ja auch in der Natur ganz überflüssig sind, wo sie nur zur Belebung des Dickichts dienen. Hätte die Schöpfung nicht etwas Gesitteteres statt der wilden Thiere nehmen können?

Die Abendbrotzeit rückte heran und so beschlossen wir, aufzubrechen, obgleich es gerne hätte dunkler sein können, zumal mein Karl bereits Appetit verspürte. Herr Felix wollte suchen, unseren Tisch auf unbemerkten Schleichwegen zu erreichen, und zwar lieber mit ohne Hut, als in dem Kellner-Helm, den ich fast geneigt bin, für einen Schabernack zu halten. Ich theilte uns Uebrigen nun in vier Rückzugstruppen, um die Symmetrie aus der Arche aufzuheben, aber Betti bestand darauf, bei Felix zu bleiben. Ich sagte zu meinem Karl: „Erträgt sie so willig schon als Braut eine plötzlich auf den Weg geschneite Unannehmlichkeit, wird sie später im Leben ihrem Manne feste zur Seite stehen, wenn ihn ein Unglück treffen sollte, was Gott verhüte.“ – „Die Rechten haben sich gefunden,“ antwortete mein Karl, „und das ist gut.“ Ich wollte hierauf wegen Max und seiner Flamme meine Meinung äußern, aber ich verstummte, um meinen Schwur nicht zu brechen und die Reise in die Schweiz nicht zu verlieren.

Nach einiger Zeit fanden wir uns bei unserem Tische zusammen, und gerade als das Orchester die Ankunft von Lohengrinen blies, kamen Felix und Betti. Sie hatte ihm gerathen, den alten Hut so an der Seite zu halten, als hätte er ihn wegen der Hitze abgenommen, was ganz kleidsam ging. Das Publikum hatte nichts gemerkt und die Beiden waren seelenvergnügt über Betti's Einfall. „Ich bekomme eine kluge Frau,“ bemerkte Herr Schmidt artig. – „Ganz wie die

Mutter," sagte der Doktor. – „Und Betti bekommt keinen Spitzenhändler," gab ich ihm seine Stichelei zurück.

Jeder suchte sich darauf nach seinem Chacun auf der Speisekarte aus. Ich entschied mich für Schlei in Dill, und als ich fragte: „Nicht wahr, Herr Felix, Sie nehmen auch Schlei?" wählte er das Nämliche. Der Doktor bestellte sich einen Brathecht, womöglich einen, der mit dem Kopf über den Schüsselrand wegsieht, und wollte Felix ebenfalls dazu bekehren, aber es gelang ihm nicht, den Geist der Rebellion zu schüren. Mein Mann las sich auf der Speisekarte in eine immer größere Unschlüssigkeit, bis ich ihn endlich fragte: „Nun, was dachtest Du Dir, mein Karl? Huhn mit Gurkensalat und einen rechten durchen Harzer hinterher, nicht wahr?" Das hatte er sich auch wirklich gedacht.

Wir Anderen hatten schon längst abgegessen, als Herrn Max Braut immer noch auf ihrem Teller herumpiekte, wie wenn's ihr nicht gut genug wäre und dabei so unmanierlich hingelaatscht und keinen Ton geredet. Herr Max sprach auch nichts, aber das hatte seinen Grund; er schämte sich über die Erkorene seines Herzens und Gram und Verdruß zernagten ihm die Worte auf der Zunge. Frieda aber ließ es kühl. Ich fürchte, es nimmt kein fröhliches Ende.

Da wir vorhatten, bei dem zauberischen Mondschein einen kleinen Umweg durch den Thiergarten zu machen, brachen wir mittlerweile auf. Als Herr Max sich erhob, bemerkte ich, daß ein Entschluß in ihm gereift sei. Er zitterte nämlich erregt und die Stimme klang angetrocknet, wie er mit gewaltsamer Ruhe sprach: „Felix, gieb mir den alten Hut und nimm dafür den meinigen." – „Ich bitt' mir aus, daß Du Dich nicht zum Skandal machst!" keifte seine Braut. – Er rief blos „Frieda!" aber es lag was drin. Sie denn auch den Mund gehalten. – „Vielen Dank, mein Junge," antwortete Felix, „mache Dir meinetwegen keine Verlegenheiten. Mit dem Hut in der Hand kommt man durch das Land und den Thiergarten dazu."

Als wir nun auf den schattigen Seitenwegen karawanten und in dem Mondlicht schwelgten, das Wege und Gebüsche wie mit weißem Kalch betupfte, sagte ich zu meinem Manne: „Wie kann er seine Talente so mißverstehen und sich mit so Einer verloben?"

Mein Karl schwieg.

„Es wird ein Trauerspiel mit ihm," begann ich nach einer Weile wieder, „das Beste wäre, man schlüge sie gleich todt." – „Wen?" fragte mein Karl. – „Die Frieda," gab ich gereizt zur Antwort, „wen sonst wohl?" – „Bist Du besorgt um

Herrn Max' Zukunft?“ – „Ja, das bin ich.“ – „Mir sehr lieb zu hören,“ entgegnete mein Karl, „da wird meiner Berechnung nach aus Deiner Reise wohl nichts werden.“

Von nun an schwieg ich.

Ein Damenkaffee

Für einreihige Gesellschaften, ich meine solche, wo nur eine Sorte Menschen, entweder nur Damen, oder nur Herren zusammenkommen, habe ich schon seit Jahren nicht mehr geschwärmt. Denn warum? Sie laufen doch stets auf dasselbe hinaus und wie bald hat man sich ausgesprochen, wenn es keinen Streit geben soll, was jedoch ziemlich unabänderlich ist, wenn die Bergfeldten sich in dem nämlichen Kreise befindet, oder eine dazu passende wie die Beckmann. Erst fragen sie, wie ich Karpfen in Bier koche, und wenn ich es ihnen ausführlich vordeklamirt habe, beschwert die Eine oder die Andere sich das nächste Mal, ihr Mann zöge sie doch vor, wie sie sonst immer auf den Tisch kämen und die Kinder hätten sie auch nicht gemocht. Solche unartige Göhren!

Und woran lag es?

Daß sie natürlich bei den Lorbeerblättern und Pfefferkörnern doppelt hingehorcht und mit fahrlässigem Erinnerungsvermögen nachher doppelte Hände voll nahm. Sagt man nun, daß sie viel zu stark gewürzt haben müsse, dann behauptet sie, nicht ein Spierken mehr, als angegeben, worauf ich sie überführe, was sie wiederum abstreitet und so folgt Gegenbeweis auf Gegenbeweis bis zur schönsten Veruneinigung. Wer hierin Weltkenntniß hat, stimmt mir bei und wer Vernunft aus dem Leben saugt, wie die Biene den Honig selbst aus solchen Blumen, wo eigentlich keiner darin ist, der giebt es zuletzt auf, andere Leute zu überzeugen.

Eine besondere Festvorfreude konnte daher die Kaffeeeinladung nicht verursachen, welche die Bergfeldten mir angethan hatte, und gerne würde ich verzichtet haben, wenn nicht mein Karl nachgeholfen hätte, „Wilhelmine,“ stellte er mir vor, „durch Deine Ablehnung verletzest Du sie vielleicht mehr als Du denkst. Es ist ja leider wahr, daß Bergfeldts zurückgekommen sind, seit sie sich mit der Dürftigkeit von Pension behelfen müssen, nachdem seine Vorgesetzten den Alten als ein ausgeleiertes Rad der Büreaumaschine erkannten, dem keine Reparatur ferneren Nutzen abzwingt. Willst Du ihnen die gedrückte Lage durch Geringschätzung noch fühlbarer machen? Wird sie Dein Ausbleiben nicht als einen absichtlichen Bruch auslegen müssen, durch den Du zu verstehen geben willst: Ihr seid mir nicht gut genug, nun da ihr weniger zu leben habt als früher?“

„Karl,“ unterbrach ich ihn, „was die Bergfeldten auslegt, stimmt doch nie mit der Natur überein, also kann mir das Mus wie Miene sein.“

„Wenn sie aber diesmal das Rechte träfe und sagte: Buchholz hat gute Geschäfte gemacht und darüber ist seine Frau hochmüthig geworden ... für so dumm hätte ich sie nicht gehalten.“

„Karl!!!“ –

Er strich mit seiner Hand über meine Stirn, als wollte er behutsam etwas Staubiges wegwischen, und sah mir freundlich in die Augen. „Hochmuth und Dummheit wachsen auf einem Holz,“ sprach er. – „Die Leute kenne ich, auf die das paßt,“ entgegnete ich. „Woran sind Bergfeldts denn anders zu Grunde gegangen, als an Hochmuth? Und der Ast, aus dem diese Frucht grünt, das ist sie, die Frau. Der war kein Fabrikschornstein zu hoch, sie wollte oben hinaus. Sah sie uns noch an, als sie glaubte, durch ihren Emil Millionärs-Schwiegermutter zu werden? Nein. Waren wir zu der Hochzeit geladen? Nein. Kam sie mit einem Schritt zu uns, so lange die Großspurigkeit noch kein Ende mit Schrecken genommen hatte? Nein. – „Aber als Du in Bedrängniß wegen der Gerichtsverhandlung warst, besuchte sie Dich in alter Treuherzigkeit.“ –

„Karl, ist das treuherzig, wenn Eine sich feste zu Dir setzt und Dich mit Galgen und Rad ängstigt, wo ich noch dazu voller Unschuld war, und Alles nur Niedertracht von der Köchin?“ –

„Sie meinte es aber gut.“

„Deshalb bin ich auch in aller Ordentlichkeit wieder zu ihr gegangen, aber ihre Dickthuerei unterstütze ich durch mein Eintreffen nicht. Sie hat ja so wie so kaum Platz. Die Vorderzimmer sind vermiethet, und das Berliner Zimmer, wo sie und der Alte herummurksen, ist selbst für eine kleinere Mehrzahl kein gesellschaftsfähiger Aufenthaltsort. Wo also will sie das Kaffeegelage feiern?“

„Ich sehe schon, Du bist eigensinnig,“ sagte mein Karl ärgerlich, „thu' deshalb ganz wie Dir beliebt, aber bedenke, daß Du auch Augusten betrübst, die mit so rührender Liebe für ihre Eltern sorgt, wie sie nur vermag.“

Ich besann mich ein Weilchen und gab dann nach: „Gut, um Augustes willen stürze ich mich in die Zichorienbrühe, aber geblieben wird höchstens ein Stündecken, wie überhaupt die feinere Lebensart im früheren Aufbruch besteht." – „Das halte wie Du willst," sagte mein Karl, „hauptsächlich kommt es darauf an, daß Du ihnen die kleine Freude nicht verdirbst, deren Leben so freudenarm geworden ist." – „Bin ich daran schuld? O, nein, sondern sie ..."

Mein Mann schnitt mir das Wort mit der Thür ab und war schon draußen, ehe ich seinem Gedächtniß für vergangene Zeiten aufhelfen konnte. –

Wenn man mit der Stadtbahn für zehn Pfennige vom Alexanderplatz nach dem Bahnhof Friedrichstraße fährt, gelangt man mit einer einzigen Schwenkung um die Ecke direkt in die Dorotheenstraße, wo Bergfeldts sich vier Treppen hoch angesiedelt haben, weil dort eine gute Vermiethungsgegend ist, obgleich die jungen Leute oft wechseln und mit ihrem Kofferchen eben so leicht ausziehen, wie ein. Mir sagte die Bergfeldten, es wäre schon manchmal wieder ein Neuer drin, ehe sie noch die Tabaksasche vom letzten aufgeschauert hätte; manchmal stände es allerdings auch leer, und dann müßte sie versuchen, bei dem nächsten etwas mehr herauszuschlagen, denn das Leben sei kurz und voller Schulden.

Anstatt nun zu knappsen, muß sie ausgerechnet einen Kaffee geben, so daß man das Bewußtsein hat, mit jedem Schluck an der Vergrößerung des Familiendefizits zu arbeiten, wodurch die beabsichtigte Heiterkeit auf lächelndes Anbieten und Nöthigen und ebenso lächelndes Danken und Ablehnen ausfällt und man seinen Schöpfer inbrünstig lobt, wenn das gegenseitige Anheucheln ein Ende hat. Aber mein Mann wollte es so und ich fügte mich. Es ist den Männern ja auch einerlei, ob wir Frauen dulden oder nicht, dazu fehlen ihnen die zarteren Organe.

Mit ziemlicher Unlust und von früherem Benehmen her wohl gerechtfertigten Befürchtungen kam ich an, wogegen die Bergfeldten mich mit einer Liebreichigkeit empfing, die sie sich eigens für diesen Tag angewöhnt zu haben schien, indem sie mich mit einer zärtlichen Umärmelung begrüßte, die sogar in einen Bewillkommnungskuß ausgeartet wäre, wenn ich weniger kräftige Unterarme zur Abwehr von all zu dichte heran gehabt hätte.

Als Garderobe hatte sie das Berliner Zimmer hergegeben, mit den Betten als Kleiderständer, während die Gesellschaft in der guten Stube stattfand, wo sie ihre besten Sachen hat und die mit Kabinet vermiethet wird. „Nun," dachte ich, „wenn sie gerade frei ist, kann sie ja benutzt werden," und trat ein.

Die übrige eingeladene Damenzahl war bereits vorhanden und die Sitzgelegenheit bis auf die eine, für mich aufgehobene Sophaecke in Anspruch genommen. Man begrüßte sich und ward vorgestellt. Die meisten waren mir geläufig, wie die Krausen, die Beckmannen, die Helbichen; dagegen lernte ich Frau Schülern und Frau Stahlen erst frisch kennen. Die Stahlen saß in der anderen Sophaecke und war die Hauswirthin, so daß die und ich gewissermaßen die Honoratiorenplätze ausfüllten, was die Krausen in den verkehrten Hals gekriegt hatte, denn erstens zog sie sehr übelnehmische Falten mit ihrer sonst mehrstens lächelnden Besuchs-Visage, zweitens wiederholte sie mehrere Male, ohne daß Jemand es zu wissen verlangte: „Nein, ich sitze ungerne im Sopha, diese Ehre überlasse ich dem ehrwürdigen Alter mit Vergnügen."

Als wenn sie sich etwas aus ihre Jugendlichkeit einbilden könnte, weil doch ihrem langgewordenen Aussehen nach es nicht unmöglich ist, daß Schliemann ihren Taufschein schon bei Troja ausgegraben hat, dicht neben Priamussens, die dritte Thür links. Wenn Eine mir so kommt, komm' ich ihr auch so!

Sie berückwärtsigend wandte ich mich an die Stahlen, ob sie schon neuen Kohlrabi gehabt hätte? – „Der ist mir noch zu theuer," jammerte sie, „die Mandel sechzig Pfennig mit Mann, vier Kindern und Mädchen kann ich nicht spendiren." – „Wir geben in der Markthalle Alexanderplatz nur vier Gute." – „Bei uns in der Dorotheenstraße ist alles ein Ende theurer," stöhnte sie, „obgleich doch das Meiste jetzt bei den schlechten Zeiten billiger sein müßte. Die Steuern und Abgaben werden mit jedem Jahre größer, uns Hauswirthen rechnen sie den geringsten Groschen nach und wenn die Miethe nicht richtig eingeht, ist man aufgeschmissen." – „Sind Sie zufrieden mit Ihren Miethern?" fragte ich nach, um von ihr zu erfahren, wie es mit Bergfeldts genau stände, denn Leute, welche etwas zu kriegen haben, sind ohne Mitleid offen.

Zu meiner Verwunderung klagte sie nicht, sondern verkündete mit großer Genugthuung, daß die Bergfeldten stets schon vor Neunen Morgens das Geld herangebracht habe. Deshalb sähe sie auch mit ihr in Gelegenheit und gestatte ihr musikalische Chambregarnisten, ohne zu steiern, die sie sonst in ihrem Hause nicht litte, weil doch die, welche übten, die Anderen vertrieben und wenn sie Alle zusammen darauf losradauten, müßte sie selbst sich am Ende eine Wohnung in den Stadtbahnbögen suchen. Zu viel Tonkunst mache ihr Kopfgicht. „In unseren jüngeren Jahren spielte man ja auch," sagte sie, „aber heut zu Tage schlagen sie doller drauf los."

„Das kommt gewiß vom Turnen," bemerkte die Beckmann, da werden sie forsch nach."

„Mit der Violine darf mir Keiner ins Haus," fuhr die Stahlen fort, „das hört sich an, als wenn sie Einem die Knochen ansägen, die können nach Weißensee gehen und den Kuhlpadden was vorkratzen. Und was nun Sänger vorstellen wollen, die sich schon des Morgens früh die Kehle mit einem Triller ausgurgeln, die werden gestentzt."

Die Mittheilung über Bergfeldts pekuniäre Lebensstellung beruhigte mich einigermaßen und wirkte günstig auf den Kaffee ein, den sie jetzt präsentirte, der jedoch besser gewesen wäre, wenn sie ihn nicht so viersträhnig gemacht hätte, daß ich, für meine Person wenigstens, heißes Wasser zum Zugießen ausbitten mußte.

Im Uebrigen hatte sie die guten Tassen genommen, die noch aus alten Zeiten stammen und sich in der Vergoldung erstaunlich gehalten haben; die Kanne hat sie früher einmal zerbufft, weshalb das Einschenken in der Küche besorgt wurde und sie gleich so mit den vollen Tassen auf dem Tablett hereinkam. Außer Napfkuchen gab es noch Sandtorte und Krausgebackenes und Aprikoseneingemachtes auf kleinen Glastellern, die ich jedoch sogleich als Augusten angehörig erkannte.

„Wo ist denn Frau Weigelt?" fragte ich. – „Meine Tochter kommt gleich," antwortete die Bergfeldten rasch, „sobald sie die Küche besorgt hat." – Jetzt wußte ich genug. Auguste, die sich sonst von ihrer Mutter hinten und vorn aufpassen ließ und jedes nachkramen, als sie noch in den widerwärtigen Schlaaksjahren war, nahm ihr nunmehr die Arbeit in hingebender Bereitwilligkeit mit Kaffeetrichtern und Tassenwaschen ab, wobei sie den alten Bergfeldt bei sich in der Küche herum kranewanken hatte. Denn anderswohin konnte sie ihn nicht verstochen haben, weil man ihn im Berlinerzimmer, wo wir ablegten, hinter dem Bettschirm nicht entdeckte.

Während ich noch erwog, wie traurig es doch mit dem Alten zuginge und man schwerlich die Rede auf ihn bringen dürfte, um die mittlerweile sehr gesprächig gewordenen Stimmung nicht zu verderben, fragte die Krausen ganz laut: „Sagen Sie mal, Frau Bergfeldt, ist es denn wahr, was die Leute sich erzählen, daß Ihr Mann nach der Charitee muß, nach dem dritten Hof, wo die Unheilbaren sind?"

Der Engel, der jetzt plötzlich durch das Zimmer flog, war nicht von schlechten Eltern. Die Helbichen sah aus, als wäre ein Hagelstein unmittelbar neben ihr niedergefahren, und mir blieb die Hand, worin ich den Theelöffel mit Eingemachtem hielt, geradeaus vor Schreck stehen, wie bei dem versteinerten Bild von Sais. Die Stahlen richtete sich lothrecht vor Aerger in die Höhe und sagte mit einem strafenden Blick auf die Krausen: „Aber nein, so was!" – Frau Schülern fragte darauf: „Wat macht denn der olle Mann?" und die Beckmannen hatte den Schluckauf gekriegt, worauf der Engel sich langsam verzog und die Unterhaltung wieder in Fluß kam, wenn auch nur tropfenweise.

Weil die Bergfeldten nicht gleich wußte, wie sie der Krausen dienen sollte, übernahm ich das Amt der Vergeltung und sagte: „Sie irren sich sehr unangebrachtermaßen, meine Beste, Herr Bergfeldt hat sich sehr herausgemacht seit dem letzten Winter, weshalb Sie das Unheilbare wohl lieber zurücknehmen. Die Vorsehung waltet oft wunderbar, die kann ihn binnen Kurzen: wieder gesund und rüstig herstellen." – „Vorsehung ist blos Redensart," entgegnete sie, indem ihr Mann doch Lehrer ist und bis über die Ohren aufgeklärt, wovon denn ein Abglanz auf sie fällt. – „So?" fragte ich, aber dies „so" war mit zwei großen Buchstaben geschrieben, „wenn die Vorsehung vor einigen Jahren nicht die Vernunft gehabt hätte, beim Tegeler See aufzupassen, was dann wohl geworden wäre? Jedoch hat man den Takt und spricht nicht darüber." – „He!" stieß die Krausen kurz und schnippisch hervor, aber sie hatte Mühe, die dürren Lippen von den aufeinandergepreßten Zähnen wegzulächeln. „He! Es ist kein Wort daran wahr," und mich wie eine zornknirschende Viper anfunkelnd, setzte sie mit mißglückter Spöttigkeit hinzu: „Die Buchholzen wird immer sonderbarer. Seit Jahren phantasirt sie etwas mir ganz Unverständliches, das in Tegel passirt sein soll, und weil sie kein Glück damit hat, nimmt sie nun die Vorsehung zu Hilfe, wer glaubt bei dem jetzigen Fortschritt noch an die Vorsehung, wo wir die neue Dampfpferdebahn haben, das Telephon und die elektrische Beleuchtung in der Leipzigerstraße?"

Bevor ich auf ihre Schwade ein wohlgemünztes Trumpf-As schleudern konnte, ergriff die Beckmannen das Wort und strengte sich an: „Ich bin auch gegen ... was nämlich die eine Vorsehung anbetrifft ... weil mir Eine doch wohl nicht abstreiten will, was ich selbst erlebt habe ..." – wir Alle schwiegen und streckten die Köpfe aufmerksam nach der Beckmannen ihrer Richtung, um keine Silbe von dem Erlebten zu verlieren, das ja immer das Interessanteste ist, wenn es auch größtentheils zusammengelogene Erfindungen sind, und zwar mußte man diesmal um so genauer zuhorchen, weil der Schluckauf ihr fortwährend Kommas in die Rede hineinversetzte.

Mittlerweile war die Helbichen wieder zu sich gekommen und begehrte gegen die Krausen und die Beckmannen auf. „Ich habe auch Vorsehung erlebt," rief sie ganz tapfer, „ebenso gut wie Andere, und ich sage, es giebt ja eine." – vor lauter Aufregung trat ihr das Wasser in die Augen und ihr kleiner quabbeliger Körper flog vor innerer Entrüstung. – „Huck," stieß die Beckmannen auf, „beeifern Sie sich man nicht, was ich Ihnen jetzt erzähle, hat sich ... wörtlich zugetragen, wie wir nämlich vor zwei Jahren ..., es können auch dreie sind ..., an'n Sonntag nach Steglitz herauswollten, kam ungeahnte Abhaltung zwischen ..., ich weiß nicht mehr, ob wir Besuch kriegten oder ob wir auf'n Plutz bei Bekannte gebeten wurden ... genug eingal ..."

„Sie sollten doch etwas gegen den Schlucker thun," unterbrach ich sie, da ihr ewiges Gehuckse abscheulich anzuhören war. „Drei kleine Brotkrümelchen langsam gegessen, oder ein scharfes Messer anfixiren, bewährt sich ausgezeichnet." – „Er ist schon so gut wie weg," erwiderte sie, „huck!"

Die Schülern, welche eine intime Freundin von der Beckmannen ist (auch nichts Feines, sondern richtig ick und det und Oogen, Fleesch und Beene), stand unvorbereitet auf und indem sie die Beckmannen mit einem heftigen Griff hinterrücks bei den Schultern packte, rief sie mit gräßlicher Stimme: „Et brennt!!"

Die Beckmannen nun in die Höhe geflogen und laut aufgeschrien, und wir sämmtlich ebenfalls aufgefahren und nicht übel losgekrischen, Eine blasser vor jählingser Ueberraschung als die Andere. Auch Auguste, die bis jetzt noch hinter der Bildfläche geblieben war, stürzte angstvoll herbei und fragte: „Mein Gott, was giebt es?" – „Nischt!" antwortete die Schülern, „die Beckmannen hat blos en bisken den Schluckauf und da hab ick ihr 'ne Kleinigkeit „erschrocken. Is er nu alle?" – „Wie weggepustet," sagte die Beckmannen. „Ein gediegener Schreck hilft immer."

Allmälig erholten wir uns wieder und vermochten über das vorgefallene lächelnd zu urtheilen. Auguste, welche einsah, daß wir der Stärkung bedurften, holte einen Bittern aus dem Spinde, den die Bergfeldten selbst ansetzt und der gut für den Magen sein soll, aber nachdem ich ihn gekostet, kam ich doch zu dem Resultat: Lieber eine Stunde Kolik, als davon mehr. Es schien Brennspiritus zu sein, mit giftigem Zeugs vom Materialisten destillirt. Und das verträgt sie!

„Wie war es eigentlich noch mit der Vorsehung?" fragte die Stahlen, als eine Sprechpause eintrat. „Das sollen Sie zu wissen kriegen," begann die Beckmannen wieder, „eins nach dem anderen, wie es mir passirte.“ – Auguste flüsterte der Mutter einige Worte zu, die darauf einen Blick nach der Uhr warf und mit dem Kopfe schüttelte, woraus mir klar ward, daß etwas unterkietig sein mußte. Hätte ich gewußt, was, dann würde ich zum Aufbruch gemahnt haben, aber da die Bergfeldten sich nicht äußerte, ließ ich die Beckmannen weiter schwabbeln, weil man doch gerne erfährt, wie die Vorsehung sich benommen hat.

„Wir kamen nämlich nicht nach Stegllitz und das war ja auch schöne; nämlich am anderen Tage lasen wir in unserer Zeitung, daß viele Menschen mit der Eisenbahn überfahren waren und mancher seinen Tod gefunden hatte. Wenn wir dabei gewesen wären, wir wären ganz sicher als dodige Leichen zu Hause gekommen.“

„Sehen Sie wohl,“ rief ich triumphirend. „wer anders hat Sie beschützt und bewahrt, als die Vorsehung?“

„Das sagte ich gerade so,“ entgegnete die Beckmannen, „und war meine feste Ueberzeugung. Aber denken Sie sich blos an, drei Tage später falle ich mit dem vollen Ascheimer rücklings die Kellertreppe runter und setze mir die rechte Schulter aus. wo war denn die Vorsehung nun? Vierzehn Tage hab' ich mit gelegen und kann den Arm beim Frisiren immer noch nicht hoch heben.“

„Sie hätten Spicköl und Johannisöl nehmen müssen, jedes fürn Groschen,“ sagte die Stahlen, „das hat einer Bekannten von mir ausgezeichnet gethan, die es mir sehr empfahl.“ – „Auch gegen ausgesetzte Schulter?“ – „Nein, sie hatte es mehr im Bein, mehr rheumatisch, ich glaube, sie nannte es Hiskias, aber geholfen hat das Mittel schon Vielen, einfach mit einem wollenen Lappen eingerieben und Watte schön warm darüber gebunden.“ – „Ich bitte Sie,“ wandte ich ein, „Verrenkungen und Quetschungen dürfen doch nicht warm gehalten werden, im Gegentheil kühl mit Eis oder Bleiwasser.“ – „Das weiß ich nicht,“ erwiderte die Stahlen, „aber das ist gewiß, Spicköl und Johannisöl, jedes für'n Groschen, hilft.“ – „wir brauchen immer Mierenschpirtus,“ bemerkte die Helbichen, „der schmeidigt den Körper und treibt das Blut aus den Adern.“ – „Universalpflaster vertheilt auch und zieht auf,“ sagte die Schülern. „Die Beckmannen hätte Doktor und Apotheke sparen können, wenn sie mir gefolgt wäre. Bei uns war ein kleines Mädchen in der Nachbarschaft mit 'n schrecklich schlimmen Finger und weil der Doktor gesagt hatte, er wollte schneiden, litten die Eltern nicht, daß sie hinging, wer mag sich auch zum Krüppel kuriren lassen? So kam sie denn zufällig zu mir und wie ich nun den Finger zu sehen kriege, schwören die Knochen schon heraus, Herrjeh, Kind, sage ich, warum habt ihr nicht gleich Universalpflaster aufgelegt? Na, ich gab ihr welches und es hätte ganz wahrhaftig geholfen, wenn der Doktor nicht mit Gewalt den halben Finger dennoch abgenommen hätte. Seit zehn Jahren habe ich das Pflaster im Hause und nie keinen Arzt nöthig gehabt. Die verstehen ja doch das wenigste."

Mich verdroß die Ueberhebung dieser Frau über den medizinischen Stand, dem mein Schwiegersohn angehört und wovon er leben muß, weshalb ich mir die Frage erlaubte: „Nehmen Sie das Pflaster denn auch ein, wenn Ihnen was fehlt?" – „Es zieht alle Ungesundigkeit nach außen," antwortete sie unbeirrt. „Bei uns war eine Frau in der Nachbarschaft, die hatte schon vier Doktors gebraucht ..." – "Die Geschichte kenne ich," rief die Stahlen, „wenn mich die Damen einen Augenblick entschuldigen möchten: ich will nur einmal nachsehen, ob mein Mädchen bei der Arbeit ist oder ob sie aus dem Fenster kukt. Sowie man den Rücken gewendet hat, thun sie nichts, aber Lohn verlangen sie, um bankerott zu werden."

Kaum war sie aus Hörweite, als es nun über sie losging. „Bei der möchte ich auch nicht Mädchen sein," sagte die Beckmannen, „alle vierzehn Tage hat sie 'n neues." – „Auf den ganzen Vermiethungskontors ist sie verrufen." – „Das Mädchen hat nicht mal Zeit, für sich zu nähen." – „Und das Essen! Das Wasser, wo sie die Töppe mit ausspült, giebt sie ihr statts Fett." „Wenn Eine von Schelte satt werden könnte, wäre ihr Mädchen schon lange gemästet." – „Die müssen Sie in Wuth sehen, na, ich sage, das grüne Feuer fliegt ihr aus den Augen." – „Ist sie gegen ihren Mann denn anders?" – Aber erst seit das Haus auf ihren Namen geschrieben wurde. – „Und wie sie sich mit ihrer Tochter hat; sie sagt, die könnte sich mit Grafen und Baronen unterhalten." – „Photographen meint sie wohl." – „An der Tochter ist gar nichts dran." – „Entzweiige Hemden, aber mit Kauten besetzt." – „Wer die kennt, der nimmt sie nicht." – O du meine Güte, was wußten die Damen alles von der Stahlen.

Es lag in meiner anfänglichen Absicht, mich unmittelbar nach der Stahlen mit einem vornehmen Aufbruch zu empfehlen, jedoch als ich merkte, wie über die Abwesenden hergefallen ward, beschloß ich unentwegt bis zu allerletzt zu bleiben, um nicht auch mein Theil nachzukriegen. Lieber eine Verletzung der gesellschaftlichen Feinheit, als so verhackstückt werden. Ueberdies ging die Uhr auch erst auf Fünfen. Ich wollte aber doch, ich wäre gegangen. Auguste betheiligte sich nicht an dem Gespräch, das sie sichtlich verdroß. Ganz laut fragte ich daher: „Wie geht es zu Hause, Auguste, was machen die Kinderchens, warum hast Du sie nicht mitgebracht?“ – „Sie sind hinten,“ antwortete sie zögernd. „Und zeigst sie uns nicht einmal? Hole sie doch her, Auguste.“ – „Ich fürchte sie fassen Sachen an, dies Zimmer ist vermiethet.“ – „Aber der Herr kommt nicht vor Zehnen,“ sagte die Alte leise, „wir sind ungestört.“

Auguste ließ sich erweichen und brachte die Kinder, mit deren Erscheinen das Geklatsche über die Stahlen glücklich abriß. Der Franz ist ein prächtiger Junge, folgsam und bescheiden, die zweite, die kleine Käthe, ein niedliches Mädchen, das dritte hingegen ist nur so ein Atom von Kind, schwächlich und ausgezehrt, als wenn es jetzt schon Sorgen hätte, wie die Großen. Die Kleinen erhielten Gebäck und Süßes, ein bischen Solches mit Sowas. Ich kann auch nicht gut nein sagen, wenn ich verlangende Kinderaugen sehe und ihnen das Herzchen groß wird. Wo hingegen Unartigkeit, Ueberfressung und Gestrampel sich einstellen, da komme ich mit dem Stocke, das heißt bildlich. Man braucht nicht gleich züchtigen, wenn man nur nicht nachgiebt.

Da das Jüngste nach Augustens Aussage sich so sehr an Musike freut und ein neues Pianino in dem Zimmer stand, wurde vorgeschlagen, ein paar Töne zu klimpern, aber keine von uns hatte soviel Virtuosität, bis die Stahlen wiederkam, die von ihrer Jugend her noch einen Gewitterwalzer konnte und sich über den Klavizimbel hermachte: erst mit der linken Hand im Baß gerumpelt, um den Donner hervorzubringen, und dann oben auf dem anderen Ende ganz hoch und fein: dam, dam, dam dideri, dideri dam da; sehr niedlich.

Das Kind bekam ordentlich rothe Bäckchen vor Vergnügen und die Stahlen ward sehr gelobt, als wenn während ihrer Entfernung nur Angenehmes über sie gehechelt worden wäre. Dies schmeichelte sie und da sie kein anderes Stück mehr zusammenbrachte und die Bergfeldten sie aufs neue mit dem Magenbittern abstumpfte, wiederholte sie denselbigen Walzer bis zur Bewußtlosigkeit und fand, daß das Instrument einen selten schönen Anschlag hätte.

Wir übrigen Damen geriethen wieder in eifrige Konversation, die Kleinen fühlten sich auch schon heimischer und fingen an, ziemlich lebhaft herumzurabatzen und mit auf dem Klavier zu tappen; nur Auguste wurde von Minute zu Minute unruhiger. – „Kind, was hast Du?“ fragte ich sie unter der Hand. „Es muß doch schon später sein als zehn Minuten vor Fünf,“ sagte sie angstvoll. – Ich warf einen eingehenden Blick auf die Stutzuhr oben auf dem Konsol und richtig, die Glasglocke war kaputt und der Sprung mit einem Streifen

Gummipapier, den die Bergfeldten sich gewiß bei einer Sechserkarte von dem Postschweden zugeben ließ, verklebt. Gerade hinter dem Streifen waren die Zeiger auf zehn Minuten vor Fünf stehen geblieben. Uhren verkleistern und nicht aufziehen, das ist ja so Bergfeldtsch, wie sie es immer war.

„Die Kunstuhr steht," sagte ich ruhig, als verstände sich das von selbst. – „Wie spät ist es denn schon?" Ich sah nach meinem Zeitmesser: „halbachten." – Auguste schrak zusammen. „Schon?" rief sie und ging zur Mutter, der sie wieder etwas zuflüsterte und zwar dringlicher als vorher. „I wo!" sagte die Bergfeldten laut, sonst wäre er schon hier."

Bevor ich jedoch begriff, worum es sich eigentlich handelte, kam die Erläuterung. Bei dem Kinderlärm, der Unterhaltung und dem Gewitterwalzer hatte niemand vernommen, daß jemand die Flurthür aufgeschlossen hatte, der Herr nämlich, an den die Bergfeldten das Zimmer vermiethet hatte, in welchem wir tagten, und wie dieser Herr nun plötzlich die Thür aufriß und stehen blieb, als wäre er verkehrt gegangen war die Bestürzung auf beiden Seiten gleich.

„Entschuldigen Sie, wenn ich so frei bin, von meinem Zimmer Besitz zu nehmen," sagte der Herr bissig. – wir waren ganz starr. – „Hoffentlich haben die Damen nichts dagegen, wenn ich allein zu sein wünsche?" Dabei verbeugte er sich mit völlig kühler Liebenswürdigkeit und beutete mit der Hand dahin, wo der Zimmermann das Loch gelassen hatte. – „Nu aber raus," zischelte die Beckmannen, was jetzt erfolgte, war eine Massenhinauskomplimentirung. Die Bergfeldten wollte gegenanbelfern, als wenn sie lange im Recht wäre, aber der Herr sagte blos: „Bitte!"

Wir mußten als Ueberwundene an ihm vorbeitrollen, was mit einem sehr demüthigenden Gefühle verbunden war. Jede nahm etwas mit, Tassen, Tablett, Glasteller, Kuchen. Auguste zog die Kinder hinaus und im Handumdrehen war das Lokal geräumt.

Die Stahlen meinte, sie habe nie eine Mergelgrube aus ihrem Herzen gemacht, aber sie müsse gestehen, ein so ungehobelter Patron sei ihr noch im ganzen Leben nicht begegnet, als wir uns in dem Berliner Zimmer eingerichtet hatten. Die Schülern fand ihn impertinent. Die Beckmannen sagte: „warum kam der Kerl so früh retour? Das war sehr unpassend von ihm." – Die Krausen sagte, der junge Mann wäre ein Flegel. Das kam aber, weil sie den Likör getragen und er sie mokant angesehen hatte.

Während so über ihn abgestimmt wurde, schellte er. Wir schraken zusammen und waren bumsstill.

„Was mag er wollen?“ fragte die Bergfeldten, „ich gehe nicht hinein.“

Da klopfte es an. – „Herein!“ Höflich beorderte der Herr: „Möchten Sie die Güte haben, die Klaviatur meines Instrumentes mit einem feuchten Tuche abzuwischen, sie ist so klebrig, daß ich nicht darauf spielen kann.“ – Auguste folgte ihm.

„Hat man je solche Gemeinheit erlebt?“ rief die Stahlen. „Da ist man nun Hauswirthin und muß sich Rohheiten gefallen lassen.“ – „Dem würd' ich es schon mal wieder besorgen,“ stachelte die Beckmann.

Als Auguste zurückkam, sagte sie: „Mama, wenn Du den Herrn darum gebeten hättest, würde er Dir das Zimmer gerne für den Nachmittag zur Verfügung gestellt haben, jetzt ist er über Deine Eigenmächtigkeit erzürnt und will zum Ersten ziehen. Und Du weißt wie schlecht es sich zum Sommer vermiethet.“

„Meinetwegen kann er gleich gehen,“ antwortete die Alte. – „So einen bekommen Sie alle Tage, zehn für einen,“ unterstützte die Stahlen sie. – „Er zahlt pünktlich jeden Ersten,“ wandte Auguste ein, „Mama hat genug bei unsicheren Herren zugesetzt.“

„Ich würde mit ihm reden,“ warf ich hin. – „Das thue ich auch jetzt gleich,“ rief Auguste und muthig ging sie hinüber.

Dies gefiel mir bewunderungswürdig an ihr. was wäre die ganze Familie ohne Augusten?

Nach einer Weile kam Auguste zurück. „Er bleibt wohnen,“ sprach sie, „aber er erwartet von Mama das Versprechen, drüben keine Gesellschaften wieder zu geben.“ – Die Bergfeldten murrte irgend etwas Brummiges, schien aber doch zufrieden. –

Ich hatte völlig genug. Die Helbichen ging mit mir und wir sprachen unterwegs über das Vorgefallene; auch sie erkannte Augustens Tüchtigkeit an. „Das Leben erzieht manchen Menschen,“ sagte sie, „wenn sie in ihrer Jugend nichts annehmen wollen.“ – „Vielen fehlt es leider an der richtigen Anleitung,“ entgegnete ich.

Wir schieden; ich fuhr mit der Stadtbahn zurück und war froh, als ich die Landsbergerstraße zufassen hatte.

„Nun, wie war es?“ fragte mein Mann.

„Karl, wie immer bei Bergfeldts. Zu einem Damenkaffee uzt die mich nicht wieder hin es ist dort nicht unser Niveau.“

Freund Max

Wenn es mir bisher auch schleierhaft war, woher die Denker die Zeit nehmen, um auf Schwerverständliches zu kommen, so weiß ich dies jetzt so genau, als wenn ich mein Lebtag nichts anderes als dasselbe gethan hätte: sie benutzen hierzu die schlaflosen Nächte, was in einer einzigen zusammengebracht werden kann, das geht auf keine Kuhhaut, und wenn es nicht die Bergfeldten gewesen wäre, die einmal, wo es natürlich total unschicklich war, sich äußerte: „Denken macht dumm,“ würde ich fast geneigt sein, beizustimmen, denn der Kopf ist Einem nach einer solchen durchdachten Nacht wie mit Unbegreiflichem angefüllt. Aber die Bergfeldten kann lange reden, eh' mir ein Wort gefällt.

Wem war ich denn für diese Schlaflosigkeit anders meinen Dank schuldig, als ihr? Hat sie einen Magen wie eine Feuertiene, braucht sie doch nicht glauben, daß auch anderen Leuten ihr selbst angesetzter Likör bekömmlich ist, und nur um Aufsehen zu vermeiden, schickte ich nicht zum Doktor. Wenn der sofort erkannt hätte, daß ich mit unwissendem Schierling oder was sie sonst verwechselt hat, vergiftet worden war, dann mußte er Anzeige machen und das Gericht hätte sie mitsammt der Bouteille beim Wickel gekriegt. Solche Härte wollte ich jedoch nicht, denn was sollte in der Zwischenzeit aus dem alten Bergfeldt werden, wenn ihr drei Wochen oder mindestens vierzehn Tage aufgebrummt wurden? Weniger wäre knickerig gewesen.

Was sollte aus dem alten Mann mit den zerbrechlichen Knochen werden?

Und wenn er stürbe, was sollte aus ihr, der Bergfeldten, werden? Mit den möblirten Herren hält sie auf die Dauer doch keinen Frieden. Dann fällt sie Augusten zur Last.

Diese schätze ich mehr und mehr. Was Herr Weigelt an Energischkeit fallit ist, besitzt sie in dem Bewußtsein, wo die Pumpe stehen soll. Davon haben denn nachher Alle gut, der Mann, die Kinder, der alte Bergfeldt und die Mutter, obgleich die das Schicksal immer wieder gegen den Strich kämmt und Ungedeihen hervorruft.

Woher kamen denn die Wallungen und das Herzklopfen, und die Schwierigkeit, Oden zu holen, als von ihrem Kaffee mit Surrogat, vor dem gewarnt wird, weil Torf mang ist? Der Doktor sagt, es sei Anlage zu Asthma vorhanden, wenn ich mich einmal keuchend überrannt habe, aber da ist er, wie so mancher Arzt, auf dem Holzpfade ... Das kommt nur von der Bergfeldt'schen Verpflegung.

Einige von den Damen ließen sich sogar mehrfachen Rachenputzer einreden; entweder wurden sie abgehärtet geboren oder sie haben ihn allmälig so untergekriegt, daß er ihnen nichts mehr thut.

Du allmächtiger Himmel, wenn mein Mann eine Frau bekommen hätte, wie die Beckmannen oder die Schülern. Wie entsetzlich! wie sie ihm wohl das Leben ansäuerten, immer gleich eklig geworden, ohne eine Ahnung für seine Güte, die Bouillon nicht zu genießen, versalzenes Wasser mit Fettflecken darauf, das Gemüse ohne Saft und Kraft, immer mit Hammeltalg, was er nicht riechen kann; wie er wohl aushalten müßte und seufzte, nur erst davon zu sein, daß der Mann ohne Nase bald käme und ihm den hölzernen Schlafrock anzöge und sie ihn wegtrügen aus allem Elend.

Dieser Gedanke ergriff mich mit Kummer und Beängstigung, daß ich mir nicht zu helfen wußte. Am liebsten hätte ich laut aufgeweint, aber durfte ich das? Schlief mein Karl nicht so prachtvoll, als wenn das leibhafte gute Gewissen sich ins Bett gelegt hätte?

Und wie er schnarchte! Es war kein simpler Knast, den er vorhatte, sondern ein rechter faseriger mit Absätzen. Sonst pflegte ich zu rufen: „Karl! – Karl, laß das Schnarchen sein. Andere Leute haben auch bezahlt. – Hörst Du nicht, Karl? Es ist unmöglich, ein Auge zuzuthun. – Karl, soll ich ernstlich böse werden?“ – Dann verpustete er sich meistens so lange, bis ich selbst in Schlaf geschlüpft war, oder wenn er etwas totaler aufwachte, leugnete er, wodurch beiderseitige Munterkeit mit Austausch von Vorwürfen eintrat.

Nein, ich konnte nicht so sein, wie die Stahlen oder die Krausen, deren Männern nachgerade etwas fehlt, wenn sie nicht in fortwährender Furcht geknechtet werden; ich lag duldsam und hoffte, daß er sich jeden Augenblick kanten würde und das Holzzerkleinerungsgeschäft aufgeben.

Aber umsonst. Er war müde, daß ein Auge das andere nicht sah.

So hatte ich die schönste Muße zum Denken, und an wen anders als an die Bergfeldten?

Vor ihrer Verheirathung verstand sie ihre unliebsamen Seiten hinter einer Larve von herzgut Aussehen zu verbergen, aber als sie durch die Trauung an die Hausstandsregierung gelangte, vervollkommnete sie sich in Unleidlichkeit. Da verhunzte sie dem Manne das Leben.

Was er anfing, war ihr nicht recht, und hatte er gethan, wie sie ihm vorgnedderte, war es erst recht nicht recht. Auf ihn verwendete sie die wenigste Mühe und bei dem achtlosen Zurückstellen ward der Rest seiner Jugend schimmelig.

Was half ihm die Arbeit außer der Zeit, sie kamen doch nicht vorwärts. Das Gehalt langte nie, und wenn er meinte, ein Loch zugestopft zu haben, hatte sie ein neues aufgerissen, ausdauernd im Borgen, und im Verleppern, wie man so sagt, permanent. Dazu die täglichen nichtigen Unfriedfertigkeiten, die fraßen ihn morsch und als sein Stolz, sein Emil, ihrer aller Hoffnung, so plötzlich endete, war der Liter voll. Da fing der Alte an, den gestrigen Tag zu suchen und konnte ihn nicht finden. Zuerst merkten sie es auf dem Büreau mit dem Schreiben, weil er, wo er große Buchstaben machen sollte, kleine hinsetzte und keine Vermahnung ihn davon abbrachte und er beim Sprechen einige Worte nicht besann, oder wenn schon, dann waren es verkehrte. Anfangs haben sie es sehr spaßig gefunden, aber als der Doktor erklärte, daß dies Zeichen von unheilbarer Krankheit wären, da haben sie nicht mehr gelacht.

Auguste hatte gleich Schlimmes geahnt und der Mutter ihre Besorgniß nicht vorenthalten, aber die hatte gemeint, es würde sich schon wieder geben, der Alte müsse nur strammer genommen werden. Das hat sie denn auch gethan. Jetzt ist er willenlos und traurig zu sehen, und war doch einst jung und lebensfrisch wie mein Karl.

Die beiden waren gute Kameraden, geradeso wie Herr Felix und Herr Max es jetzt sind.

Mein Karl machte in diesem Moment eine Vesperpause beim Sägen, aber völlig zwecklos, denn bei dem Gedanken an Max durchlief es mich wie mit fliegender Hitze. War nicht die Frieda das zum Erschrecken getroffene Ebenbild von der Bergfeldten im Jugendzustande? O, nein. Noch schlimmer: sie überhäuft ihn ja schon als Braut mit Widerwärtigkeit.

Ich sehe eine Distanz weiter als vom Montag zum Dienstag, und was ich sehe, ist dito ein Leben voller Enttäuschung, voll innerem Kummer, Verdruß und Bitterkeit, bis auch er zuletzt genug hat und wünscht, das Jammerthal nehme ein Ende.

Die Beiden müssen wieder auseinander.

Aber wenn ich ihm sage: „Sie haben nicht den richtigen Anschluß in dem Fahrplan Ihres Lebens“ und er trennt sich mit ihr, was wird dann aus dem Mädchen?

Es ist ja möglich, daß sie ihn auf ihre Art liebt, wie sie es nicht besser versteht, und dann bin ich schuld an ihrem Unglück.

Ein junger Mann findet schon Gelegenheit zu einer frischen Braut, aber eine Verlobtgewesene ist übel daran, die kann unschuldig sein wie eine Himmelslilie, in ihren Bekanntenkreisen wird doch gemuthmaßt, und je annehmbarer sich ein Freier meldet, um so verleumderischer klatschen sie und tragen sie zwischen, und tuscheln, und hetzen sie und petzen sie, bis er sich zurückzieht, woher er kam, und Niemand nimmt den Makel von ihr. Das Herz mag ihr zerkrümmen, es steht ja Keiner, in das Kopfkissen kann sie beißen und schreien, es hört ja Keiner, und werden sie es dennoch gewahr, dann will es Niemand gewesen sein.

Mein armer Max, ich kann dir nicht helfen, ich kann nicht. Ich kann nicht. Das Mädchen hat auch Anrechte an Glück und Zukunft.

Aber ist es mit ihm nicht wie mit dem Knaben, der über einen gefrorenen Fluß will, wo in der Mitte das Wasser noch als schmale Rinne glitzert und das Eis sich erst eben angesetzt hat, ganz dünne und spröde wie Glas. Nun kommt er vom Ufer angegangen, da hält das Eis und lustig glitschend und trippelnd eilt er vorwärts, immer näher der Mitte zu. Die Leute auf der Brücke rufen und winken. was wollen sie, das Eis ist ja fest? Er geht weiter, da er das offene Wasser nicht sieht, frohsicher weiter. Da, ein einziger lauter Schrei von denen auf der Brücke. Eine Eisscholle hat sich abgelöst und treibt im Wasser, wie das Eis durchbrach, wer weiß das? Zeder schloß die Augen, der hilflos zusehen mußte.

Am Morgen war ich gerädert, wer jemals mit einem zerdachten Gehirn recht spät aufstand, der kann sich einen Begriff machen. Aber nur schwach.

In dieser Stimmung kam Herr Felix Schmidt mit einem Brief vom Kontor, der dort abgegeben war, obgleich er meine Adresse in vollster Leserlichkeit trug und an der oberen Seite bereits eingerissen war, weshalb Herr Schmidt um Entschuldigung durch Geschäftseifer bat.

„Herr Schmidt," sagte ich scherzend, aber mit tadelndem Grundton, „das Briefgeheimniß ist eine sehr heilige Sache, ich glaube, ich könnte unangenehm werden, wenn Jemand meine Korrespondenzen durchschnökerte, um seine Neugier zu belustigen. Eben deswegen schreibe ich nur rar, weil ich nicht mag, daß Leute meine Briefe achtlos herumtreiben lassen und die Donna's sie Morgens früh beim Stubenscheuern lesen."

Er bereute, unachtsam gewesen zu sein und versprach, von nun an die Aufschrift sorgsamer zu beobachten. Mein Schwiegersohn, der Doktor, würde in diesem Falle gefragt haben, was das Gehabe und Gethue solle, als wenn an meinen Briefen nichts gelegen wäre oder ähnlich. Aber Herr Felix erlaubt sich Derartiges nicht, weil ich seinen früheren Lebenslauf kenne und er wohl fürchten mag, daß ihm Vorwürfe blühen, wenn er aufmuckt. Es fällt mir ja nie ein, darüber zu sprechen, denn was vergeben ist, das ist auch vergessen, aber es ist ein sehr wohlthuendes Gefühl für eine Schwiegermutter, den Mann ihrer Tochter gewissermaßen an einer unsichtbaren Strippe zu halten.

Jedoch anhören mußte er, daß Max sich unklug verlobt habe, wozu noch tausend Zeit genug gewesen wäre – Er entgegnete, daß ihm Maxens Schicksal unendlich nahe ginge, nun aber nichts mehr zu ändern sei. Max habe dem Mädchen die Ehe versprochen und werde es heirathen. Sein Wort hielte er.

„Sie sind sein Freund, können Sie denn nicht rathen und helfen?" fragte ich.

„Max geht eher zu Grunde, als daß er unehrenhaft handelte. Er ist treu wie Gold, ich habe es erfahren, und so ehrlich wie treu; daher unsere innige Freundschaft, als wären wir leibliche Brüder. Lieber wird er das Aeußerste ertragen, als in Scham erröthen, das Vertrauen eines Mädchens getäuscht zu haben."

„Hätten Sie einen heilsameren Einfluß auf Ihren Freund ausgeübt, es würde nicht geschadet haben. Doch das bleibt unter uns."

Die Prise konnte er aufschnupfen.

Felix empfahl sich wortkarg. Als er fort war, öffnete ich den Brief.

Der fing merkwürdig an: „Sie haben nie von mir gehört, aber ich von Ihnen. Wissen Sie, daß nur Ihre gepriesene Humanität mich es wagen läßt, diese Zeilen an Sie zu richten? Nur Sie allein unter Hunderttausenden sind die Einzige." –

„Was soll denn das?“ fragte ich und sah nach der Unterschrift. „Therese Schulz geborene Western,“ las ich. Her war das Schreiben aus Zehlendorf.

Beim Weiterlesen entdeckte ich nach und nach, daß sie eine Tochter Edith hatte, die sie behufs weiterer Ausbildung unter meine Obhut zu stellen wünschte, gegen Kosthonorar und ewige Dankbarkeit. Dabei schmierte sie mir Lobeserhebungen auf die Backe, daß ich wirklich verlegen wurde. Der Brief schloß: „Nicht wahr, Sie erfüllen meine Bitte? Meine Edith in diesem ausgezeichneten Hause zu wissen, von Ihrer Klugheit geleitet, von Ihnen in die gebildeten Kreise der Residenz geführt, macht zur glücklichsten Sterblichen, Ihre Sie über Alles hochschätzende u. s. w.“ Schluß.

Ich war einigermaßen verblüfft, nachdem ich die vier Seiten Handschrift hinter mir hatte. „Wirklich großartig,“ rief ich, „wo ich mich zur Ruhe setzen will, muthet mir eine wildfremde Frau zu, ich soll ihre Range in eine hauswirthschaftliche Verbesserungskur nehmen. Das fehlte gerade noch. O nein!“

Ich kannte weder die Mutter, noch die Tochter Edith. Wenn die gerade so eine wäre, wie die Frieda ...

Mit einem Male sprang ich auf. Da lag es hell vor mir wie der Tag. Wie war es nur möglich, daß ich nicht schon längst darauf kam? Wie kann man so dumm sein und sorgt sich und quält sich und findet das Einfachste nicht?

Nun wußte ich, was ich wollte. „Du nimmst die Frieda zu dir und ziehst sie nahe an dein Herz. Milde und Nachgiebigkeit träufelst du auf sie, die lösen den Rost von den Riegeln ihres Gemüthes, daß es sich öffnet und Freundlichkeit einziehen kann.“

So sprach ich zu mir selbst und wurde seelenfroh, „Wilhelmine,“ scherzte ich ganz allein mit mir, „Wilhelmine, auf deine alten Tage noch so unternehmungslustig?“ Du bist wohl nicht recht gescheut. Weißt Du, was du dir aufsackst?“ – Aber die Bedenken gewannen keine Macht. Ich hörte die Worte wieder und immer wieder: „Er ist treu wie Gold und so ehrlich wie treu.“ Nun konnte ich helfen und rathen, daß seine Treue und Ehrlichkeit nicht zu Schanden würde, nun vermochte ich an seinem Glücke zu arbeiten, daß es nur so krachte, jedoch mit dem Unterschied, daß nicht er in Behandlung genommen würde, sondern sie.

Und am Ende, wenn ich sie mir genauer bedachte, war sie gar nicht so unübel.

Wie glücklich machte mich dieser Brief. Die p. p. Schulzen hatte ihn zwar geschrieben und der Postmensch ihn gebracht, aber ich lasse mir nicht nehmen: er kam von der Vorsehung und wenn die Krausen auch noch so dreidoppelt aufgeklärt ist.

Ich ließ Herrn Max sofort durch einen Dienstmann dringend citiren, in solcher Fahrt befand ich mich, und dazu die Aufregung und Angst: „wenn sie nun aber ablehnt? Dann ist's aus im Dom."

Es dauerte nicht lange, da kam er heran. Ich nöthigte ihn in die gute Stube und als er saß, redete ich ihn ohne weitere Umschweife ernst an: „wir haben hier an demselben Orte schon einmal sehr wichtige Dinge unter vier Augen verhandelt, damals galt es ihren Freund Felix – Schwamm darüber – heute sind Sie an der Reihe."

„Ich wüßte nicht, daß ..." stotterte er.

„Nur ruhig Blut und warm angezogen. Erstens muß ich Ihnen sagen, daß mir noch kein größerer Leichtsinn vorgekommen ist als Sie" – „Ich bin majorenn," begehrte er auf. – „Leider Gottes", erwiderte ich „Sie können thun und lassen, was Sie wollen, ohne Jemand Rechenschaft zu geben, Sie sind Ihr eigener Herr. Und zweitens muß ich Ihnen sagen, daß Sie mich kannten: warum kamen Sie nicht zu mir und vertrauten mir, daß Sie sich verloben wollten? Ich hätte Ihnen gut gerathen."

„Gut gerathen?" fragte er. „Ich verstehe Sie nicht."

„Nur keine Verstellung, Sie wissen, was ich meine. Sagen Sie mir daher aufrichtig, glauben Sie, daß Sie glücklich mit Ihrer Frieda werden?"

Er schwieg eine Weile. „Ich hoffe es," sprach er dann leise und beklommen.

„Wir Alle wünschen das Nämliche," fuhr ich eindringlich fort, „wir Alle, die Sie kennen und liebgewonnen haben, wir machen Ihnen keinen Vorwurf, daß Sie sich verlobten, im Gegentheil, jeder junge Mann sollte Ihnen so bald wie möglich folgen, aber warum warteten Sie nicht ein Weileken, vielleicht hätten wir etwas passenderes gefunden?"

Er schüttelte das Haupt langsam und abweisend und schlug darauf seine schönen offenen Augen so gut und wahrhaftig zu mir auf, daß ich merkwürdig bewegt ward. „Ich liebe meine Braut," sagte er und seine Züge belebten sich freudig.

„Und sie?“ fragte ich gespannt.

„Sie liebt mich wieder!“

„Aber nur sehr dünne, nehmen Sie mir's weiter nicht übel,“ überstürzte ich mich; allein wer konnte dafür? Wenn die Pistole geladen ist, fliegt sie los. Das ist einmal so Naturgesetz.

„Sei dem, wie ihm wolle,“ entgegnete er mit starker Selbstbeherrschung und biß seinen Schnurrbart, „sie ist meine Braut.“

Er stand auf und sagte, indem er sich stramm und frostig verbeugte: „Im Uebrigen darf ich mich wohl empfehlen? ich glaube kaum, daß Sie mir noch mehr mitzutheilen haben.“

Er wollte richtig gehen.

Ohne viel Grübeleien war mir klar, daß jede Wurst zwei Enden hat und ich diesmal das verkehrte gepackt hatte.

„Zürnen Sie mir?“ fragte ich ihn und legte meine Hand sanft auf seine Schulter. „Habe ich falsch gesehen, so soll mich das freuen, aber es wollte mir scheinen, als wenn Ihre Braut Ihnen öfters selber mißfallen hätte.“

„Wir stimmen in manchen Dingen nicht ganz überein,“ gab er zögernd zur Antwort, „es mag das wohl an den Verhältnissen liegen, in denen sie aufwuchs. Ihr fehlt es an den Formen des Umgangs, das gebe ich zu, aber trotzdem ist sie hübsch; sie kann sogar bildschön aussehen. Finden Sie das nicht auch?“

Hätte er mir seine verliebte Brille geliehen, durch die er die Welt betrachtet, würde ich vielleicht gesagt haben, die medizinische Venus sei ein reiner Waisenknabe dagegen, aber da dies keineswegs der Fall war, spendete ich nur ein Nicken des Kopfes, das er so hoch ins Anerkennende übersetzen konnte, wie ihm gut dünkte.

Hierdurch ermuthigt, fuhr er fort: „Sie ist vielleicht etwas verwöhnt. Als die Mutter starb, war sie noch ein Kind und der Vater ließ sie in Allem gewähren. Die Verwandten schmeichelten ihr, besonders einige ältliche Nichten, die darauf spekulirten, Frieda's Stiefmutter zu werden. Das hat sie wohl ein wenig eigensinnig gemacht Aber das Trotzköpfchen gefiel mir gar zu gut; je kälter und widerspenstiger sie sich gegen mich benahm, um so eifriger bemühte ich mich um sie.“

„Das heißt, Sie wurden auch eigensinnig und mußten das Mädchen partout haben, war es so oder nicht?" – „Es war so."

„Wie kann man sich aus gegenseitiger Abneigung verloben? So ein Unfug."

Er lächelte. „Mir liebten uns. Als ich sie ganz ernst fragte, ob sie die Meine werden wolle, da war der kleine Krieg zu Ende, den wir bis dahin führten. Sie gestand mir, daß auch sie mich vom ersten Augenblick an gern gehabt habe, daß ihr Vater und die Verwandten ihr zuredeten, daß sie sich aber nicht befehlen ließe, von keinem Menschen auf der Welt. Und das gefiel mir noch mehr."

„Darin kann ich ihr nicht ganz Unrecht geben, zusammengeredete Partieen haben keinen Halt."

„Wie mich das glücklich machte," sprach er lebhaft weiter. „Ich hatte Niemand, der mich um meiner selbst willen liebte, außer Felix, meinen Freund, aber der war fort und ich war einsam und allein in dem großen Berlin." – „Sie vergaßen die Buchholz," rief ich. – „Felix mied Ihr Haus und ich mußte auch fern bleiben, bis gute Nachrichten zu überbringen waren." – „Dafür sollen Sie auch noch heute und stets bedankt sein," fiel ich ihm in die Rede. „Sie waren des Freundes Anwalt und Ihnen folgte das Glück meiner Betti auf dem Fuße nach. Ich verstehe wohl, wie es kam, daß Sie sich verlassen fühlten und ein Menschenkind suchten, das Sie lieben konnten. Niemand kann leben ohne Liebe, Niemand. Also Sie waren in dem sogenannten siebenten Himmel?"

„Ich *war* es."

„Und nun?"

Er holte tief Athem. „Es ist ein kalter Reif auf die Hoffnungen gefallen, die mein Herz erfüllten und es fröhlich schlagen machten. Sie wollen vertrauen, Frau Buchholz ... Darf ich mich frei aussprechen?"

„Nur ungenirt," ermunterte ich ihn.

„Werden Sie auch nicht zürnen, wenn ich ... Sie anklage?"

„Mich? Nee doch!"

„Ja," antwortete er und wurde sehr bleich. „Mir gefiel keine besser als Frieda, ich war stolz auf sie, ich fand sie reizend; so wie sie war, erschien sie mir vollkommen. Der kleinen Schwächen achtete ich nicht, ich wollte sie gar nicht anders haben. Da erlaubten Sie, daß ich meine Braut Ihnen zuführen durfte; wie freute ich mich auf den Augenblick, daß Sie meine Wahl billigen, Frieda willkommen heißen, sie lieb gewinnen würden. Gleich bei der ersten Begegnung gewahrte ich jedoch, daß sie Ihnen nicht zusagte, ich fühlte wie Ihre Abneigung wuchs, anstatt zu schwinden. Das beunruhigte mich, von nun an begann ich meine Braut aufmerksamer zu beobachten und sah, daß sie in dem Kreise der Familie Buchholz durch ihr Benehmen, durch ihr ganzes Wesen von den Anderen abstach. Ihr Eigenwille berührte peinlich, die Mängel ihrer Erziehung wurden auffällig und je mehr auch sie inne ward, daß sie nicht zu denen paßte, deren Wohlwollen mir ein unschätzbares Gut ist, um so mehr verschloß sich Frieda. Sie fühlte sich verletzt."

„Ich wüßte nicht, daß ich ihr auch nur mit einem Wort zu nahe getreten wäre."

„Und doch ging von Ihnen die eisige Kälte aus. Die stumme Zurücksetzung, die unausgesprochenen Vorwürfe, die gezwungene Höflichkeit, die sind es gewesen, die sind jener Reif, der sich auf unser aufkeimendes Glück legte. Wir wurden wegen unserer Liebe mißachtet. Sie haben uns unaussprechlich weh gethan, Frau Buchholz. Können Sie es Frieda verargen, wenn sie einsilbiger und abweisender geworden ist als zuvor?"

Ich schwieg. Man läßt allerdings seine Nebenmenschen mitunter fühlen, daß sie Einem unausstehlich sind, aber wer denkt gleich Böses dabei? Ob mein Karl dem jungen Manne wohl recht geben würde, wenn er seine Beschuldigungen hörte?

„Aber Sie waren es nicht allein," sprach Max weiter, „die mir meine Wahl vorwarfen. Er, mein Herzensbruder, mein Freund, Felix, der anfangs zufrieden war, hatte später Worte des Bedauerns für mich, sogar Worte des Tadels. Wer hat ihn dazu veranlaßt? Wer?"

Ich machte eine abwehrende Bewegung.

„Nach einer Pause, ich fühlte wie schwer es ihm ward, sagte er: „Ich habe mich schon darauf gefaßt gemacht, meinen Freund zu verlieren, obwohl ich glaubte, nur der Tod würde uns trennen, ich werde auch Sie nicht wieder mit der Gegenwart meiner Braut belästigen. Ich kehre mit Frieda zurück in die alte Einsamkeit."

„Nein," rief ich, „das sollen Sie nicht. Erfahren Sie doch erst, weshalb ich Sie zu mir bitten ließ. Ueber die Frieda wollte ich mit Ihnen sprechen. Ich habe gesehen, daß ihr gar Manches fehlt, aber das läßt sich nachholen. Zu mir in das Haus will ich sie nehmen, ich will sie halten, mit Güte, mit Strenge, je nachdem es verlangt wird. Sie ist ja ein so ansehnliches hübsches Mädchen und es müßte schnurrig zugehen, wenn sie nicht noch ganz reizend würde."

„Das wollten Sie?" rief er aus. „Wie schön, wie herrlich. Sie hat ja nie einen rechten Anhalt gehabt. Sie ..."

„Nun?" fragte ich.

„Ich fürchte, Frieda wird nicht darauf eingehen."

„Das wäre noch schöner; so viel Macht werden Sie doch hoffentlich haben, daß sie einsieht, was vernünftig ist?"

„Wenn sie merkt, daß über sie verfügt worden ist, weigert sie sich. Außerdem hat sie zu Ihnen keine große Neigung."

„Das findet sich beim Ausfegen."

Ich sann nach, es half nicht; es mußte wieder ein Stremel gedacht werden.

„So geht es," sagte ich dann. „Wenn Betti verheirathet ist, brauche ich Hülfe; ich habe so wie so die Absicht, ein junges Mädchen ins Haus zu nehmen – hier ist der Brief, worin die Verhandlungen angeknüpft werden – und da sind mir zweie lieber, als eine. Frieda thut mir einen Gefallen – sagen Sie ihr das –, einen großen Gefallen, wenn sie kommt. Stellen Sie ihr vor, daß sie Hausstand lernen muß, wenn sie einen Funken Liebe im Busen trägt."

„Ich kann Ihre Güte nicht annehmen," sagte er, „wir können es Beide nicht."

„Mein lieber junger Freund," entgegnete ich, „denken Sie, eine Mutter spräche zu Ihnen, und so wiederhole ich: bringen Sie Ihre Braut, daß ich sie lehre, soweit es in meinen Kräften steht. Gott wird seinen Segen dazu geben."

„Eine Mutter," sprach er leise vor sich hin, „die meine habe ich nie gekannt."

„Adoptiren Sie mich," rief ich, „dann ist Alles in Ordnung, und bot ihm die Hand. Er aber ergriff sie und führte sie an seine Lippen und heiße Tropfen fielen darauf.

„So," sagte ich, „Söhne müssen auch gehorsam sein. Gehen Sie und gewinnen Sie Frieda für mich."

Ich blieb allein und sing wieder zu denken an. Aber Alles, was ich mir zurecht dachte, lief auf ein und dasselbe hinaus: Was wird dein Karl sagen? wie bringst du es ihm gelinde bei, damit er nicht vom Stengel fällt? Deine Wette hast du verloren.

Aber was ist eine Reise schließlich?

Gräßliche Strapazen.

In der Hasenhaide

Es war eine immerhin widerstrebende Aufgabe, meiner Doris zu sagen, daß sie ihren Ausgehnachmittag hergeben müsse, weil ich ihn zum Sonntag selber gebrauchte, aber es ließ sich nicht ändern. Doris war diesmal wider Erwarten flink bei der Hand, da sie sonst doch immer auf ihren gesetzmäßigen Zukömmlichkeiten besteht und meinte: „Wenn Madame nothwendig irgendwo hinjezwungen is, bleibe so wie ick, regulär zu Hause." – „Sie können sich dafür den Mittwoch aussuchen, Doris." – „Och nee," antwortete sie, „aus'n Wochendag mach' ick mir nischt; da meint man, man hatte was Jebratetes und nachher is es nich mal was Jekochtes."

„Mir geht schon der Graul an, wenn ich blos an das Sonntagsgetümmele denke," entgegnete ich, um anzudeuten, daß ihr Nachmittag, nicht aus Amüsementsgründen begehrt wurde. „Bei einigermaßenem Wetter pilgern die Hälften Berliner ins Grüne und wenn es sehr schön ist, die Ganzen, wodurch das Unterkommen in der Umgegend sich polizeiwidrig einzwängt."

„Wo will Madame denn hin?" fragte Doris. „Ich *will* nicht, Doris, ich muß." – „Keen Mensch muß müssen, wenn ick Sehnsucht nachs Inbleiben hätte, sollten mir doch keene zehn Ferde aus de Dhüre ziehn." – „Doris, in den höheren Lebensschichten giebt es Fälle, wo man wohl möchte, aber nicht darf. Das Zeremonische legt eben Verpflichtungen auf, und wie man sich benimmt, so ist hinterher das Renommee." „Et is denn wohl janz feine Jesellschaft?" – „Ach nein, Doris, nur eine kleine Landpartie, sozusagen. Ein Freund vom Herrn, oder eigentlich ein Bekannter von früher, ein gewisser Briese, der viel in meinem elterlichen Hause verkehrte, hat uns seinen Besuch zugedacht und muß nun ausgeführt werden. Ich hatte ihn schon gänzlich vergessen, weil er doch die vielen Jahre nach Rawitsch verzogen ist, wo er sein gutes Auskommen hat, wie er sagt, und immer noch als Junggeselle lebt, obgleich er eine Frau reichlich ernähren könnte." – „Wat nimmt er sich denn keene?" – „Wer ermißt Menschen? Vielleicht hat er zu immense Ansprüche gestellt, oder auch, daß sie ihn nicht wollte, obgleich er damals keine üble Partie war, womit manche sehr zufrieden sein könnte. Aber manche mochte ihn auch wohl nicht mögen, da er doch die erste Jugendlichkeit aufgezehrt hatte und ihm die Stirne bereits in den Nacken rutschte. Das animirt nicht zum Heirathen, trotzdem er sehr verliebte Augen machen konnte. Nein, es war schon besser, daß er in Rawitsch seßhaft wurde, als hier in Berlin mit gebrochenem Herzen herumzulaufen."

„Det muß schrecklich sind," sagte Doris.

„Er hatte da irgend so eine Seitenlinie von Großonkel, auf den hin er sich verloben wollte, aber wenn das Jahr herum war, lebte der alte Mann immer noch, und ich muß bekennen, meinen Gefühlen widerstrebt ein Hausstand, der über den Todtengebeinen der Verwandtschaft errichtet wird."

„Hu!" schudderte Doris.

„Nachher starb der Alte mit einem schönen Testament, worin er Herrn Briese zum Universalerben einsetzte, jedoch unter der Bedingung, daß er das Gewese selber anfaßte und die Senfmühle im Gangs erhielt, die dem Alten sein größter Stolz mit verschiedenen Sorten gewesen war. Er hat uns auch Proben geschickt, besonders einen Kräutermostrich, der war pompiek. Nun ist er mal nach Berlin gereist und man kann doch nicht anders, als ihn gut aufnehmen, allein schon wegen der alten Erinnerungen." – „Hat er wieder welchen mitjebracht? Unser is jrade alle." – „Man muß die Menschen nie nach dem taxiren, was sie mitbringen, sondern nach ihrem inneren Werth. Ich freue mich darauf, mit ihm über alte Zeiten reden zu können und mich darüber zu amüsiren, wie ihm Berlin jetzt gefällt, obgleich er schon auf seine eigene Hand ziemlich herumgewesen ist, ehe er zu uns kam und nur noch nicht vor den Thoren war. Deshalb gehen wir Sonntag zusammen nach der Hasenhaide."

„Nach de Haide?" fragte Doris erstaunt, als wenn sie sich verhört hätte, „is et da denn nich zu jemischt für Madam und den Senfonkel?"

„Doris," belehrte ich sie mit einem Anstrich von höherstehendem Wesen: „wo Gebildete hingehen, hört die Mischung auf. Damit Ihnen am Sonntag die Zeit nicht lang wird, will ich Ihnen die Blumen von meinem älteren Hut schenken, die können Sie sich auf Ihren setzen."

Hierüber ward sie sehr vergnügt und ich auch, denn belohnt mußte sie für ihre bereitwillige Entsagung werden, und ich kam auf diese Weise zu einer neuen Garnirung, ohne daß mein Karl mich verschwenderischer Eitelkeit beschuldigen konnte.

Die ausgefallene Idee mit der Haide war von Onkel Fritz ersonnen.

Seitdem er seine Häuslichkeit mit der Erika eingerichtet hat, ist ja Alles ganz gut, aber sie paßt doch nicht in die große Stadt. Die Straßen sind ihr zu lang, der Lärm beunruhigt sie, quer über den Damm wagt sie sich nicht, weil sie fürchtet, unter die Räder zu gerathen, und das Einkaufen wird ihr unermeßlich schwer. Es ist auch etwas Anderes, wenn der elterliche Garten Suppengrünes in die Küche einliefert, als mit den Spandauer Gemüseweibern und den Werderschen hin und her handeln, die jegliche Unerfahrenheit benutzen und ihr schlechtes Zeug in die Hand stechen. – „Wenn sie nur erst etwas mehr Kourage hat, wird's schon gehen," meinte Onkel Fritz vor ein paar Tagen. „Sie muß häufig unter Menschen gebracht werden, damit sie das sichere Gefühl erwirbt, ihr geschieht nichts." – „Habe ich Dir nicht gleich gesagt, eine Berlinerin wäre geeigneter für Dich gewesen?" – „Wenn ich noch einmal wählen sollte, ich würde keine Andere nehmen, willst Du mir nun einen Gefallen thun, Wilhelm, dann begleitet Ihr uns Sonntag nach der Hasenhaide. Mach keine Witze und komm mit."

Eine gebührende Ablehnung wurde durch die Ankunft des Herrn Briese unterbrochen. Auf den ersten Anblick wußte ich nicht, wo ich ihn hinbringen sollte, aber da sein Sardellensemmelhaupt noch dasselbe war, verschwanden die Zwischenjahre wie Fensterladen und ich erinnerte mich mit erschreckender Genauigkeit des Tages, an dem er sich eingebildet hatte, ich würde ihn glücklich machen. Er schickte einen Brief, wie vom Kupferstecher und bekam ein schonendes Absageschreiben von meinem Vater retour, worin gegen seine Person nichts eingewendet wurde, hingegen die unausgewachsene Minderjährigkeit der Begehrten das Hinderniß bildete. – Er schrieb noch einmal, fiel aber zum zweitenmal ab.

Ich ließ ihn mit Onkel Fritz allein, um meinen Karl zu holen und zu instruiren, daß eben Herr Briese derselbe sei, der mir den Hof machte und keine Gegenliebe fand. – „Wilhelmine," sagte mein Mann, „dieser Herr Briese wird mir doch keine Gelegenheit zur Eifersucht geben?" – „Karl, sieh Dich im Spiegel und dann laß ihn hineinsehen, es ist ja gar kein Vergleich möglich" – „Treue Anhänglichkeit rührt zuletzt die Frauenherzen." – „Er wurde zweimal abgewiesen und zum drittenmale mit dem Mostrich rührte er erst recht nicht, das weißt Du so gut wie ich." – „Nur nicht tragisch, Wilhelmine; Herr Briese soll mir willkommen sein."

Wir kehrten zurück und fanden Onkel Fritz mit Herrn Briese in eifrigem Gespräche. Mein Karl war zuvorkommend gegen ihn und fragte, wie ihm denn Berlin gefalle, das er nach so langer Abwesenheit wiedersähe? – „Gar nicht," rief Onkel Fritz. – „Ich kann mich nicht mehr zurechtfinden," klagte Herr Briese.

„Die alten Straßen sehen sich nicht mehr ähnlich; wo früher eine kleine Kabache stand, steht jetzt ein Palast, wo freies Feld war, sind jetzt Straßen, eine opulenter als die andere. Bei Kranzler ist nicht mehr Gitter genug, die Füße gegen zu stemmen, wenn man Berlin vorbeiwandeln sehen will. Die alten einfachen, traulichen Kneipen haben sie abgerissen und neue gebaut, von auswendig mit bunten Glasfenstern, wie die Kirchen und inwendig mit Architektur, wie die Ritterschlösser, kaum daß man sich in die Vornehmheit hineinzusetzen wagt." – „Aber's Bier ist doch excellent?" fragte Onkel Fritz. – „Wir haben in Rawitsch ebenso gutes, wenn nicht besseres," erwiderte Herr Briese selbstgefällig, „und lange nicht so theuer. Bei uns kostet das Töppchen die Hälfte." – „Demnach ein Platz für Gemüthsmenschen," bemerkte Onkel Fritz. – „Er hat seine Schattenseiten, aber auch seine Lichtseiten. Eine Schattenseite ist meinetwegen, daß er so sehr weit von Berlin entfernt liegt, und eine Lichtseite, daß man nicht so oft herüberreisen kann, hinterher möchte es einem in Rawitsch nicht in gleicher Qualität behagen." – „Sie schwärmen also vorzugsweise für Berlin," warf ich dazwischen. „Wie könnte es auch wohl anders sein, wenn Sie zurückdenken. Jugend ist ja die schönste Jahreszeit." – Er sah mich melancholisch an: „Ich kenne es nicht mehr, ich war zu lange fort. Meine Freunde und Bekannten sind weg, wie die alten Plätze, wo wir mit einander jung und vergnügt waren. Wir gingen Arm in Arm auf dem Bürgersteig, heute kommt man einzeln kaum durch. Ich hab' das Schuppsen nicht mit gelernt und fühle mich unbehaglich in dem Gedränge; ich will meinem Schöpfer danken, wenn ich erst wieder in dem stillen, friedlichen Rawitsch bin. Nur nach der Hasenhaide gehe ich noch, da liegen meine frohsten Sonntagnachmittagserinnerungen. Da habe ich den ersten heimlichen Glimmstengel geraucht; wie schön war's im Grünen zu lagern, man meinte, man sei auf dem Lande. Und wollte man ein Tänzchen machen, fand sich in der einen oder anderen Tabagie allerliebste Gelegenheit dazu. Es war idyllisch."

„Wir unternehmen die Partie zusammen," rief Onkel Fritz, und gab mir einen Ueberredungstritt auf den Fuß. „Nicht wahr, Wilhelmine?" – Mit Hinblick darauf, was Herr Briese wohl für ein Gesicht machen würde, wenn er die Haide jetzt nach einer Reihe von Jahren wieder zu sehen bekäme, willigte ich ein, und mein Karl hatte auch keine parlamentarischen Anwandlungen mit unumstößlichem Neinsagen und nachher sich doch fügen.

Wir besprachen das Nähere: ich nahm mir vor, mit Doris wegen ihres Ausgehens zu unterhandeln und Herr Briese blieb zum Abendbrot bei uns. –

Am Sonntag hatte das Wetterglas seine Pflicht gethan und war über ›schön‹ geklettert ohne zu lügen, denn manchmal steht es auf ›trocken‹ und es dreescht ungeachtet der Wissenschaft unaufhörlich. Zur gerade passendsten Zeit zitterten wir los, bis wir an die richtige Pferdebahn geriethen, die uns ans Hallesche Thor brachte, von wo aus wir uns mit dem Menschenstrome vermengelirten, der sich nach links absonderte, weil Onkel Fritz meinte, man sähe mehr und außerdem stuckerte es nicht so, wenn man neben dem Wagen herliefe.

„Wir sind hier wohl falsch?“ fragte Herr Briese. – „Wieso?“ – „Weil das Freie noch nicht anfängt.“ – „Das kommt wärtser,“ sagte Onkel Fritz. Herr Briese kopfschüttelte und klagte: „Ich kenne mich nicht mehr aus. Die Stadt nimmt ja kein Ende.“

Wir gingen nun an der neuen Kirche vorbei, die auf dem Johannistisch gebaut wird, hinter welcher dann alsbald das Vergnügen sich ausbreitet. Es ist überraschend, wie viele Sehenswürdigkeiten die Leute in den Buden an beiden Seiten der Straße haben und wie sie tosen, damit man hineingehen soll. Jeder schreit, daß seine Merkwürdigkeit das Nochniedagewesenste ist, was es in dem Weltreich giebt. Riesen haben sie da und Zwerge, Panoramas mit den schaudervollsten Unglücksfällen, kluge Pferde, die genau wissen, wie alt Jemand ist nebst Wölfen und abgerichteten Ziegen, Wilde und Herkulesse und vieles mehr, was Kunst und Gelehrsamkeit für ein Billiges herstellen kann, denn mehr als zwanzig Pfennig kostet der erste Platz nicht.

Mein Karl schlug vor, in eine Bude zu gehen, vor der ein Riesenweib angepriesen wurde, das sie auf einem großen Bilde abgemalt hatten, mit mehreren Zentnergewichten und überschwänglich dicken Armen und Beinen, jedoch ich bedeutete ihm, daß dies kein Anblick für ihn sei. Und das ist es auch nicht.

Zwischen den Buden fliegen die Schaukeln und die Karussells. Auf dem einen war die ganze Feuerwehr angebracht mit Spritzen, Wasserfässern und Mannschaftswagen, die liebe Jugend saß auf den Pferden und riß an den Glocken, daß man meinte, die wilde Jagd selber drehe sich um sich herum. Dazu das Georgele von den Leierkasten und die Musike von den Etablissements, wo Tausende von Menschen sitzen, und jeder Garten, groß oder klein, stoppevoll, denn das Biertrinken ist mittlerweile eine natürliche Eigenschaft der Menschheit geworden. Zur Abwechselung sind Würfel- und Schießbuden aufgestellt,

Blumenstände, wo man einsetzen und hübsche Topfpflanzen gewinnen kann, sowie Marktkram aller Art. Einige halten Schrippen mit Knobländern feil, und eine Frau buck richtige Kartoffelpuffer auf einem fahrbaren Herde, die reißend abgingen. Von hier kann der Fremde sich den richtigen Begriff einer Völkerwanderung mitnehmen. Die Straße war schwarz von Alt und Jung, jedoch vielfach mit schmucken Vaterlandsvertheidigern farbig durchbrochen, die truppweise zusammenhielten oder einzeln die Ausgehbraut spazieren führten. Alle Kommißgattungen waren vertreten, dunkelblaue, hellblaue und auch ganz rothe aus Potsdam herübergekommen. Da die breiten Trittoirs nicht ausreichten gingen Hunderte staubwirbelnderweise auf dem Damm, wo hochbefrachtete Pferdebahnen und sonstiges Gefährt aufpassen mußten, daß sie keine Zermalmung anrichteten. Nur langsam kamen wir vorwärts.

An der rechten Seite vor den Militärschießständen ist ein schmaler Streifen Haide, wo sich das Publikum unter den Bäumen hinstrecken kann. Auch dort war Alles besetzt. Familienweise rasteten die Leute im Grase und prepelten, was sie mitgenommen hatten. Bretzelweiber und warme Wurstmänner gingen umher und boten ihre Waare an, fliegende Budiker verkauften das erforderliche Getränk. Und überall ging es friedlich und ruhig her.

Mein Karl sagte: „Hier kann man das Berliner Volk kennen lernen, wie es wirklich ist. Leicht zufriedengestellt amüsirt es sich über ein Nichts; rasch mit einem treffenden Witzworte bei der Hand geht ihm die Unterhaltung nicht aus. Gesellig gönnt er seinem Nachbar auch einen guten Platz und wüstes Toben gefällt ihm nicht. Betrunkene suchst Du vergebens. Die vierzig bis fünfzigtausend Menschen, welche an Sonntagen die Hasenhaide besuchen, regieren sich selbst durch ein stark ausgeprägtes Gefühl der Ordnung, ohne welches eine solche Massengeselligkeit geradezu unmöglich wäre."

Herr Briese konnte es nicht klug kriegen, daß die Hasenhaide sich gleichsam in einen kolossiven Jahrmarkt verwandelt habe. „Früher genoß man hier mehr Romantik," seufzte er blümerant, „aber das ist lange her." – „Wie der Deibel noch'n kleiner Junge war," bemerkte Onkel Fritz. „Und Kümmel für seine Großmutter holen mußte," schlug mein Mann in dieselbe volksthümliche Kerbe. – „Karl", mißbilligte ich, „was soll Herr Briese von Euch denken? Solche Wörter redet man nicht in Rawitsch." – „Sie haben gut spotten," entgegnete Herr Briese, „wohnen Sie jedoch mal bald gegen dreißig Jahre in Rawitsch und Sie erschrecken ebenso darüber, wie Berlin lang und breit wird." – „Ihnen zu Liebe kann es sich doch nicht einschränken?" lachte Fritz. – „Das wäre unbillig zu verlangen," sagte Herr Briese verletzt. „Nehmen Sie's nur nicht übel, wenn es mich schmerzt, daß gute Alte dem Modernen weichen mußte. Alles, woran das Herz hing, ist dahin, aber so ging es mir immer ... ich habe in Berlin kein Glück." Bei diesen Worten blickte er mich schwermüthig an, als wollte er mir die Verantwortung aufbürden, daß er mittlerweile versimpelte. Konnte ich aber dafür, daß er meine Abneigung war?

Onkel Fritz klopfte ihm begütigend auf die Schulter und sprach: „Deshalb keine Feindschaft nicht. Jeder kriegt seine Ration Pech, es kommt blos darauf an, wie er sie sich eintheilt. Und nun gehen wir in die ›Neue Welt‹, das Entree ist meine Sache." – Er löste die Billets, sehr nobel zu den reservirten Plätzen, und wir schritten durch das Portal.

Der Eindruck, den diese kleinere Hasenhaide in der großen hervorbringt, ist ein sehr freundlicher. Grüne Bäume mit zahllosen Tischen und Stühlen darunter, im Hintergründe der breite indische Pavillon auf dem Berge, davor der Teich mit dem Springbrunnen, links Buden mit Sehenswürdigkeiten, rechts der Ball champêtre, das Karussell, der Ponykorso, an der Seite die Bühne und das große Orchester und was sonst nöthig ist, um etliche zehntausend Personen zu amüsiren. Das macht eine vielversprechende Wirkung.

Wir bekamen einen Tisch dicht bei dem Luftballon, der gerade gefüllt wurde, wobei eine Anzahl Soldaten half, die das Ungethüm halten mußten. „Für fünfzig Mark kann Jemand mitfahren," sagte Onkel Fritz zu meinem Karl. „Hättest Du nicht Lust, Deinen Drachen einmal steigen zu lassen?" – „Ich verbitte mir derartige Persönlichkeiten," rief ich. „Wenn Du nicht willst, daß ich mich anderswo hinsetze, behalte Deine Beleidigungen für Dich." Dabei stand ich auf und that, als wäre mir Ernst mit der Drohung. In diesem Moment kam einer von den Luftballonleuten und warnte: „Bitte, treten Sie nicht auf den Schlauch, es könnte sonst ein Malheur geben." Nun gewahrte ich hinter mir auf der Erde einen dicken Wulst aus Oeltaft, durch den der Gas in den Ballon geleitet wurde, was zu meiner Erheiterung nichts weniger als beitrug. Wenn so etwas losgeht, fliegt man ja im Handumdrehen ins selige Jenseits.

„Karl," forderte ich ihn auf, „wir rücken aus." – „Hab' Dich man nicht," sagte Onkel Fritz. „Bist Du vielleicht bei der Lebensversicherung angestellt? Ich nicht. Erika, wir gehen!" – „Ich bleibe bei meinem Manne," flötete sie. – „Wilhelmine, es passirt Dir nicht das Geringste," redete mein Mann mir zu. „Du siehst von nirgends besser." – „Herr Briese, geben Sie mir Ihren Arm, ist man auch in der Haide verlangt man doch Achtung."

Ihm war es bei dem Gasschlauch auch nicht recht geheuer, weshalb er mit großer Wuppdizität zu meiner Verfügung stand. Wir brachen uns Bahn durch die Menge und verschwanden.

Eine Zeitlang gingen wir schweigend neben einander, ich war noch zu sehr in der ersten Hitze. Und konnte ich sanft sein? Anstatt daß Herr Briese sich einigermaßen überwältigt fühlt, quest er egal weg, als wenn Berlin Vorstadt von Rawitsch wäre. Dann wollte mein Karl sich für das dicke Weib mit den Gewichten interessiren, wogegen ihm das Leben seiner Gattin gleichgültig ist. Und schließlich ästimirt Onkel Fritz mich in Gegenwart des zugereisten Herrn als Drachen! Das wäre neue Mode, sich so etwas gefallen zu lassen.

Nun kam es aber noch schlimmer. „Ich bedaure Sie aufrichtig," fing Herr Briese an, „daß Sie nicht verstanden werden, wie Sie es verdienen." – „Was wollen Sie damit sagen?" – „Ein Anderer würde jeden Ihrer Wünsche erfüllt haben, ja, er würde es noch jeden Tag. O, wie unglücklich müssen Sie an, der Seite eines solchen Tyrannen sein." – „Welchen Tyrannen meinen Sie?" – „Wen sonst als Ihren Mann ..." – „Nanu wird's Tag," unterbrach ich ihn. „Wollen Sie Unfrieden stiften zwischen mir und meinem Karl? Meinen Mann schlecht machen und sich selbst anvettermicheln? Da hört sich denn doch verschiedenes auf. Was bilden Sie sich ein? Nee, Verehrtester, ich mag Sie nicht und wenn Sie sich mit brauner Butter begießen. Adje Sie!" Ich äugte ihn durchbohrend an und ließ ihn in seiner ganzen Nichtswürdigkeit stehen. So ein alter Schleicher.

Mittlerweile krachte ein Böllerschuß, die Musik fiel mit Tschingdera ein und der Luftballon ging in die Höhe.

Für die Tausende war dies ein machtvolles Schauspiel, aber für mich war er Nebensache, so hoch er flog. Für was hielt dieser Briese mich, daß er sich Geringschätzung herausnahm? Kaum wagte ich mich wieder an unseren Tisch.

Gebeugt und innerlich verwundet trat ich näher. Hatte ich mir etwas vergeben, daß dieser gewissenlose Sünder sich zum Versucher erdreisten konnte? O nein, weiß und tugendhaft wie ein frisch geschorenes Lamm lag mein Lebenswandel da, keine Makelhaftigkeit war zu finden, die ich meinem Karl zu verhehlen brauchte, und doch kam ich mir unangenehm vor mir selber vor, wie erniedrigt.

„Wo ist denn der fremde Herr aus Kottbus?“ fragte Onkel Fritz. –, „Der hat die Beine in die Hand genommen und läuft auf den Ellbogen nach Rawitsch,“ entgegnete ich mit bitterem Hohn. – „Hast Du ihn schlecht behandelt?“ fragte mein Mann. – „Ich ihn? O Karl, wenn Du wüßtest ... doch nein, Du sollst nie erfahren, welch ein Otterngezücht aus dem Paradies dieser Briese ist. Mir hat er den ganzen Abend so verdorben, daß weder die Musike noch was sie sonst aufstellen mich ergötzt. Wenn ich zu sagen hätte, verfügten wir uns nach Hause, zumal Erika sich in dem Volksgewühle fürchtet.“ – „Wenn Fritz bei mir ist, habe ich keine Angst.“ – „Wir warten das Feuerwerk ab,“ war Onkel Fritz wie stets entgegen. – Mein Karl jedoch gab nach, theils weil er sah, daß ich in der That litt, und theils wohl auch, weil er wissen wollte, was vorgefallen sei.

Erst als wir längst die Hasenhaide und die Schaaren der sich Heimwälzenden hinter uns hatten, vermochte ich das Unerhörte in Worte zu kleiden. „Was glaubst Du wohl, was passirt ist?“ fragte ich andeutungsweise. – „Gedankenlesen habe ich nicht gelernt.“ – „Du weißt also nicht, was Briese wollte?“ – „O ja, die Ruinen seiner Jugenderinnerungen aufsuchen.“ – „Karl, bin ich eine Ruine?“ – „Wer sagt das?“ – „Du! Um meinetwegen war er gekommen. Indem er Dich herabsetzte, unterfing er sich einer Art liebschaftlichen Unternehmens, Karl.“ – „Da soll denn doch ...“ – „Beruhige Dich, er hat sein Theil.“ – „Hätte ich ihn hier, ich würde ihn verzimmern wie er's verdient.“ – „Karl, laß doch die körperlichen Kräfte aus dem Spiel, hier giebt die Bildung den Ausschlag. Und ich sage Dir, er macht keine Nachbestellung, von Dir will ich mir jedoch mehr Rücksicht ausgebeten haben, dann kann so etwas einfach nicht vorkommen!“

„Minchen ...“

„Karl schweige. Ich werde langer Zeit bedürfen, um das heut Erlebte zu verwinden.“ –

Am nächsten Morgen, als ich in die Küche kam, fragte Doris, wie das Pläsirvergnügen gewesen wäre, „Verhältnismäßig,“ antwortete ich. – „Na ja, et sinn zu viele Bachulken draußen.“

„Ueber das Volk ist nicht im Geringsten zu klagen, Doris, aber unter dem Deckmantel der Erziehung verbergen sich die schlimmsten Jesuiten.“

Doris sah mich sehr fragend an, indeß deutlicher durfte ich nicht sein. Man spricht ja Manches mit einem Mädchen, das sich brav beträgt und der Familie zugethan erweist, aber geht man zu weit, machen sie bei später ausbrechender

Erzürnung Gebrauch davon und die Stadt hat sich etwas zu erzählen, wenn auch total falsch.

Fritz und Franz

Es giebt ja Leute, die einen Tag nach dem andern verkonsumiren, ohne jemals zu der Ueberlegung zu kommen, daß für das Leben keine Retourbillette verabfolgt werden, die nicht wissen wollen, daß die Leiden und Freuden Stationen sind, an denen man scheinbar Aufenthalt macht, obgleich die Reise unaufhörlich weiter geht und das Grau des Alters sich nach und nach ansetzt, wie der Staub der Bahnstrecke und die Asche der verbrannten Kohlen. An sich selbst und den Mitfahrenden ist kaum zu merken, wie man einsiehlt, ebenso wenig, wie wir am eigenen Gesicht die langsamen Veränderungen wahrnehmen, weil wir uns an das Bild gewöhnen, das wir täglich im Spiegel erblicken, aber an den Neueinsteigenden wird uns kund, wie lange wir schon unterwegs waren.

Allmälig fing es stark an zu herbsten. Die Bäume in der Stadt sahen schon seit Wochen wie Besen aus und im Friedrichshain konnte man das letzte Laub an den Zweigen bereits einzeln zählen. Wie kurz ist doch die Zeit von Maiengrün und Frühlingslust bis zum herbstlichen Braun und dem Winter mit der Sehnsucht nach neuem Aufleben. Ist es wahr, daß die Jahre mit dem zunehmenden Alter kürzer werden wie die Wintertage, dieselben Jahre, die in der Kindheit unermeßlich waren? Die Kalendermacher haben sie egal ausgerechnet, aber wenn wir unsere Wünsche und Hoffnungen daran legen, dann merken wir, wie sie kleiner geworden sind, und wie rasch sie sich an einander reihen, das sehen wir an dem jungen Aufwuchs, der um uns in die Höhe schießt. Und wie vieles wird unversehens anders. Wie lange ist es her, daß Emmi auf dem Teppich bei mir herumkroch, und nun sitzt sie ebenso da wie dereinst ich und hat ihre Beiden, deren Spiel sie überwacht. Dachte ich damals an meine eigene Großmütterlichkeit? wie sollte ich wohl. Die Jahre waren noch so lang. –

Es läßt sich nicht läugnen, etwas Süßeres als die Zwillinge beim Zubettegehen giebt es kaum: die reinen kleinen Raphaels, ebenso reizende Speckärmchen und Beinchen und Remmelchen im Nacken zum Hineinbeißen. Man kann sich nicht sattküssen, und selbst Amanda Kulecke, die sie so gerne als Nackedeis sieht, sagt: es seien richtige Schooßgenien. Sie wissen aber auch, daß man sie lieb hat, und kreischen vor Vergnügen, wenn Großmama sie nimmt und herzt, immer einen zur Zeit, wie es bei Doppelbrüdern nicht anders möglich ist.

Trotzdem prophezeite ich von vorneherein, daß Zwillinge, wenn auch niedlich, doch sehr umständlich sind, allein blos die Schlepperei mit dem Kinderwagen, worin eine halbe Schwadron Platz hat und den eine Menschenkraft allein die Treppe nicht hinunter bringt. Aber Er hat ihn so fleemsch bestellt und wir Frauen können uns damit absklaven, denn die Amme war viel zu gebieterisch, um Hand mit anzulegen, bewahre, die ließ sich hinten und vorn aufpassen wie ein Meerwunder, kein Essen gut genug, immer doppelt Butter und belegte Stullen. Emmi und mir war nicht schlecht tedeumhaft zu Muthe, als sie wieder nach dem Spreewald zurück verduftete, um sich für die nächste Herrschaft zu stärken. Man war doch wieder uneingeschränkt im eigenen Hause.

Der Doktor hatte wie immer nur Taubheit gegen meine Klagen, wenn die Person von Tage zu Tage übergriffiger wurde. Er verbot uns sogar, sie zu maßregeln, damit ihr Aerger nicht auf die Kinder schlüge. Aber hatte Er den ganzen Tag von ihr auszustehen? Er geht auf die Praxis und genießt die häuslichen Erlebnisse nicht mit. Da ist es denn keine Kunst, Vater spielen.

Seitdem die Kinder ins Leben antraten, ist Er hinsichtlich größerer Gesellschaften sehr sparsam, natürlich mit Ausnahme der Taufe, für die ich diesmal den Küchenzettel gemacht hatte, aber ich fürchte, sie ist ihm zu üppig gewesen und Er will nun mit Einfachheit wieder auf die Auslagen kommen, wie Er überhaupt dafür schwärmt, wo es schön ist und wenig kostet. Hochgebildet kann man es doch nicht nennen, wenn Er sagt, große Gesellschaften wären nichts als Damenparaden? Aber Doktoren erlauben sich mitunter Urtheile. Hat man sich Familie zugelegt, so darf man weitere Kreise nicht vernachlässigen. Da muß von Zeit zu Zeit mal ein Arrangement stattfinden, was spricht blos die Nachbarschaft, wenn sie niemals erleuchtete Festfenster bemerkt? Die sagt: „Na, auf der Doktoretage herrscht auch wohl Armuth und Edelsinn!“

Muß Er ferner nicht sorgen, daß für die heranwachsenden Kinder Verkehrsfamilien vorhanden sind, wo sie gebeten werden und Genossen finden, sowie junge Damen, wenn sie in das Jünglingsalter treten?

Herr Kleines pflegt des Sonntagsmittags seine Anstandsvisiten zu erledigen und mit den Kindern zu schäkern, um sich in der Achtung der Mutter zu befestigen, wobei er ziemlich krähenartig herumhoppst und sie durch

Gesichterschneiden zu erlustigen sucht, was ihm jedoch meistens vergeblich gelingt, denn wenn er die Kopfhaut so rauf- und runterzieht und die Horchlappen pendeln läßt, haben wir es schon erlebt, daß Franz bis zum Wegbleiben schreit und erst mühsam durch Puckelklopsen wieder zu sich gebracht werden kann. Es ist dies eine besonders seltene Begabung der Natur, aber wozu taugt so etwas, da es den Kindern Nachts im Traume vorkommt und sie schreckhaft aufzetern, was sich erst gab, als ihm die Ausnutzung seiner Anlagen untersagt wurde. Dito brachte er Anfangs viel zu freigebig Spielzeug mit, welches ihn zu unnöthigen Ausgaben verleitete, da es immer paarweise sein mußte; für solche Verschwendung wird bei meinem Schwiegersohn nicht gegenleisterisch genug vorgesetzt und schenken lassen mag man sich doch auch nichts von Jemand, der, wenn auch in festem, doch nicht übermäßigem Salair steht. Trotz des Spielzeugs bewiesen die Kinder eine unbesiegbare Abneigung gegen ihn, was auch wohl daher kommt, daß sie für die hygienischen Gegenstände ohne jegliche ableckbare Farbe, genau nach den Warnungen des Reichsgesundheitsamtes, nicht Verständniß genug entwickelten, und als er ihnen Murmeln schenkte, auf denen das arsenikfreie Bunte festsitzt, wußte er hoffentlich selbst nicht, wie gefährlich gerade Murmeln sind, und wie sehr sie als sanitätswidrig verboten werden müssen.

Die Angelegenheit verhielt sich nämlich so.

Herr Kleines schleppt die Murmeln heran und weil es billige Waare ist, darf er sie den Zwillingen verehren. Er zählt sie denn auch selbst ab: sechs für Franz und sechs für Fritz und Alles ist in schönster Ordnung, wie er sie ihnen giebt. Das kleine Volk vergnügt sich ausnehmend mit den rollenden Kügelchen und Franz schreit nicht und Fritz kratzt und beißt Herrn Kleines nicht, wie sonst, sondern lauter Gejacher und Gejubel.

Während die Kinder nun trudeln, erzählt Herr Kleines uns – ich war nämlich zufällig bei Emmi anwesend – was anderswo passirt ist und wie es in bekannten Familien zugeht, wo er ebenfalls kommt, wie leichtsinnig die Frau Soundso ist, bei denen er letzt war, wie unschick Frau X. sich kleidet, obgleich sie ihre Toiletten aus Paris bezieht (notabene was ich bezweifele), und was der über die gesagt hat und die über den und so Allerlei mehr, was sich sehr unterhaltend anhört, wenn es unverwandte Leute betrifft, aber zu großem Krakehl führen kann, sollten sie es erfahren.

Wenn ich ihn bei höchst bedenklichen Rapporten unterbreche: „Herr Kleines, das sind doch wohl hoffentlich Phantasiegebilde eigener Fabrikation," dann er gleich hitzköpfig geworden und sich als Augen- und Ohrenzeuge bei den verschlossenen Thürgeschichten herausgeschworen, daß man schweigt, weil hierauf nur noch zum Duell gefordert werden kann. Aber glauben thun weder ich es Alles, noch Emmi. Man muß auch bedenken: bei so einer Visite soll nur etwas erzählt werden, und da kommt es auf eine Handvoll mehr schließlich nicht an.

Als Herr Kleines gegangen war und die Kinder nicht länger mit den Murmeln spielen mochten, sammelte ich die Dinger auf. „Sag mal, Emmi, waren nicht zwölf Murmeln da?" fragte ich. – „Ja," entgegnete sie, „er gab Franz sechs und Fritz sechs, das macht zusammen zwölf." – „Hier sind aber nur Elfen." – „Immer noch genug," sagte Emmi." – „So meine ich es nicht," erwiderte ich, „aber wo ist der eine Murmel?" – „Weg," lachte Emmi über meine Besorgniß. – „Das weiß ich, aber wo er ist, darum handelt es sich. Ich will nur hoffen, daß ihn Keiner hintergeschluckt hat."-

„Um Gotteswillen," rief Emmi, und bekam es mit der Furcht. „Die Kugel muß wieder her. Laß uns suchen, Mama." – „Wo ist das Kindermädchen?" – „Das ist einen Gang aus." – „Denn man heran."

Wir Beide nun darauf los gesucht: auf dem Teppich, unter dem Teppich, unter den Möbeln, auf den Möbeln, im Nebenzimmer, auf dem Fensterbrett, die Kinder hochgehoben, wieder hingesetzt, wieder den Teppich umgekehrt, die Kinder nochmals gehoben, nochmals in allen Ecken nachgefühlt, nochmals den Teppich umgeschlagen. Kein Murmel zu finden.

„Einer hat ihn verschluckt," sagte Emmi in banger Ueberzeugung.

„Wer aber?" fragte ich. „Franz oder Fritz?"

„Wie kann ich das wissen? Wenn mein Mann nur da wäre; es kann noch eine Stunde dauern, bevor er kommt. Was sollen wir bis dahin beginnen? Ob man dem Kinde etwas Warmes zu trinken giebt?"

„Welchem?" fragte ich energisch, um sie zur Besonnenheit zurückzurufen, da ihre Haltungskraft sichtlich ins Wanken kam. „Weißt Du denn, wer? Ich vermuthe Franz."

„Ohne Zweifel Fritz, der steckt Alles in den Mund."

„Erlaube, Fritz artet mehr nach uns Buchholzens, und ich wüßte nicht, selbst aus frühester Jugend nicht, daß sich Jemand von uns durch Gierigkeit und Schluckigkeit hervorgethan hätte; nein, wenn Einer sie in sich hat, dann ist es Franz."

Emmi prüfte die Kinder mit ängstlichen Blicken: „Findest Du nicht auch, daß Franz schon ganz blaß aussieht? O Gott, wenn er stirbt! wo bleibt mein Mann?" Sie fuhr dem Kinde mit dem Zeigefinger in den Mund, und wühlte drin herum, als wenn die Kugel da noch hackte, aber ohne ein anderes Resultat, als daß der Zunge natürlich grausam losblöckte.

„Wie furchtbar er wohl leidet. Dieser abscheuliche Herr Kleines. Was hat er den Kindern die dummen Murmeln mitzubringen? Er muß doch wissen, daß sie so etwas leicht in den Mund nehmen. Der soll sich freuen, so werde ich ihm die Wahrheit sagen! Sei nur stille, mein Herzensfränzchen, es wird schon wieder besser; Papa soll dem Kindchen helfen, der hat gleich heraus, wo Murmelchen sitzt. O Gott, wenn er nur nicht schneiden muß."

„Emmi," sprach ich, „rede Dich nicht in mehr Trübsal und Aufregung, als nöthig ist. warte doch erst ab, damit, wenn es verlangt wird, Du Kräfte hast, während des Schlimmsten den Kopf oben zu halten. Eingebildete Gefahren sind keine Gefahren, sondern bloße Selbstquälerei ..."

„So?" unterbrach sie mich, „ist der Murmel am Ende keine Gefahr? Wenn es nach Dir ginge, müßte das Kind wohl eine Kegelkugel verschluckt haben, um Dein Mitleid zu erwecken?"

„Emmi!"

„Nun ja," besann sie sich nachgebend. „Ich sitze hier in tausend Nöthen und Du elendest mich mit guten Lehren. O Mama, wo bleibt Franz? Siehst Du denn nicht, wie das Kind von Minute zu Minute hinfälliger wird?"

„Das kommt von dem Brüllen."

„O mein Goldkind, mein süßes Fränzchen, weine nicht so" fing sie nun an, „sei doch nur wieder lieb," und wiegte es auf den Armen hin und her. Das Kind ward meiner Ansicht nach durch die ausnahmsweise Ueberzärtlichkeit blos verwildert und gab sich erst recht nicht.

„Emmi," nahm ich möglichst gelassen das Wort: „Ich an Deiner Stelle würde unter den gegebenen Verhältnissen das Kind nicht so heftig schuckeln. wie leicht kann sich der Murmel dabei ins Tiefere verlieren und verhärtet sich nachher."

Sie blickte mich ganz graß an, so wie ich mal Eine als Ophelia im Schauspielhause sah, die es ja auch mit der Hitze und Kälte kriegt. „Meinst Du?“ schrie sie auf. „Dann ist keine Hoffnung mehr. Franz hatte neulich einen ähnlichen Fall mit einem verschluckten Bleisoldaten. Der Knabe mußte sterben. O mein Fränzchen, mein süßes Fränzchen.“

Zur Erleichterung der Situation kam jetzt der Doktor. Emmi wie außer sich, ihm gleich zugeschrieen: „Rette Deinen Sohn,“ daß es ihm sichtlich in die Glieder fuhr. Erst als ich ihm auseinandersetzte, wie so die Murmeln in das Haus gekommen, und wie unerhört Herr Kleines sei, gewann der Arzt bei ihm Oberhand über den Vater und er begann den kleinen Franz zu untersuchen, was dem diebischen Spaß machte. Nach einer Weile sprach er: „Der Junge ist ja munter wie immer; warum stellt Ihr Euch so an?“ – „Möglicherweise hat Fritz sie?“ schluchzte Emmi.

„Oder keiner von Beiden,“ sagte der Doktor.

„Einer muß sie haben,“ entgegnete ich, „denn die Kugel ist spurlos vom Erdboden verschwunden.“ – „Wenn nur ordentlich gesucht wird, giebt sie sich auch an,“ sprach der Doktor. – „Wir haben schon das Oberste zu Unterst gekehrt.“ – „Weiber sind nie gründlich,“ brummte Er und fing an den Murmel aufzutreiben.

Ich hatte keine Zeit, ihm ebenso rücksichtslos zu antworten, wie er verdient hatte, da das Teppichumkehren wieder losging und das Gegrabbele hinter den Möbelbeinen, das Gestöbere in den Ecken und die totale Wirthschaft von vorhin. Zuletzt zählte er die Murmeln noch einmal durch: aber das Dutzend wurde trotzdem nicht voll. – „Elfe bleiben elf,“ sagte ich grimmig.

Der Doktor kratzte den Hinterschädel: „Der Murmel ist weg.“

„So klug sind wir schon lange,“ gab ich ihm zu verstehen, „obgleich wir ›Weiber‹ keine Gründlichkeit besitzen. Nein, durchaus gar keine.“

„Sollte Pitti ihn fortgetragen haben?“ fragte er. – „Der Hund ist mit keinem Bein im Zimmer gewesen.“ – „Dann muß etwas geschehen,“ sprach er, „aber sei nur ruhig, Emmi, die Sache ist nicht von Bedeutung. Franz bekommt erst einen Eßlöffel Baumöl und dann etwas Magenfegendes, das ich ihm verschreiben werde.“

„Und Fritz?“ warf ich ein.

„Was ist mit Fritz?“

„Wissen Sie denn so genau, wer den Murmel verschlungen hat?“

„Beide werden ganz gleich behandelt,“ entschied der Doktor kurz. „Der Murmel muß heran.“

„Nun kann das eine unschuldige Wurm um des anderen willen ebenfalls leiden,“ bemerkte ich, einigermaßen in meinen Menschlichkeitsgefühlen verletzt, „das finde ich geradezu unverantwortlich.“

„Unverantwortlich ist, daß nicht besser aus die Kinder geachtet wurde,“ schalt Er. „Bei der Amme wäre so etwas sicher nicht passirt.“

Dieser Vorwurf empörte mich. „Herr Schwiegersohn,“ erwiderte ich daher in gemessenem Tone: „Die Amme war ein Greuel. An uns liegt die Verantwortlichkeit nicht. Ich habe gleich gesagt, daß es ein schreckliches Durcheinander geben würde und größer kann der Kuddelmuddel wohl nicht werden, als jetzt, wenn Einer schuld daran ist, dann sind Sie es; in unserer Familie hat es niemals Zwillinge gegeben.“

Und was entgegnete Er hierauf hohnlächelnd, anstatt vernichtet zu schweigen? „Das thut mir leid, die Rasse ist gut.“

Hierauf konnte nur verletztes Umwenden als Antwort dienen.

Nachdem er Emmi zu beruhigen versucht hatte, daß noch nichts Bedenkliches vorläge, ging er, das Rezept aufzusetzen. Die Kleinen kriegten Gel ein, wodurch sie auch nicht entzückt vom Leben wurden, und als das Mädchen nachher die Medizin brachte, erschienen sie noch enttäuschter vom Dasein, wenigstens ihren kleinen Antlitzen nach zu schließen, die sie in herzergreifende Grimassen zogen. Aber muß nicht Jeder von Klein auf erfahren, daß das Erdenthal zeitweilig ein Jammerleben ist, dessen Pfade nicht mit Pfannkuchen gepflastert sind?

Als sie das Gel und das Arzneiliche intus hatten, kamen sie ins Bett. Aber die Zucht! Ich danke noch.

Erstlich mal fiel es ihnen nicht ein, müde zu sein, weil es außer der Zeit war, und dann ist Franz ein solcher Rührbregen, daß er überhaupt nie ruhig liegt, weil aber Kranke in die Posen gehören und inwendige Murmel zu den beunruhigenden Symptomen gerechnet werden, verlegten wir diesen Besuchsnachmittag in die Schlafstube, indem Emmi bei Franzen saß und ich bei Fritzen, der mir zum Trotz ganz seine Buchholzische Natur verleugnete und sich ebenso ungezogen betrug wie Franz, obgleich es sonst ein sinniges, still für sich spieleriges Kind ist. Wenn wir kaum meinten, sie lägen, dann die Brüder hochgeklettert, und wenn wir sie eben ausgenommen hatten, dann wieder hinabgestrebt. Der Doktor mußte ihnen sehr etwas velocixedenhaftes verschrieben haben, sonst konnten sie nicht so fuhrwerken, wie sie thaten.

Emmi kam sichtlich dabei herunter. „Kind," sagte ich, „thu mir den Gefallen und eß mit Deinem Manne ordentlich zu Mittag, derweil ich und das Mädchen krankenwärtern; ich krieg meinen Theil nachher schon. Wir schicken einen Dienstmann nach der Landsbergerstraße, daß ich bei Euch bliebe und erst gegen Abend käme."

„Glaubst Du, ich bin eine Rabenmutter, die ihre Engel am Rande des Grabes verläßt?"

„Dummes Zeug," sagte ich, „wo doch nur Einer in Gefahr schweben kann und selbst Dein Mann nicht mal weiß, welcher? Aber wenn es wirklich gefährlich ist, würde er es sagen. Geh', Emmi, Er eßt nicht gerne allein und Du wirst mir sonst auch noch krank." – Sie ließ sich überreden und da der Doktor noch einmal Nachsehen kam, faßte sie etwas Muth, als der keine vermehrte Besorgniß herauszuforschen vermochte. –

Er versteht sein Fach gründlich, das muß ich bekennen, aber den Murmel konnte Er doch nicht ans Licht bringen, worüber Emmi sich immer mehr aufregte, je öfter unsere Hoffnungen getäuscht wurden.

Obgleich es demnach meine Pflicht gewesen wäre, die Nacht zu bleiben und meiner Tochter beizustehen, rieth der Doktor mir, nur zu gehen, zumal kein Fieber vorhanden und beide Kinder gleichweg schlummerten. Das Einzige, was ihnen fehlte, was ein bischen Angegriffenheit von dem Rezept.

Als ich nach Hause kam, befand mein guter Karl sich bei einem vergnügten Skat, bestehend aus ihm, Herrn Felix und Herrn Kleines, den er aus dem Spaziergange getroffen und zu diesem Zwecke dingfest gemacht hatte.

„War etwas los beim Doktor, daß du Botschaft schicktest?" fragte er.

„O ja," rief ich aus und fuhr Herrn Kleines an, „und Sie sind der Thäter. Wie können Sie so unvernünftig sein und den Kindern Spielzeug mitbringen, wodurch sie ihre ganze Gesundheit zusetzen?" – „Ich verstehe Sie nicht," entgegnete er und wollte meine Entrüstung weggrinsen. – „Sie begreifen überhaupt nicht, wenn Sie Unheil anrichten und kommen sich obendrein noch höllisch klug vor, sobald sie solche Kunststücke ausgeübt haben, wie mit den Murmeln." – „Erlauben Sie, die Kinder können ja noch gar nicht zählen." –

„wieso? was wollen Sie damit behaupten?“ – „Nun, Zwei in Elf geht doch nicht.“ – „wollen Sie mich foppen?“ – „O bitte. Ich hatte ja nur elf Murmeln, und um die Symmetrie nicht zu stören, sagte ich zu Franz: hier sind sechs, und ebenso zu Fritz.“ – „Und Fritz bekam nur fünfen?“ – „Stimmt! Ich taschenspielerte ein wenig.“ – „Gott sei Lob,“ brach ich aus, „und wir glaubten, er hätte den einen verschluckt.“ – „Wer?“ fragte mein Mann, „Fritz?“ – „Nein, Franz.“ – „Es hieß doch eben Fritz ...“ – „Macht mich nur nicht mit den Zwillingen irriger, als ich schon seit heut Mittag bin. Karl, wir konnten zuletzt gar nicht mehr durchfinden. Und Sie, Herr Kleines, schwimmen Sie schleunigst zum Doktor ab, damit meine Tochter aus ihrer Sorge erlöst wird. Ihrethalben haben die armen Seelen so was Scharfes eingekriegt.“ – „Aber doch nur Fritz,“ sagte mein Mann. – „Karl, wie kannst Du so daher reden, Franz hatte ja die Kugel gegessen.“ – „Nun mit einem Male Franz.“ – „Nein, keiner von Beiden.“ – „Ja, wozu brauchten sie denn Scharfes einnehmen?“

Mir versagte die Sprache, das Gehirn war wie ein Knäul von dieser Fragerei. Ich setzte mich und wedelte mir Luft mit dem Taschentuche zu. Mein einziges Lebenszeichen war pusten.

Herr Kleines zeigte sich von seiner angenehmsten Seite, und das war diesmal die unsichtbare; er mochte auch wohl einsehen, daß ein Friedensbote nie früh genug eintrifft.

Betti machte mir eine Tasse Thee, und ein Stüllecken, für das sich Bedarf einstellte, that das Uebrige, die Nerven wieder zu besänftigen, daß ich allmälig in den Stand kam, die Ereignisse zu berichten. Sie waren Alle froh, daß es nur blinder Lärm gewesen war, und jetzt in der Ruhe empfand auch ich erst mit voller Deutlichkeit, wie sehr Einem die beiden Kleinen ans Herz gewachsen sind, während ich bei Emmi die Angelegenheit scheinbar leicht nehmen mußte, um ihrer Verzagtheit Widerpart zu leisten. Nein, lieber noch ein paar Zwillinge, als nur einen missen, und wenn Großmama Buchholz bis zum Umfallen wurzeln soll.“

„So,“ sagte ich, „wenn wir noch einige Male herumspielen, wird das auf den Schrecken gut thun. Ich sage Euch, solche Kur ist nicht leicht mit Einem durchzumachen, und nun erst mit Zweien. Aber zum Doktor habe ich Vertrauen, er weiß, was er verschreibt.“

Mein Mann meldete ein Eckern Solo aus der Hand, aber da ich zwei Mätzchen hatte und fünf Trümpfe dagegen, mußte er verlieren. Das war nach den Leiden des Tages der erste heitere Lichtblick.

Schwere Lage

Wer wohl eigentlich die dumme Redensart aufgebracht hat: „Schweigen ist Gold?“ Es kann mir ja ziemlich egal sein, wer es gewesen ist, wie man überhaupt in den seltensten Fällen weiß, von wem etwas stammt und stets verkehrt auf Schiller oder Faust gerathen wird, wobei sich durch späteres Nachschlagen ergiebt, daß es Uhland war oder aus einem Bande in der Nähe, aber wenn ich ihm begegnete, möchte ich ihn doch fragen: „Mann, haben Sie schon mal längere Zeit geschwiegen?“ und wenn er dann sprachlos entgegnet: „Wo so?“ antworte ich: „Sonst würden Sie solchen Blaak sich nie zu äußern unterstanden haben. Im Uebrigen setzen Sie sich nur ruhig hin, ich werde Ihnen die Sache schon verdiffendudein.“

Wenn man irgend eine Verlegenheit hat und kann ein paar Mund voll darüber reden, fühlt man sich wie neugebadet, oder wie ein Sonntagskleid an, selbst wenn es nur eine Nachbarin ist, mit der man sonst auf dem Nichtansehfuß lebt, da begreift man, was Redefreiheit ist, nach der alle Welt schreit. Fügen es die Verhältnisse indessen, daß man schweigen muß, dann wandelt man wie zusammengedrückt einher. In den vielen Jahren hatte ich außer Weihnachts- und Geburtstagsgeschenken keinerlei Geheimniß vor meinem Manne gehabt, zertöpfertes Küchengeschirr oder kurzlebige Glassachen, die unvermerkt neu auf der Bildfläche erschienen, nicht mitgerechnet, da er so etwas als Pimp abweist, wenn ich ihm damit komme, und nun war ich Max gegenüber verpflichtet, Frieda ins Haus zu nehmen und die Andere auch, ohne daß mein Karl was ahnte. Einmal mußte er es erfahren, aber vor diesem Einmal hatte ich höllische Manschetten.

Denn mußte ich nicht erstens eingestehen, daß meine Wette verloren war?

Und er hatte zweitens ungehindert Recht zum Bau, wobei er mich drittens nicht nur auslachen, sondern viertens auch noch Onkel Fritz hinzuziehen würde. Fünftens war ich bei Max blosgestellt, wenn mein Mann ablehnte und somit sechstens nach allen Richtungen hin drunter durch. Ich saß, wie man sich allegorisch auszudrücken pflegt, zwischen zwei Stühlen in der Patsche.

In sehr schwermüthigen Stunden kam mir bisweilen die Idee, Maxen zu erklären, mein Karl wolle nicht, aber auf Lügen nach der Schweiz fahren, das Bewußtsein wäre zu einer unerträglichen Ueberfracht geworden, die jegliches Missvergnügen erwürgt hätte. Nein, wie Kain im Kupeh sitzen und wegen Gewissensbisse sich nicht zur Begeisterung für die landschaftlichen Reize der Natur aufschwingen können, lieber will ich entsagen.

Schließlich heckte ich eine Art von Plan aus, indem ich mit Max abkartete, die Angelegenheit vorläufig nicht weiter bekannt zu geben, bis Betti verheirathet sei oder ich es für angebracht halten würde, davon zu sprechen. In der Zwischenzeit erhoffte ich einen zweckmäßigen Moment, den der Zufall zur erleichternden Aushülfe benutzen möchte. Zugesagt hatte die Frieda jedoch erst, nachdem sie anfänglich sich großartig weigerte. Max hat mir nicht wieder berichtet, was sie über mich gesagt hat, aber ich bin überzeugt, daß Brummeisen das Lieblichste gewesen ist.

Als sie weiter erfuhr, daß ich mich überhaupt auf junge Mädchen zu verlegen gedachte und sie eine Kollegin antreffen würde, war sie gelinder geworden und von der Vermuthung abgebracht, daß das Haus Buchholz extra ihretwegen zum Rauhen Hause zur Anbändigung verwahrloster eingerichtet werde. Hätte sie hiervon nur soviel Wind gespürt, wie durch eine zue Ofenklappe kann, dann Adje!

Außerdem behandelte ich sie theilnehmender, wenn ich sie traf, und machte die Augen nach innen zu, um ihre Fehlerhaftigkeit nicht zu sehen, da sie, mit klarem verstände betrachtet, doch ein recht unwünschenswerthes Mädchen ist. Ich will nicht gerade behaupten, daß die Liebe bei Maxen stockblind gewesen war, aber eine Haut hatte sie auf der Pupille gehabt, oder wenigstens kurzsichtig.

Frieda näherte sich mir auch ein wenig, aber leider mußte ich dem Gespräch eine abweichende Richtung geben, sowie sie auf baldigen Antritt als Stütze des Hauses hinzielte. Auf Gold war ich keineswegs durch die Verurtheilung zum Schweigen gebettet und je länger ich den Termin einer Generalbeichte auf die Bank schob, um so mehr schmolz der Muth zu unüberwindbarer Schlaffheit zusammen, wobei das Wohlbefinden auch in die Brüche ging. Der Doktor konsultirte daher ganz richtig, als er die zeitweilig zunehmende Schwerluftigkeit für nervöses Asthma erklärte und mir Ballerjantropfen anrieth, die jedoch außer Gestankverbreitung nichts nützten, weil sie keine ordentliche Verschreibung waren, sondern nur so empfohlen. Wie kann das helfen?

Mein guter Karl schränkte sich zwar mit dem Tabak in meiner Gegenwart ein, sintemal der Rauch mir kribbelte, aber auch das war umsonst, weil ich aus den Sorgen und dem ewigen Versteckgespiele nicht herauskam. Die Andere saß mir ja auch auf dem Hals.

Zugeschrieben war worden; Frau Schulz hatte das feste versprechen, daß ihre Tochter mir zur weiteren Ausbildung passabel sei, und verlangte ungefähr dreimal in vierzehn Tagen auf brieflichem Wege die Erfüllung des Anerbietens.

„Wilhelmine," bemerkte mein Karl, „seit einiger Zeit ist Deine auswärtige Korrespondenz eine ungewöhnlich lebhafte. Was hast Du eigentlich vor?"

„Nichts. Es ist nur wegen der Gänse."

„Jetzt, wo wir die Markthallen haben?" wandte er ein. Ich denke, da giebt es Auswahl genug. Mache Dir meinetwegen keine unnöthigs Mühe, Wilhelmine. Ich esse sie, auch wenn sie nicht so fett sind."

„O Karl," wollte ich ausbrechen, „diese Sorte von Gans ist gegen Deinen Appetit," aber seine unverdiente Gutheit machte mich schamverlegen und setzte mich außer Stand, die Wahrheit zu sagen. Konnte ich den Ahnungslosen in diesem Augenblick der Herzlichkeit meuchlings mit zwei plötzlichen Stützen der Hausfrau überfallen? Nein, ich konnte es nicht.

An den nächsten Tagen wollte sich auch keine passende Gelegenheit finden; mein Sünden- und Verschweigungsregister war schon zu groß geworden, als daß ich von selbst anfangen mochte. Nach einigen paar Tagen mehr kam Herr Max, um zu bitten, seine Frieda umgehend aufzunehmen, da sich ihr Vater mit Einer zu verheirathen gedächte, die für Frieda herabsetzend erscheine. Es gäbe ein Unglück, wenn die neue Frau ins Haus käme; der einzige Ausweg, der ihm bleibe, sei, Frieda zu heirathen, falls sie keine Unterkunft bei mir fände.

„Max," rief ich, „hat sich denn Alles gegen mich verschworen?

Einige Bedenkzeit gestand er mir noch zu. Das gab eine Spur Erleichterung, die jedoch nicht lange anhalten sollte, denn in ihrem letzten Billetdoux eröffnete mir die Schulzen die angenehme Aussicht, mich demnächst mit ihrer Tochter zu überfallen, mitten in die tägliche Häuslichkeit hinein, ohne Umstände und Vorbereitungen, damit sie gleich sähe, wie es bei uns zuginge. Ob das nicht reizend wäre? – O ja, zum Heulen reizend.

Nun mußte wieder auf Ausflüchte gesonnen werden, wie peinigend ist es doch, wenn man sich in Hinterhalte und Unaufrichtigkeiten begiebt. Es war nur ein

Nothverschweigen, womit es ganz winzig anfing und jetzt war ich in die Bredoulje hineingestrauchelt und mußte flunkern, daß ich fast selbst nicht mehr glaubte, was ich sagte. Aber das gelobte ich, wenn ich erst wieder im Reinen wäre, dann auch nicht die geringste Verschleierung der Begebenheiten. Nur Wahrheit, nichts als die unvermengte Wahrheit.

Was sollte ich nun der Schulzen vorspiegeln, um sie von ihrem Streifzug abzuhalten? Sollte ich schreiben, wir hätten den Tapezier? – Das wäre nachher herausgekommen. – Oder wir hätten die Pocken? – Das wäre Frevel gewesen. – Oder groß Reinemachen? – Das hätte sie vielleicht gerade sehen gewollt. Endlich kam ich auf Hausbesuch. Der wäre für sie schenirt, und sie wäre für ihn schenirt, wir könnten auch nicht wissen, ob wir nicht auf einer Partie wären; genug, wenn sie etwas wollte, müßte sie vorher genau Datum und Stunde bestimmen, und wir könnten uns im ›Franziskaner‹ treffen. Auf Anderes ließe ich mich nicht ein. Sela!

Aber wie so eine Person ist, dividirte sie sich justement die Zeit aus, in der wir essen, und meldete sich für den folgenden Tag an, daß ein meinerseitiges Entrinnen unmöglich war und geschwind eine Plausibilität für das Fortbleiben vom Mittagstisch ausklamüstert werden mußte. Aber die Anstrengung. Nachdem ich dicht vor der Verzweiflung angelangt war und der Schädel schon auf der einen Seite nachgab, fand ich in den Anzeigen eine Möbelauktion bei Leppke, die ich meinem Karl in sofern glaublich machte, als sich vielleicht etwas vorhundertjähriges für Betti's Hausstand erwerben ließe.

Freilich meinte er, sie arbeiteten die Antiken neu viel besser in Berlin, allein so siebenmal recht er hatte, mußte ich ihm meine Gesinnung diesmal verhehlen. Frau Schulz war in Sicht. – – –

Gerade wie ich nun in den Franziskaner eintreten will und im Monolog zu mir sage: Sie sitzt gewiß gleich vorne rechts, daß du sie beim ersten Anhieb triffst, fällt mir auf das Schauderhafteste ein, daß ich die Schulzen ja gar nicht kenne und die Schulzen mich auch nicht und keinerlei Rendezvoussymbol, eine Rose oder Taschentuch, verbündet worden ist. „Na," rede ich selbstgesprächig weiter, „eine Mutter mit Tochter wird nicht zu verfehlen sein und einen Blick für das provinzielle hat man am Ende auch." Ich also hinein in die Dardanellen.

Wie ich nun den ersten Raum abgesucht habe, ohne sie zu entdecken, inspizire ich den zweiten, und wie dort nur eigentlich Mannsleute sitzen, schlängele ich mich durch den dritten und vierten Saal, ohne zwischen den vielen Gästen auch nur etwas gefunden zu haben, das wie Mutter und Tochter ausgesehen haben könnte. Ueberall dieselbe Perspektive; nicht ein Schattenriß von der Schulzen. Die Kellner, welche ich interviewte, wollten nichts Derartiges beobachtet haben, selbst nicht gegen das Versprechen eines Trinkgeldes.

„Wahrscheinlich geht die Zehlendorfer Uhr nach," tröstete ich mich mit Kolumbus, der ja auch lange vergeblich entdecken mußte, ehe er New York endlich vor sich liegen sah, „und sie ist die nächste, die ins Lokal tritt." Deshalb nimmst du beim Eingänge Platz, da kann sie dir nicht vorbeischlüpfen, weil nun am unmittelbarsten Tisch neben der Thüre nur ein Herr und eine Dame saßen, so war ich denn so freundlich, mich bei ihnen niederzulassen, was sie sehr liberal gestatteten, indem ich, wie sich in anderthalb Minuten begreiflich machte, ihnen etwas Schutz gegen den Zug gewährte, den der Portier allein nicht abfangen konnte.

„Rührende Egoisten die Beiden," dachte ich, und beschloß ihnen auch kein Wort zu gönnen, denn mit Selbstsucht sich einlassen, kommt man immer zu kurz.

Da es Mittwoch war und die Löffelerbsen mit Speck, welche auf der Speisekarte standen, ihnen sehr zu behagen schienen, bestellte ich mir auch eine Portion nebst einem Seidel Bier und vertiefte mich in den Genuß dieses nahrhaften Essens, das mein Mann früher ebenfalls hochschätzte, aber wegen der Hülsen in den letzten Jahren etwas vernachlässigt. – „Was er jetzt wohl macht, der gute Karl, ob es ihm ohne meine Gegenwart schmeckt?" wollte ich eben einen heimwärts gerichteten Gedankengang beginnen, als es mich mit der Geschwindigkeit eines Telegraphendrahtes durchfuhr: „Sollte die Schulzen doch vielleicht nach der Landsbergerstraße gestürmt sein und munter darauf los enthüllen, während ich hier hinter Löffelerbsen sitze?"

Der erste Antrieb war aufspringen und ihr nach, aber die Vernunft wirkte als Niederdruck: die Person mußte ja jeden Augenblick kommen und wenn sie mich nicht traf, lag die Angelegenheit ebenso verfänglich wie jetzt, was nützte der Majoran an den Erbsen und der schön durchwachsene Speck, was das Bier, direkt schäumend vom Faß? viel anders kann eine Henkersmahlzeit auch nicht gekocht sein als mit dem Gefühl, in der nächsten halben Stunde bist du geliefert. Unter Mühsalen aß ich den Rest, bezahlt mußte ja doch werden.

So oft die Thüre ging, ich wie ein Schießhund aufgepaßt, aber nichts erschien, was als die Schulzen mit ihrer Tochter ausgelegt werden konnte. Es kamen Dicke und Dünne, Herren und Damen, Alte und Junge, von allen Sorten, der ganze Adreßkalender, nur die Erwartete nicht.

Was sollten die Kellner denken, daß ich mich plan- und zwecklos herumdruckste, zumal ich wegen der Thürinspektion keine Zeitung vor das Gesicht nehmen durfte? In lauter Verzweiflung trank ich aus und bestellte noch einen Seidel. „So," höhnte ich ingrimmig dazu, „nun ist die abschüssige Bahn komplett, Wilhelmine, nun fängst du das Trinken an." Und doch wollte ich, daß ich eine rechte große Zeitung zum Verbergen gehabt hätte, denn Derjenige, der nun in das Lokal trat, war Onkel Fritz. Der fehlte gerade.

„Bist Du es oder bist Du es nicht?" fragte er, nachdem er sein erstes Erstaunen beseitigt. – „Jawohl," erwiderte ich gereizt, „ich bin es, oder hast Du etwas dawider?" – „Durchaus nicht, aber wie kommst Du in diese Gegend?" – „Danach könnte ich Dich ja auch fragen." – „Ich liefere nahe bei Kronleuchter und kontrollire die Arbeiter. Wenn später ein dußliger Dienstbolzen mit zwei linken Händen sich so ein Ding über den Leib reißt, greift das Unfallgesetz mich. Hast Du Dich mit Deinem Karl erzürnt oder machst Du eine Bierreise auf eigene Hand?" – „Weder das Eine noch das Andere," fuhr ich ärgerlich heraus, „ich sitze hier und warte auf ein altes Reff aus Zehlendorf."

„Sie erwarten Jemand aus Zehlendorf?" mischte sich mit einem Male die Tischnachbarin in unser Gespräch. „Sind Sie vielleicht Frau Wilhelmine Buchholz aus der Landsbergerstraße?"

„Wer sonst wohl?"

„Ich bin die Schulz aus Zehlendorf."

„Nanu?" schmetterte ich sie an, „und damit kommen Sie jetzt erst zum Vorschein und lassen mich hier sitzen wie einen Chenilleaffen in Todesangst?"

„In Angst? Um meinethalben?" fragte sie. – „Daß Sie zwischen die Wagenthüren gerathen sein könnten," wand ich mich heraus. „Wo haben Sie denn Ihre Tochter?" – „Die besucht eine Freundin und muß jeden Augenblick erscheinen. Sie hat mir fest versprochen, pünktlich zu sein. Lange kann sie unmöglich bleiben, aber wie junge Mädchen so sind, nicht wahr? Die haben sich vielerlei zu erzählen, wenn sie sich lange nicht gesehen haben, obgleich ich ihr einschärfte: ›eile Dich, mein Kind, Frau Buchholz wird gewiß pressirt sein, da sie Hausbesuch hat.‹ – „Hausbesuch?" fragte Onkel Fritz, der noch unschlüssig war, ob er neben dieser Rappelmaschine ansässig werden wollte oder nicht, „wer ist denn bei Euch?" „Die Tante aus Bützow," sagte ich, um nur einen Namen zu nennen, und machte Winke, damit er auf meine Ausflucht eingehen sollte, aber anstatt mir aus der Klemme zu helfen, er sich naiv gestellt und gelacht: „die ist ja lange todt, oder geht sie um?"

„Fritz," rief ich mit Zornesröthe. „Merkst Du denn nicht, daß Du hier zu viel bist?" und zur Frau Schulz gewendet sagte ich: „Allerdings ist eine Tante aus Bützow von mir gestorben und hat recht ansehnlich hinterlassen. Diese Tante jedoch, von der mein Bruder nichts zu wissen scheint ..." –

„Ist 'ne sehr nette Frau, mit sieben unerzogenen Rindern und einem zahmen Papagei," fiel Onkel Fritz mir in die Rede, „aber da ich nur zur Verwandtschaft rechne, was sich beerben läßt, dachte ich nicht an sie. Empfehle mich bestens." Er hatte verstanden und entfernte sich.

Weil meine gute Laune von dem langen Warten bereits sehr sauer geworden war, gedachte ich mit der Schulzen auf das Kürzeste zu verhandeln und sagte: „Eine Woche lang Zeit habe ich nicht. Also Sie sind einverstanden, daß Ihre Tochter keiner Arbeit aus dem Wege geht? – „O gewiß. Sicher. Sind Sie sehr für Scheuern?"

„Je nachdem, obgleich man mit Reinemachen viel verruiniren kann. Nur keinen Mißbrauch mit Wasser."

„Nicht wahr? das sage ich auch. Edith liebt das Nasse durchaus nicht."

„Heran muß Ihre Tochter Ida aber doch, damit sie Alles vom Grunde aus lernt."

„Wenn es nicht anders sein kann," seufzte sie. „Die Hauptsache ist liebevolle Behandlung. Sie hat einen so himmlischen Geist und viel Phantasie. Für das Theater läßt sie ihr Leben."

„Theater wird bei uns nicht gespielt."

„Ich meine nur, daß sie nach der Anstrengung hin und wieder eine kleine Erholung hat. Kochen Sie kräftig?"

„Hausmannskost."

„Derbe Speisen kann meine Tochter nicht vertragen."

„Meine Liebe, Hausmannskost ist noch lange kein Hausknechtsessen. Das will ich mir ausgebeten haben. Ihre Ida scheint übrigens eine Masse Paragraphen mit zubringen."

„Ida? Sie sagen immer Ida, erlauben Sie, meine Tochter heißt Edith mit einem englischen th und das E wie I. „Konnten Sie keinen unsinnigeren Namen finden?“ fragte ich. – „Ist er nicht bildschön?“ rief sie. Ach, die deutschen Namen sind alle so gewöhnlich?“ – „Liebe Frau“ entgegnete ich, „auf den Namen kommt es nicht an, sondern darauf, daß er mit Ehren besteht und einen guten Klang in Anderer Munde hat. Aber seien sie nur ruhig, ich werde ihrer Ida die fremdländischen Mucken schon austreiben. Die Zunge verrenke ich mir ihretwegen noch lange nicht und wenn sie ein Dutzend englische th's hintendran bammeln hat. So, nun können Sie thun und lassen was Sie wollen und Ihre Neelsuse von Tochter nur gleich wieder mitnehmen. Ich danke für Südfrüchte.“

„O, nein, meine allerbeste Frau Buchholz,“ legte sie sich aufs Bitten, „so hart können Sie nicht sein. Edith hat ihre Fehler – ich gestehe es offen ein – aber sie ist so lieb von Charakter und unter Ihrer Leitung wird sie ganz vollkommen werden. Nicht wahr, Sie bleiben bei Ihrem Versprechen?“

„Unter der Bedingung, daß sie gehorsam ist und sich fügt.“

„Sie sollen zu keiner Klage Anlaß finden.“

„Das will ich hoffen. Aber nun warten wir schon über eine Stunde. Das muß sich ändern, was soll mein Mann denken, wo ich bleibe?“

„Schieben Sie nur alle Schuld auf mich. Ihr Hausbesuch wird Sie gewiß einen kurzen Augenblick entbehren können.“

Ich schwieg. Eben vorher hatte ich mich so hoch auf das tugendhafte Pferd gesetzt und von ›in Ehren bestehen‹ geredet und nun warf der Hausbesuch mich mit einem Male herunter. Das schmerzte. – „Wir haben alle unsere Schwächen sprach ich, „und dürfen von unseren Mitmenschen nicht das Allerstrengste verlangen. Hat Ihre Idiß Vertrauen zu mir, werden mir schon miteinander auskommen. Aber eins mache ich zur Bedingung. Idiß muß aufrichtig und offen sein. Ich dulde keine Unwahrheit.“

„Das will ihr besonders einschärfen. Kleine Nothlügen kommen wohl mal mit vor.“ – „Das sind die schlimmsten. Glauben Sie mir, die vergällen Einem das Leben, wo ist denn Ihr Mann?“ – „Mein Mann?“ – „Nun, der Herr, der neben Ihnen saß?“ – „Den kenne ich nicht. Ich setzte mich an diesen Tisch, nur um Sie nicht zu verfehlen.“

Endlich kam die Tochter, ein schmächtiges, mageres Geschöpf, an dem noch sehr viel zu ernähren war, ehe sie den richtigen Schnitt haben würde. Sie entschuldigte sich, daß sie bei ihrer Freundin gar nicht an die Zeit gedacht hätte, und freute sich sehr darauf, nach Berlin zu kommen. „Nein diese schönen Straßen“ schwärmte sie, diese prachtvollen Läden und Renz ist auch schon angekündigt, ich wollte, ich könnte gleich hierbleiben.“

„Liebes Kind,“ erwiderte ich, „an die Lustbarkeiten wollen wir zuletzt denken. Hausstand lernt sich nicht leicht, dazu gehört so viele Uebung in endlosen kleinen Dingen, daß man schließlich gar nicht anders sein kann als praktisch. Dann erst hat es Art. Haben Sie auch Lust, Hand anzulegen?“

„Ja,“ sagte die Mutter.

Die Tochter schien mit dieser Antwort einverstanden, denn sie nickte mit dem Kopfe.

„Meine Zeit ist abgelaufen,“ rüstete ich mich zum Aufbruch. „Sie bekommen Bescheid, wenn Sie zuziehen können, aber das dauert wohl noch ein wenig. Noch sind die Verhältnisse nicht danach, warten Sie, bis ich schreibe.“

Der gegenseitige Abschied war auf beiden Seiten ein befriedigender. „Mit der werde ich schon fertig,“ dachte ich, und die Schulzen sagte: „Edith wird nur darauf bedacht sein, Ihnen Freude zu bereiten.“

Was die Schulzens aber unter Freudebereitung verstehen, das habe ich später erfahren, warum jedoch ist die Zukunft dunkel vernagelt? Damit man den dahinter lauernden Aerger nicht sieht?

Betti war hocherfreut, daß ich ihr nichts Veraltetes gekauft hatte, weil es leicht aus der Mode kommt und den Wurm hat, entweder den natürlichen echten, der fidel weiter bohrt, oder den künstlichen, den die Möbelfritzen hineinfabriziren und der mehr für den Liebhaber als für die Haltbarkeit ist. Außerdem muß man jetzt, da das Louisquatorsische aufkommt, sich sehr vorsehen, um in der Strömung der Gebildeten zu bleiben. – Sie ging, meinem Manne zu sagen, daß ich zurückgekehrt sei, der denn auch alsbald erschien. – „Hast Du Dich überzeugt, daß der Handel mit Antiquitäten seine Unds und Abers hat?“ fragte er. – „Karl, es war nichts vorhanden, was soliden Stil an sich hatte.“ – „So!“ – „Und brandtheuer.“ – „So!“ – „Ich bin überzeugt, man kauft neu zweckmäßiger?“ – „So! … „„ – Karl, was soll Deine Einsilbigkeit?“ – „Ich denke, Du warst aus und hast mehr zu erzählen als ich.“ – Mir ging eine zerknirschende Ahnung auf. Sollte er etwas wissen? „War Onkel Fritz vielleicht hier?“ fragte ich. – „Nein.“ – „Hast Du Unannehmlichkeiten im Geschäft gehabt?“ – „Nein.“ – „Fehlt Dir etwas?“ –

„Nein.“ – „Karl, warum bist Du so?“ – „Wilhelmine,“ sprach er ruhig, „die Auktion war ja schon vergangene Woche,“ und legte mir die Zeitung vor, in der ich die Annonce gelesen hatte. Jetzt war ich ertappt. Mit einer solchen Kleinigkeit. Es war richtig eine alte Nummer. Wohinaus nun? „Dann,“ stammerte ich, ... „muß ich mich wohl geirrt haben.“ – „Das will ich hoffen.“ – „Karl,“ wollte ich ausbrechen, „bin ich noch ein Kind, das man ausfragt?“ aber ich war in diesem Augenblick wirklich ein Kind, ich konnte mich nicht länger halten, „vergieb, vergieb,“ rief ich, „ich will's nicht wiederthun,“ und stürzte auf ihn zu, daß ich mein Antlitz verbärge.

Wie nachsichtig war er, wie liebreich redete er mir zu. Da fing ich dann an zu beichten und zu gestehen, was mich in den letzten Wochen beklemmte, und wie ich mich vor ihm geschämt hätte von Tage zu Tage mehr und mehr und wie ich immer feiger geworden war, die Wahrheit zu gestehen.

„Alte,“ sprach er, „kennst Du mich seit den vielen Jahren so wenig, daß Du Dich vor mir fürchtetest, vor Deinem Manne, der Dich über Alles liebt?“

„Weil Du mich liebst, schwieg ich. Konnte ich anders glauben, als daß ich Dir abstoßend vorkommen würde mit all den Hintergehungen, in die ich mich verrannt hatte. Schuld war meine Rechthaberei, ich wollte Dir zeigen, daß ich sehr gut konsequent sein könnte, aber Karl, aus sich selbst kann Niemand heraus. Max that mir zu leid und da versprach ich ihm, seine Braut ins Haus zu nehmen, ohne Dich vorher zu fragen. Meine Wette habe ich verloren, ich verzichte ja auch gerne auf die Reise, wenn Du mir nur wieder gut bist und mir verzeihst. Was ist wohl Bauen mit all seiner Unruhe gegen die Qualen, die ich in der letzten Zeit ausstand? Es war das Gewissen, an dem ich litt, und dagegen halfen keine Ballerjanstropfen.“

„Du solltest Dich überhaupt mehr schonen, Wilhelmine, sonst wird Dein Asthma ganz schlimm. Betti und ich sprachen noch heute darüber, daß Du Hülfe haben müßtest, daß ein junges Mädchen zur Gesellschaft nothwendig sei, wenn Betti verheirathet ist.“ – „Karl, bist Du ganz von alleine auf diese Idee gekommen?“ – „Der Gedanke liegt doch nahe genug.“ – „Du hättest sehr gerne einen Ton früher reden können.“ – „Durfte ich?“ lachte mein Karl; „hattest Du nicht ausdrücklich versichert, Dich um keinen Menschen mehr kümmern zu wollen.“ – „Karl, keinen Spott, den vertrage ich jetzt nicht.“

Nach einer Weile fing er wieder an: „Es wird gerathen sein, das junge Mädchen bald zu nehmen, damit es dressirt ist, wenn Betti geht.“

„Karl," entgegnete ich zagend, „es sind *zwei* Stützen, Maxens Braut und noch eine. Es ging nicht anders, mein Karl. Ich bezweifele aber, daß Du sie aussprechen kannst. Du mußt Dir nämlich ein Stück von der Zunge beißen und thun, als wenn Du es ausspucken wolltest, aber es dessenungeachtet zwischen den Zähnen behalten. Sie schreibt sich nämlich englisch und heißt Idiß Schulz." – „Idiß ist gut," sagte mein Karl. – „Ihren Stammbaum hat sie in Zehlendorf." – „Also nur englisirt," entgegnete mein Mann, „das wächst sich wieder aus, wie bei den Pferden der Schwanz." – „Karl, für solche Vergleiche sind meine Ohren nicht gebaut." – „Wilhelmine, Du mußt mich nehmen wie ich bin, zum Aufbessern bin ich wohl schon zu alt. Ich denke übrigens, wir wollen uns Beide keine Vorwürfe machen und Geduld miteinander haben." Er reichte mir die Hand; ich nahm sie mit beiden Händen und führte sie an meine Wange Nun hatte ich meinen Halt wieder, meinen Karl.

Mir war so leicht und wohl wie nie zuvor, als sei Bürdevolles und Drohendes von mir genommen; ein wonniges Gefühl umfing mich lind und weich wie Abendmilde. Ruhe kehrte wieder in das Herz ein, das so oft in Furcht hämmerte, vor meinem Mann nicht bestehen zu können. Die Vorwürfe schwiegen, die Bangigkeit wich, ich war aus Leid erlöst. Alle Welt hätte ich umarmen können und wie von glockenvollen Stimmen klang es um mich her und in mir: „Seid umschlungen Millionen", wie ich es einmal im Konzert hörte, wo Niemann mitwirkte. Damals fand ich es sehr schön, aber heute begriff ich es erst, als die Erinnerung mir vortönte, was Dichter und Musiker für uns anderen stummen Menschenkinder gesungen haben. Nun hallte es aus tiefer Seele wieder und nahm alle Beschwer mit sich hinweg.

Als Betti jetzt kam und Onkel Fritz anmeldete, war ich rosenfarbig genug, ihn empfangen zu können.

„Wo bewahrst Du denn den Hausbesuch auf?" rief er, „ich möchte meine neue Tante gerne kennen lernen. Kannst Du aber lügen, Wilhelm. Die Zehlendorfer Lowise war ja schon ganz blau an der einen Seite."

„Fritz, dies sind Sachen, die Dich nichts angehen. Nicht wahr, Karl?"

Mein Karl sah mich schelmisch an und lächelte. Dann sagte er zu Onkel Fritz: „Wir hatten allerdings Hausbesuch, aber der ist vor einer halben Stunde auf Nimmerwiedersehen abgereist. Uebrigens kann ich Dir als Neuestes mittheilen, daß meine Frau in den Bau willigt, und wir zwei Stützen der Hausfrau bekommen."

„Zwei?“ fragte Betti.

„Damit die Eine den Unfug besorgt, den die Andere nicht alleine fertig bringt,“ bemerkte Onkel Fritz.

„Ja, wenn Sie wären wie Du. Aber es nützt Dir doch nichts: um mich zu ärgern, mußt Du Dir einen anderen Tag aussuchen.“

Ich ging mit Betti, um ungestört über die jungen Mädchenverhältnisse zu sprechen, und ließ die beiden Männer unter sich, denn selbst die schönste Geduld kann reißen, wenn Einer unausgesetzt daran zupft. Und so ist Onkel Fritz manchmal leider häufig.

Die Stützen des Hauses

Endlich hatten wir die Schulzen aus Zehlendorf hinter uns. Sie brachte ihre Idiß inklusive Kisten und Kasten – allein drei Hutschachteln – und mit ihrer Erzählungsgabe gearbeitet, daß mein Karl sich auf französisch drückte und mich vor dem Rest sitzen ließ. Als mir jedoch schwante, daß sie den letzten Zug auch noch verschwadroniren würde, sagte ich einfach: „Frau Schulz, wenn Sie sich nun nicht beeilen, müssen Sie wohl in Berlin übernachten. Es wird Ihnen gut thun und uns nicht minder, wenn wir zur Ruhe kommen. Ewig können wir uns nicht an der Taille hängen.“ Ich hatte mir die strengste Aufrichtigkeit angelobt und wollte ihr gegenüber keineswegs damit kargen. Was der Mensch braucht, muß er haben, sagt mein Schwiegersohn, der Doktor.

„Es fällt mir so schwer, aus Ihren traulichen Räumen zu scheiden,“ redete sie noch einen bedeutenden Strahl, „so wohnlich ist es hier. Ach, man fühlt gleich den sorgsam waltenden Geist und Alles so sauber, so gediegen, nirgendwo ein Spinngewebe. Die Spinnen kann ich gar nicht leiden und Mäuse, nein, die Furcht, die ich vor Mäusen habe, kann ich Ihnen gar nicht beschreiben. Nicht wahr, Idiß? Sie wohnen wohl schon lange hier? Ich kann es mir denken. Wohnen Sie gerne hier? Ach gewiß. Möchten Sie anderwärts wohnen als in Berlin? Berlin ist zu reizend. Sind Sie auch bange vor Mäusen? O nein, Sie haben gewiß Muth ...!“ Und so wie eine Mitrailleuse weiter. – „Wenn Sie eine Droschke nehmen, kommen Sie noch mit! fuhr ich eilig dazwischen, als sie sich in der Rederaschheit verschlickert hatte. Nun sie in der Hast sich reisefertig gemacht, Idiß stürmisch umarmt und hinaus.

Betti sah mich an, ich sah Betti an, es war dies ein geräuschloses Gott sei Dank, um Idissen nicht merken zu lassen, wie froh wir über das Ende des Besuches waren. Von der Dauerhaftigkeit, wie diese alte Lärmstange, kenne ich keine Zweite.

„So," sagte ich darauf zu Idiß „nun gehen Sie auf Ihr Zimmer und räumen Sie Ihre Sachen ein. Hängen Sie Ihre Kleider in das Spinde links, die rechte Hälfte wird Fräulein Frieda später benutzen und das Andere packen Sie in die eine Kommode. Wenn Sie damit fertig sind, helfen Sie meiner Tochter beim Abendbrot. Wir haben meistens kalte Küche und den Thee werden Sie übernehmen."

Idiß machte ein Gesicht, als wenn ich chaldäisch gesprochen hätte, und rührte sich nicht vom Fleck.

„Nun?"

„Meine Kleider habe ich nie selbst weggehängt," sagte sie.

„Wer that es denn?"

„Mama."

„So! Sie werden aber lernen, mit Ihren eigenen Sachen umzugehen. Für den Anfang will ich Ihnen jedoch gerne helfen. Kommen Sie nur."

Ich also mit ihr abgezogen und hinaufgegangen. Die Koffer standen bereits und warteten.

„Schließen Sie auf." – „Ich kenne die Schlüssel nicht." Was blieb übrig, als daß ich die Koffer öffnen mußte, und weil sie sich zu unkenntnißreich anstellte, hing ich sämmtliche Kleider auch noch in das Spinde. Man erfuhr auf diese Weise allerdings, was sie besaß, aber es ist doch eine geringe Hülfe, wenn sie mit zusammengelegten Händen dabeisteht, wie ich mich als Kammerzofe ausnehme.

„Halten Sie Ihre Sachen gut in Ordnung, denn nichts ist ruinöser als Falten und durcheinandere Krausheit. Jetzt gehen wir wieder hinunter und meine Tochter wird Ihnen zeigen, was Sie in der Küche zu thun haben." – Im Stillen dachte ich: „Wenn Betti ihr einen kleinen Rüffel ertheilt, wird es nicht schaden, sie ist zu pomadig.

Als wir uns zum Abendbrot setzten, merkte ich an Betti's hochgezogener Oberlippe, daß ihr etwas verquer gekommen war und die Schulzen Tochter aus

Zehlendorf sah ziemlich verweht aus. Einem Säugling konnte klar werden, daß die Beiden einen Satz miteinander gehabt hatten. Mein Karl, der auch wohl Aehnliches witterte, aß ohne Beförderung des Gespräches und war unbehaglich, als wenn ihm der Rock zu preß säße, obgleich er seinen alten anhatte. Idiß stöhnte manchmal wie innerlich gefoltert, was Betti, die ziemlich säulenartig dasaß, nicht im Geringsten rührte, meinen Mann dagegen zum jedesmaligen Hinsehen veranlaßte, wodurch Idiß nur noch leidender ward.

Lange konnte dieser Zustand nicht ausgehalten werden und deshalb scherzte ich anregend: „Haben Sie sich schon ein wenig im Hausstande ausgebildet, Idiß?"

Statt aller Antwort nahm Betti den Sahnentopf und stellte ihn herbe vor mir hin. An dem Topf war die Tülle frisch abgestoßen. – „Was soll das?" fragte ich. – „Eine Probe von Fräulein Schulzens Kunstsinn," erwiederte Betti. – „O nein," sagte diese, „er ist von selbst entzwei gegangen." – „Das war sonst seine Gewohnheit nicht," entgegnete Betti kurz. – „Dann hat die Köchin es gethan," rief Idiß. – „Das lassen Sie Doris blos hören," entgegnete Betti, „die wird Sie schön auf den Trab bringen." – „Kinder," legte ich mich dazwischen, „keinen Zank. Heute wollen wir Alle annehmen, der Blitz sei in den Topf geschlagen, ein andermal gilt das aber nicht wieder."

Mein Karl zog es vor, noch einen Augenblick in seinen Bezirksverein zu gehen, und Idiß schickten wir bald auf ihr Zimmer. Als wir allein waren, sagte Betti: „Mama, so etwas Verzogenes und Ungeschicktes ist mir noch nicht vorgekommen." – „Eben deshalb haben wir sie hier. Nur Geduld Betti. Du hast Dich auch erst nach und nach in das Häusliche eingelebt, freilich hattest Du auch nicht die Schulzen zur Mutter. Laß mich die Sache nur modelliren; Stützen wollen sachte begangen werden.

Meine Hoffnungen auf Besserung waren allerdings nicht hochgeschroben, aber in der folgenden Zeit ward es immer schlimmer mit Idiß, die sich am liebsten mit Thatenlosigkeit beschäftigte. Daran mochte auch der plötzliche Wechsel schuld sein. Bis vor Kurzem hat das noch mit Puppen gespielt und soll nun mit einem Male Ingwer von Muskatnuß unterscheiden; natürlich steht das dann davor und stutzt.

So ähnlich scheint mir die wissenschaftliche Erklärung zu sein, denn wird so ein junges Ding vom Elternhause plötzlich in eine andere Umgebung versetzt, wo abweichende Betten und Gebräuche herrschen, dann zeugt es von allgemein menschlicher Veranlagung, wenn ihm weder Essen noch Trinken schmeckt und das Heimweh aus den rothgeweinten Augen schaut; läßt doch auch ein frisch umgepflanztes Gewächs in den ersten Tagen seine Blätter hängen, bis es sich besinnt, wogegen Unkraut sich nichts daraus macht, sondern weiter gedeiht, wohin man es geworfen hat. Deshalb war es eben nicht sehr auffallend, daß die Idiß es mit der Sentimentalität kriegte und mehr stöhnte als ruhig Luft holte, wodurch sie meinem Karl zuletzt die Besorgniß einjagte, sie säße voll Lungenbazillen und würde sich nächstens legen, „wir haben doppelte Verantwortung,“ sagte er, „denn sie ist fremder Leute Kind.“ – „Karl,“ entgegnete ich, „es ist das Neue und Ungewohnte, was aus ihr wimmert. Sobald sie mehr einheimisch ist wird ihr das Betrübtsein schon überdrüssig werden. Außerdem siehst Du, sie hat Gemüth. Eine Sausige, ohne jegliches Herz, nur aus das veränderliche Bedachte singt und springt gleich in den neuen Verhältnissen herum wie eine Bachstelze, während diese mehr mit sanfter Trauer um das Verlassene einhergeht. Wir können uns sehr gratuliren, daß wir keine Rumorige bekommen haben.“

„Ich wollte, sie wäre lebhafter und suchte nicht immer etwas auf dem Fußboden, wenn man sie ansieht,“ sagte mein Mann.

„Karl,“ verwies ich ihm diese Bemerkung strenge, „erstens ist es nicht löblich, jungen Mädchen aus sittsamer Schüchternheit einen Vorwurf machen, und zweitens schickt es sich nicht für Dich, ihnen mit Blicken nachzuschleichen. Das verbiete ich Dir ein für alle Mal. Bedenke, es sind Töchter auswärtiger Eltern, für deren Ruf wir ebensowohl verantwortlich sind, wie für ihre Gesundheitspflege. Karl, wie wirst Du am jüngsten Gericht dastehen, wenn Du sie mit anderen Augen betrachtest, als pflegeväterlichen, ganz abgesehen davon, daß ich bei Tag und Nacht so zu sagen patroullire.

„Wilhelmine, thu' mir den Gefallen und bremse, Du bist auf einen falschen Strang gerathen. Du hast Dir eine Last aufgeladen, an der ich gefälligst mitschleppen kann. Mir gefällt die Ida den ganzen Tag nicht.“ – „Karl, Idiß; Du mußt den richtigen Zungenschlag noch üben.“ – „Ach was, Ida oder Idiß, sie ist mir ödiös.“ – „Das kommt, weil es Dir an Menschenkenntniß gebricht. Junge Mädchen müssen aufthauen. Hab' ich sie erst aus der Magrigkeit, daß sie einen Puff vertragen kann, dann wird sie gedrillt.

„Hoffen wir das Beste,“ entgegnete er. „Mir speziell thätest Du einen Gefallen, wenn Du ihr zu verstehen gäbst, daß mir ihr weinerliches Gezirpe unerträglich ist.“

„Dies soll geschehen, mein Karl.“

„Vergiß auch nicht die Thüren zu ölen, die quieken ebenso wie die Stütze.“

Ich nahm darauf hin die erste beste Gelegenheit wahr und sagte: „Fräulein Schulz, was haben Sie eigentlich? Liegt Ihnen irgendwo ein Stein auf dem Herzen, dann nur herunter mit ihm, mir können Sie ruhig Alles mittheilen, was Sie bekümmert.“ – „Ach, Frau Buchholz, die Trennung von zu Hause ...“ stammerte sie. – „Kind, bis ans Grab kann der Mensch nicht hinter Mama herlaufen, einmal muß er hinaus und sich etwas versuchen.“ – „Warum ächzen Sie immer so gefährlich?“ – Sie gab keine Antwort. – „Seien Sie thätig, das vertreibt die Grillen. Ihre Mutter will, daß Sie Ihren Bedarf möglichst selbst nähen, stricken und sticken, weshalb Sie für den Anfang nur das Nothwendigste mitbekommen haben. Sind die Taschentücher denn schon gesäumt?“ – „Ich bin dabei, aber ...“ – „Aber?“ – „Meine Augen leiden von dem vielen Nähen.“ – „Das ist ja sehr traurig.“ – „Ich bin auch so unglücklich darüber.“ – „Können Sie denn nichts thun, Ihre Trübseligkeit zu vertreiben?“ – „Zu Hause setzte ich mich an das Klavier und hauchte meinen Schmerz in Musik aus. Ich weiß nicht, ob ich das hier wagen darf, Fräulein Betti wird es wohl nicht erlauben.“ – „Unsinn. Das Klavier steht in der guten Stube, aber es ist lange nicht gestimmt, vielleicht paßt es deshalb um so besser zu Ihrem Schmerz. Hauchen Sie meinetwegen nur zu, aber verschrammen Sie die Dielen nicht, wir haben erst kürzlich streichen lassen.“ – „Danke,“ sagte sie und ging.

Ich war nur einigermaßen neugierig, wie sie ihren Schmerz besänftigen würde, und horchte hinter der Thür auf ihr Gespiel. Was kam zum Vorschein? Das schöne Lied: „Mutter der Mann mit den Koks ist da“, und noch nicht einmal ordentlich, sondern ganz höckrig und nebengriffig, aber mit beiden Hufen auf dem Pedal. Ein Glück, daß mein Karl diese Art Kammermusik nicht hörte.

Nachdem ich mich kopfschüttelnd entfernt hatte, war ich gespannt, zu sehen, was sie im Taschentuchsäumen vor sich gebracht hatte, und hielt es für meine Pflicht, ihren Nähkorb zu untersuchen. Wie es darin aussah ... nicht zu beschreiben. Alles durcheinander gemuddelt, und an dem einen Tuch vielleicht sechzig Stiche geprünt. Davon kriegte sie den Staar!

Diesmal war das Gestöhne an mir. „Sie lügt," schoß es mir durch. „Wilhelmine, mit der bist du gründlich hereingerasselt. Gleich am ersten Abend stritt sie den Rahmtopf ab."

Entsetzlich! Wie soll man in einem Hause mit einander auskommen, wenn Einer den Worten des Andern nicht trauen darf? Und wie wird Einem geistig wüst, wenn man fortwährend auf neue Täuschungen sinnen muß, eine alte Unwahrheit hinter einer neuen zu verstecken. Da nistet sich das Mißtrauen ein, man denkt schlecht von denen, die es nicht sind, die Heiterkeit des Gemüthes geht verloren und das Erdenleben wird düster, weil Alles unwahr erscheint wie das eigene innere Leben. Kinderzeit, warum bist du so sonnenvoll? Weil die junge Seele noch ohne Arg ist.

Ich bin kein Kenner, aber soviel verstehe ich doch auch von der Tonkunst, daß ihr Heimweh und die neueste Straßenmelodie sich gerade so tapsig zu einander verhielten, wie der Name Idiß zu ihrem Aussehen, und sie das Fortepiano nur als Fingersopha benutzte, um Zeit zu verdudeln. Aber muß Eine nicht von selbst auf Trug verfallen, wenn die Eltern ihr einen fremdartigen Namen überstülpen und sie sich darauf einbildet, sie sei eine Außerhalbsche und für eine Mark Hochwohlgeborener, als Andere, obgleich kein Photograph der Welt ihr das Schulz'sche Profil wegretouchirt?

Es war meine Pflicht, sie ins Gebet zu nehmen. Ich ging zu ihr und sagte: „So, Ida, quälen sie den Mann mit den Koks nicht mehr. Der ist für unser Klavier zu schwer. Wollen Sie reell üben, dann wählen wir eine bestimmte Stunde." – „O nein, das greift mich zu sehr an. Mama sagt immer, das Spiel müsse eine Erholung sein." – „Ganz recht, besonders für die Trommelfelle der Umgebung. Nehmen Sie nur Ihre Näharbeit und setzen sich zu mir; gedammelt wird hier im Hause nicht."

Während ich nun das aus der Wäsche gekommene Zeug nachsah, säumte sie. wir sprachen auch mancherlei und ich erfuhr aus diese Weise, daß sie bis jetzt nur that, was sie mochte, und was sie mochte, war Nichtsthun. Selbst die Strümpfe und Schuhe hatte ihr die Mutter angezogen. Freilich hatte der Papa oft gescholten, aber dem hatten sie leicht etwas vorgemacht. – „Und das ließ Papa sich gefallen?" – „O, er mußte wohl, Mama hatte ja das Geld." – Mit einem Male stockte sie. – „Hat Sie denn noch welches?" – „Ich glaube, sie verlor einiges, wir mußten uns einschränken. Das war häßlich. Es war lange nicht mehr so hübsch wie früher. Mama wurde manchmal recht böse."

„Verschwendung ist herrlich anzusehen, aber verdrießlich hinterher darüber nachzudenken. Sie öffnet nicht blos der Armuth die Thür, sondern Zank und Streit folgt ihr auf den Hacken. Manche meinen, sie müssen Sechserlichte haben, um ins Bett zu finden, wir nehmen Zehnerlichte und noch hat sich Niemand das Bein gebrochen. Das Pfund kostet dasselbe, aber man reicht weiter. Merken Sie sich das, Ida: Mit Vielem hält man Haus und mit wenigen kommt man auch aus."

„Mama sagt, es wäre Alles einerlei, wenn man nur gefiele."

„Gefallen ist schwer, Kind."

„Ja, wenn man die Mode nicht mitmachen kann. Sonst hatte ich alle Augenblick einen neuen Hut ..."

„Auf den Hut kommt es nicht an, sondern auf die Physiognomie, die drunter sitzt, wenn Eine ein Gesicht macht, als wäre sie sich selbst im Wege, weichen ihr Andere mit Vergnügen aus. Ein freier offener Blick, ein freundlicher Mund gewinnen mehr als die modernste Toilette, aber im Innern müssen Aufrichtigkeit und Liebenswürdigkeit wohnen. Und Ordnung nicht zu vergessen. Sie haben ihr Schuhband offen, Ida; wer auf sich selbst nichts giebt, achtet auch die geringfügigen Pflichten nicht, die er Anderen schuldig ist, aber die sind es, welche das Leben angenehm oder zur Hölle machen. Bringen Sie das erst in Ordnung, und dann ist es Zeit für die Küche. Bei uns geht die Uhr nicht nach der Suppe, sondern nach meinem Mann, und der ist präzise. Und noch eins, Ida ... strapaziren Sie das Geschirr nicht so sehr."

„Dies war eine moralische Nähstunde," sagte ich, als ich allein war, und wunderte mich über mich selbst. Meine Beiden wurden schärfer genommen. Es waren ja auch die eigenen.

Mit der sicheren Voraussetzung, daß die Ermahnungen baldige Frucht tragen würden, war es jedoch Essig, denn alsbald erhob sich ein Halloh in der Küche, dem ich nachspüren mußte. Was ich fand, waren Betti und Ida in hartem Wortwechsel. Ida schrie, sie ließe sich nichts gefallen, und Betti schalt, mit einer so dummen Pute könne sie nichts anfangen; man sei seines Lebens ja nicht sicher. – Dabei war die ganze Küche über und über mit Reis besäet und voll Wasser geplanscht und Betti pladdernaß von oben bis unten, daß sie nur so leckte und ebenfalls mit Reiskörnern in den Haaren verziert. – „Heiliger Brahma," rief ich, „was hat dies zu bedeuten? Wie sieht es hier aus?"

„Ich gab ihr den Reis zu waschen," erklärte Betti erregt „und Fräulein Schulz war so schlau, ihn unter die Wasserleitung zu stellen und den Hahn aufzudrehen, daß die ganze Bescheerung im Bogen aus der Schüssel flog. Und nun, da ich verlange, daß sie auffeudelt, will sie nicht."

„So wat hab ick noch nie nich jesehn," sagte Doris, die erstarrt da stand und im Erstaunen vergaß, die Heerdringe aufzulegen, die sie mit der Feuerzange hielt, daß mir der Rauch auf die Stimmbänder schlug und das Asthma sich mit Beengung und unergiebiger Luftschnappung einstellte. – „Nachher," japste ich. „Doris wischt auf. Ida, Sie folgen mir."

Es dauerte lange bis zur einigermaßenen Erholung. Das viele Reden, der Aerger und der Rauch hatten recht ungünstig zusammen gewirkt. Das Resultat reiflicher Ueberlegung war schließlich: „Ida, vorläufig bleiben Sie aus der Küche und befassen sich als Anfangsstadium nur mit dem Kaffee und dem Thee mit abendlichem Aufschnitt, gewissermaßen als kalte Mamsel. Kochen steht Ihnen noch nicht an."

„Ich konnte nichts dafür," entgegnete sie, „der Reis that es ganz von selbst." – „Komischer Reis." – „Es war aber doch so."

„Fräulein Schulz, unangebrachte Gegenrede liebe ich nicht, und außerdem thun Sie ohne Weigerung, was Ihnen geheißen wird. Sie haben Ihr Schuhband noch nicht zu gebunden." – "Doch." – „Es ist nicht zu." – „Dann ist das andere aufgegangen." – „Nein, es ist dasselbe und schlampert ebenso wie vorhin, als ich Sie aufmerksam darauf machte." – „So?" – „Jawohl. Und wenn ich Ihnen wieder etwas sage, sitzen Sie gefälligst nicht auf Ihren Ohren, damit Sie besser hören. Fräulein Schulz, Sie müssen sich noch gewaltig ändern, oder wir sind geschiedene Leute. Ihrentwegen ärgere ich mich *lange* nicht in den Sarkophag." –

Man muß das Gewehr nicht gleich ins Korn werfen, wenn auch Konträres entgegenstrebt. Welche Mühen und Sorgen hatte ich mit Betti, die jetzt den Hausstand auf das Anerkennendste besorgt und großes Lob verdient. Sie sieht aber auch ihre eigene Häuslichkeit voraus und ist unermüdlich bei der Hand, als wäre sie bereits für Alles den lieben Ihrigen verantwortlich, die doch erst nach der Hochzeit Ansprüche machen können. Die Erwartung ist ein mächtiger Antrieb. In der Erwartung auf eine schöne Aussicht bricht man sich an steilen Gebirgswänden gerne das Genick, was man für Geld gewiß nicht thäte; wie kann man sich überarbeiten, ohne zu erlahmen, wenn der Staat für einen unvermutheten Tanzball beschafft werden soll, wie achtsam richtet man das Fremdenzimmer für einen Gast ein und wie stundenlang vorher horcht man auf sein Kommen, obgleich er gar noch nicht eintreffen kann. Was jedoch ist die unvergleichlichste Rundschau von dem höchsten Gipfel gegen das weite Leben, das sich vor den Blicken einer Braut verheißend ausbreitet, was sind die berauschendsten Walzer gegen die Jubelweisen, die nach dem ersten Kusse aus zukünftiger Freude lockend herüberklingen, was ist das Fremdenzimmer gegen das Heimwesen, darin der einzig Geliebte von sorgsamen Händen in eitel Wohlbehagen gebettet werden soll?

Freilich rümpft Manche die Nase, wenn blos das Wort Haushalt, Wirthschaft, Küche oder Strickzeug ausgesprochen wird, und fragt verächtlich: „Wo bleibt die Poesie?" – „Meine Beste," gebe ich so Einer zu bedenken, „Blumen wollen gepflegt sein, wenn sie blühen sollen, ihre Wurzeln verlangen Erde und Feuchtigkeit, Nesselwerk muß ausgejätet werden, damit es sie nicht erstickt, und nur im Sonnenlichte öffnen sie sich. Die häusliche Gemüthlichkeit, das ist der Boden, auf dem die Stunden sprießen, in denen man an Schöneres denken kann, als an das Gewöhnliche und daran, wie das Glück wohl aussähe, wenn es sich abmalen ließe und dergleichen, und man mit Jenen empfindet, denen die Dichtkunst hold war. Das sind dann Mußestunden und Feststunden zugleich, Blumen unserer Lebenszeit, kein gemachter Fludder aus Zeug und Draht, ohne Duft und ohne Labung. Mit dem Goethe, meine Liebste, wischt man keinen Staub ab und selbst Nathan der Weise hilft Ihnen nicht, wenn das Mittagessen verdorben ist. Und noch Eins, meine Gute: mit dem Reden über Poesie wird nur Zeit vergeudet, in der Sie etwas Nützliches thun könnten, wie zum Beispiel Ihrem Manne das Dasein angenehm machen" – „Als Koch- und Waschfrau in der Häuslichkeit verkümmern, das verträgt sich nicht mit der Menschenwürde," wirft die Andere ein, „und zum Flicken und Stopfen bin ich zu gebildet," worauf ich entgegne: „Bildung kann man nie genug haben, da sie kein Brod frißt, wohl aber zu viel. Alles mit Maßen, Theuerste. Wer die Stunden geistigen Genießens mit dem Scheuerbesen todtschlägt und in Seifenwasser ertränkt, thut ebenso großes Unrecht, wie Eine, die das praktische Leben vernachlässigt, weil es ihr prosaisch erscheint, wacker anzugreifen ... Oft jedoch sticht pure Faulheit dahinter, meine Verehrteste. Lodderei ist keine Poesei, wenigstens nicht für die Angehörigen, die das stilvolle Wirthshaus der häuslichen Unbehaglichkeit vorziehen. Dann ist die Unzufriedenheit da, denn das Leben richtet sich nicht nach den Romanbüchern und den Bildungsvorträgen und wenn nachher die

Nerven von der zarten Seele herabhängen wie die Saiten einer abgeklapperten Guitarre, beklagt sie sich obendrein als verkannt und unverstanden. Ist es nicht an dem, meine Liebe, soll es mich freuen für Sie."

Von allen solchen Dingen hatte Ida keinen Schimmer, aber die Frieda war ja auch Braut und hätte daher Ursache genug, zur Einsicht zu kommen, jedoch zu Allem, was sie that, fehlte die rechte Lust.

Etwa acht Tage, nachdem Ida unsere Hausgenossin geworden war, zog auch sie ein, um mit Jener dasselbe Zimmer zu theilen und dasselbe Spinde. Natürlich kam der erste Hader durch dies Unglücksmöbel, da nur ein Schlüssel dazu vorhanden war, den Ida ewig und stets verlegt hatte oder in der Tasche verleugnete, wenn Frieda ihn haben wollte. Als er darauf Frieda'n anvertraut wurde, rückte die ihn nicht heraus, wenn Ida ihn gebrauchte. Schließlich brach Betti, um Ruhe zu stiften, das Schloß mit dem Küchenbeil aus. Das schöne Spinde!

Außerdem hatte Fräulein Schulz verlangt, Frieda solle sie Idiß nennen, obgleich wir Alle, um ihr das Gethue abzugewöhnen, sie in Ida umgetauft hatten, worauf diese entgegnete: „Idiß sei wohl ein Hundename?" Was hieraus entstand war merkwürdiger Weise kein Scharmützel, sondern ein auf Gegenseitigkeit beruhendes Aus-dem-Wege-gehen, ohne Redensarten, das meinem Manne allerdings auffiel, aber ihn doch nicht weiter molestirte. Betti und ich dagegen lebten in steter Angst, die Eine würde von der Anderen eines schönen Morgens erdrosselt im Bette liegen, so daß ich den Vorschlag machte, Betti möchte mit Idiß auf einem Zimmer schlafen. Sie sagte aber blos: „Mama!" – Es blieb nichts übrig, als sich Frieda mal zu langen und fünf bis sieben Wörter mit ihr zu reden. „Betti," sagte ich, „ich wollte, ich hätte Nachmittagsprediger gelernt, ich glaube, es fiele mir leichter."

Die Gelegenheit, sie alleine zu rufen, war an und für sich herrlich, wenn auch sonst recht unerfreulich.

Es mochte so gegen Sieben sein, als Ida mit ungemachten Haaren im strengsten Nachtligeh, ohne anzuklopfen, wie eine junge Furie ins Zimmer gebürstet kam und ausrief: „Sie schikanirt mich, sie schikanirt mich. Das lasse ich mir nicht gefallen."

Mein Karl, der im nebenliegenden Schlafzimmer sich grade rasirte, hatte nichts eiligeres zu thun, als sich aus Erschreckniß zu schneiden und stürzte herbei, ehe ich die Thür zuziehen konnte, da weder er ein Anblick für sie war, noch sie für ihn. Beiden Stützen hatte ich verboten, in irgendwelchem halbangezogenen Zustande zu erscheinen, weil das der breite Weg zur Unordentlichkeit ist, und nun zeigte sie sich so. „Karl," sagte ich, „Du siehst aus wie frisch von der Guillotine und das Wenigste, was Du Dir Überwerfen müßtest, wäre Dein Schlafrock. – Und Sie, Fräulein Schulz, was haben Sie? Es ist Ihre Woche, warum sind Sie noch nicht fertig? wo bleibt der Kaffee?" – „Fräulein Frieda läßt mich nicht an den Spiegel heran," denuncirte sie. „Seit einer halben Stunde steht sie davor, blos damit ich mich nicht anziehen kann und Schelte wegen des späten Kaffees bekommen soll." – „Sie haben gewiß wieder nicht aus dem Bette finden können?" – „O nein." – „Ich werde Frieda fragen." – „Die? Der glauben Sie doch nicht? Die redet ja kein wahres Wort." – „Fräulein Schulz, sehen Sie doch blos keine Balken in den Augen Anderer, wo Sie selbst eine ganze Holzhandlung drin haben. Machen Sie, daß Sie hinaufkommen und ziehen Sie sich an. Mit Frieda werde ich sprechen." – „Die lügt Ihnen was vor." – „Raus!"

Die Unterredung war rasch gegangen wie ein Schnellzug, bot aber gerade genug Stützen – Aerger für den ganzen Tag und jenseits der Schwelle befand sich mein Karl als das blutige Opfer der fahrigen Person.

Ich hinein zu ihm. Das Handtuch hatte er schon roth. „Karl, es ist doch keine Pulsader?" – Er gab keine Antwort. – „Warum sprichst Du nicht, Karl?" – „Ich wollte, der Teufel holte die Stützen," wetterte er los, „das ist ja eine Zucht, um rasend zu werden. Abends sitzen sie und maulen Einem die Butter auf dem Brot ranzig und Morgens schneidet man sich ihretwegen die Kehle halb durch. Ich logire mich aus." – „Karl, das wäre ein Skandal." – „Ein größerer als hier im Hause? Ich gehe wahrhaftig so lange ins Hotel, bis aufgeräumt ist. Und damit Basta."

So war mein Mann lange nicht in Aufgebrachtheit gewesen, eigentlich noch nie, so weit zurück ich mich besinnen konnte. Das machte mich bestürzt. „Nur keine Uebereilung, mein Karl," suchte ich ihn zu beschwichtigen. „Du explodirst sonst doch nicht, warum denn heute? Wir legen schönes englisches Pflaster auf, das ist so wohlthuend und kleidet gewiß sehr gut, mein Karl. Du wolltest ja selbst, daß ich Hülfe bekäme; nun mußt Du auch Geduld haben. Ich selber übe Nachsicht, wie ich nur kann, und sobald sie erst vorgeschritten sind, werden sie manche Bequemlichkeit gewähren, wenn mein Leiden noch schlimmer wird, oder eine Nadel einfädeln – ich habe schon an eine Brille bei feiner Handarbeit gedacht, mein Karl – oder eine Masche aufnehmen. Und das kannst Du nicht läugnen, seitdem die jungen Mädchen im Hause sind, ist es bedeutend geselliger."

„O ja, zum Davonlaufen gesellig!"

„Karl, das kommt Dir nur so vor; Du mußt nicht gleich übertreiben, warum rasirst Du Dich auch selbst? Doktor Wrenzchen hat jeden Morgen den Barbier in Abonnement, und was der sich leisten kann, das wäre für Dich nicht mehr als schicklich, und außerdem ist es feiner. Etwas mehr Rücksicht auf die Außenwelt schadet Deinem Ansehen gewiß nicht."

„Etwas mehr Rücksicht auf Deinen Mann schadete noch weniger."

„Karl, willst Du Streit anfangen?"

„Luft will ich haben. Ruhe will ich haben. Meine alte Gemächlichkeit will ich haben ..."

„Sollst Du auch mein Karl. Sag es nur gerad heraus, daß ich Dir gleichgültig bin. Warum werde ich auch alt und kümmerlich und ist mir Beistand so groß nöthig ..."

„Wilhelmine! Du willst mir doch nicht einbilden, die Schinderei, die Du Dir aufgepuckelt hast, sei eine Erleichterung? Hat nicht mal bei gelegen. Aber woher kommt das? Du verstehst die Beiden nicht richtig zu nehmen."

„Karl, über Stützen hast Du doch wohl gar keine Erfahrung. Wenn Du aber meinst, dann steige ich ihnen aufs Dach, daß sie glauben, die Todten stehen auf."

„Nur nicht zu heftig, Wilhelmine."

„Karl, junge Mädchen haben elastische Naturen. Frag mal, bis zu einem wie hellen Morgen sie tanzen können? Unverwüstlich, sage ich Dir. Sie wollen Dich tribeliren? Na warte, Ihr sollt Barnabas kennen lernen."

Mittlerweile hatte er sich vollends angezogen, gescheitelt und gethan, und wenn die Männer erst gekämmt sind und die Kravatte sitzt blendend, dann nehmen sie mildere Sitten an. Die Wunde war mit einem schwarzen Heftpflasterstreifen verklebt, daß ich nicht umhin konnte, zu äußern: „Karl, nun kannst Du als Korpsstudent herumrenomiren, Dir fehlt blos die bunte Kappe." Wir frühstücken selbander allein, die Steine des Anstoßes bleiben appart.

So hatte ich ihn denn ziemlich angefriedigt und es wäre auch Alles gut gegangen, wenn der Kaffee zu genießen gewesen wäre, aber der sah schon beim

Eingießen so geistlich aus, daß ich ihn sofort hinaustragen wollte. – „Laß nur," wehrte mein Mann, „ich muß gleich ins Geschäft," als wenn ich ihm die Zeit zum Niedersetzen unterschlüge. Kaum hatte er gekostet, da rief er auch schon „Eeks" und stellte die Tasse mit Abscheu weg. „Das ist ja Lorke. – „Er ist rein von Geschmack, nur ein bischen schwach." – „Zu schlecht, um einer alten Kuh hinter nach zu gießen." – „Karl, Du vergißt Dich." – „Ich will von Nichts mehr wissen, wenn Jemand nach mir fragt, der findet mich im ›Prälaten‹ und ist gleich zu einem Seidel eingeladen. – „Du kommst doch zu Mittag?" – Weg war er.

„So, das ist ja recht feierlich" war mein erster Gedanke, und mein zweiter: „Was nun?"

Die Packetwagengesellschaft kommen lassen und die beiden Mädchen an ihr Elterhaus frankiren? Das hieße klein beigeben und eingestehen, daß sie mich untergehabt hätten. Die Schulzen überall hin und das Maul aufgerissen und die Krausen mit ihrer spinösen Bemerkung herumgetrabt: „Na, es ging ja auch nicht, wie wir Alle voraussahen." – Ich hörte das Gesabber schon, und die Hauptsache – Max – war ebenso daran wie vorher. Aus den Weibern hätte ich mir schließlich nicht viel gemacht, aber dem braven Jungen zu erklären: „ich versprach Ihnen mehr, als ich halten konnte, Sie müssen sich in Ihr zukünftiges Elend finden," das war zu blamabel, das war unmöglich. Auf der anderen Seite stand mein Karl mir doch näher als das übrige Universum. Er mag die Bierhaussaucen nicht auf die Dauer. Er soll sie auch nicht mögen. Er soll haben, was er verlangt ... Frieden im Hause.

Es ist leicht gesagt, Frieden im Hause, wie schön kann man sich ihn ausdenken, wenn man im Lehnstuhl sitzt, wie klug läßt sich darüber reden, wie weise Rathschläge kann man seinetwegen ertheilen, aber ihn haben und ihn halten, das ist schwer. Ich glaube fast, wenn man einigermaßen weiß, was zu thun ist, damit er bleibe, ist nicht viel Zeit mehr, die Kenntnisse zu verwerthen. Wer ausgelernt hat, hat auch ausgelebt.

In meinen jüngeren Jahren hätte es Scherben gegeben, aber Großmama Wilhelmine ließ den Zorn erst etwas abrauchen, ehe sie Frieda zu einer Ermahnung hereinrief.

„So wie es geht, geht es nicht," nahm ich das Wort. „Der Spiegel ist für Sie Beide da." – „Wieso?" fragte Frieda ungezwungen. – „Nur keine Verstellung! Fräulein Schulz beschwert sich, daß sie nicht ankommen konnte, weil Sie ihr die Einsicht versperrten." – „Das alberne Geschöpf hätte nur eher aufstehen brauchen, da war ihr Niemand im Wege." – „Mit solchen Ausdrücken belegt man seine Mitstütze nicht, Fräulein Frieda." – „Ich hab' sie mir nicht ausgesucht." –

„Man muß die Schwächen seiner Kolleginnen tragen." – „Auch wenn sie jede Bewegung hinter Ihnen nachmacht und jede Geberde und verächtlich lacht, daß Sie solche Fratzen im Spiegel sehen müssen, um Sie zu ärgern, und wenn Sie sich umdrehen, thut, als wäre sie es nicht gewesen? Und wie ich nun so nach der Haarbürste greife ..." „Sie wollten doch nicht?" – „Dazu steht die mir lange nicht hoch genug ... rannte sie davon, wie sie war." – „Das ist das Ganze?" – „Gewiß, Frau Buchholz." – Wegen einer solchen Lappigkeit hatten ich und mein Karl Mord und Todtschlag miteinander gehabt; wegen einer solchen dummen Kälberei konnte mein Engel von Mann nun schon hinter dem kalten Seidel sitzen, wo ihm frühes Bier so wie so Säure macht. Ich bezwang mich aber, um keine Leichen zu verursachen, und sagte: „Ich traue Ihnen mehr als der Anderen, Frieda, aber ohne Schuld sind Sie deshalb doch nicht. Gestehen Sie nur, daß Sie sich mit Fleiß vor den Spiegel pflanzten?" – „So einer mache ich keinen Platz." – „Sie sind überhaupt sehr nach sich Frieda, aber bedenken sie, daß Sie nicht der Mittelpunkt der Welt sind, um den sich Alles dreht. Die kleinste Kleinigkeit nehmen Sie übel, über das Geringste maulen Sie; damit kommen Sie nicht im Leben durch." – Sie lächelte wegwerfend. „Glauben Sie, daß man Sie streicheln wird, wenn Sie kratzen?" – „Was Sie mir da sagen, ist für mich Nebensache," antwortete sie. „Ich bin ja schon verlobt."

„Aber noch lange nicht verheirathet," fuhr ich auf.

„Wenn Sie nicht hintertreiben, ist die Hochzeit im nächsten Jahre."

„Frieda!" rief ich. „Ist es denn möglich? Das sagen Sie mir so schnurgerade ins Gesicht?"

„Ich bin einmal so wie ich bin. Hat Max mich öffentlich für seine Braut erklärt, muß er mich auch heirathen und wenn ich verheirathet bin, geht mich der ganze Kram nichts an."

„Und wenn Sie ihn durch Ihre selbstsüchtige Bequemlichkeit abstoßen?"

„Er kommt schon wieder."

Sie blickte mich bei diesen Worten triumphirend an und wurde förmlich hübscher, üppiger, wie im Siegesbewußtsein strahlender, daß ich mich erstaunte, wie schön sie sein konnte. Wäre ich ein junger Mann, in diesem Augenblick war sie begehrenswerth. In diesem selbigen Augenblicke ward mir auch klar, Max hatte sich mit den Augen verliebt und nicht mit dem Herzen. Was half es nun, ihr einige Manieren beizubringen, einige Hausstandsgeschicklichkeiten? Ihre Seele war todt und Max lebendig neben ihr verurtheilt.

„Hören Sie auch ein offenes Wort von mir, Frieda. Meine Absicht war, Ihnen abzuerziehen, was Sie unliebenswürdig macht. Denn Schliff haben sie so wenig wie ein hölzernes Messer. Ihr wuchs ist gut, aber Ihre Bewegungen sind unfein; kein Wunder, daß Ida Sie verspottete. Ihr Gesicht ist hübsch, aber sein Ausdruck ist mehrstentheils unangenehm, launisch und schmollend. Worauf pochen Sie? Reich sind Sie nicht, von hoher Abkunft auch nicht. Liebenswürdig wollen Sie mit Gewalt nicht sein. Wenn Sie die Blattern kriegen sollten und das Gesicht voll Narben ... was bliebe dann von Ihnen zum Verlieben übrig? Höchstens der neueste Umhang, und der trägt sich ab.“

Sie ward abwechselnd bleich und roth. „Das hat mir noch Niemand gesagt ...“ – „Weil Sie blind von sich eingenommen sind und nicht darauf achten, wie man von Ihnen denkt,“ unterbrach ich sie.“

„Ich verlasse dieses Haus.“

„Mir angenehm. Sie können heute noch zu Ihrem Vater zurückkehren.“

Sie athmete heftig und kämpfte mit sich selbst.

„Nein“, nicht nach meinem Vater. Sie ... die Person ist schon bei ihm, die er heirathen wird. O Gott, ich armes unglückliches Mädchen.“ Laut brach sie in einen Weinkrampf aus. – „Frieda,“ rief ich, „Frieda, beruhigen Sie sich. So ist es nicht gemeint. Bleiben Sie, so lange Sie wollen.“

Sie hörte nicht, sie antwortete nicht, sie war wie zerschmettert. Nun war ich doch zu hart gewesen.

Es währte unendlich, ehe sie sich wieder erholte und auch jetzt war sie ohne Sprache. Mit den Augen suchte sie umher, als wäre sie gefangen und könnte keinen Ausweg zum Entfliehen finden und die Hände hielt sie ineinander gerungen im Schooße. Es lief mir eisig über.

Da war es, als öffnete Jemand unsichtbar meine Arme und zöge sie hin zu ihr. Und als ich sie umschlang und meine Lippen ihre Stirn abbittend berührten, barg sie ihr Haupt an meinem Herzen und wieder erzitterte sie in unsagbarem weinen.

Dann blickte sie mich an: „Bin ich wirklich so abscheulich?“

„Es wird noch Alles gut, Frieda, Alles, Alles, mein Kind. Sag', kannst Du mich lieb haben?“

Sie nickte und lächelte unter Thränen.

„Ich nenne Dich Du. Ist es Dir recht so, Frieda?“ – Sie küßte mich.

„Und weißt Du, an wen wir stets denken wollen, für wen wir uns Mühe geben werden? weißt Du, wer es ist? Dein Max.“

„Er wird mich verlassen.“

„Binden wollen wir ihn mit lauter Liebe. Er verdient es, geliebt zu werden.“ – Ihre Züge verklärten sich.

„Da Du und Ida Euch doch nicht vertragt, ist es besser, Du wohnst mit Betti zusammen. Rufe Sie her Kind.“

Betti kam und war einverstanden, schon allein ihres Vaters wegen. – „Ja,“ sagte ich „Papa kann solche Wirthschaft nicht ertragen. Der Kaffee war geradezu Abspülwasser.“

„Kein Wunder, wenn Fräulein Schulz die Hälfte Bohnen beim Mahlen auffrißt.“ – „Hast Du das gesehen Betti?“ – „Nein, aber sie thut es.“ – „Darüber ein andermal, jetzt bin ich zu marode. Du hilfst Frieda wohl beim Umquartiren, ich werde mich ein wenig niederlegen.“ – „Du bist doch nicht krank, Mama?“ – „Geht nur, Kinder.“

Ich bedurfte der Ruhe, war die Aufregung zu groß gewesen oder konnte ich es nicht mehr so ab wie in jüngeren Jahren?

Als ich nach erquicklichem Schlummer erwachte, saß Frieda vor meinem Bette, meiner zu warten. – „Fühlen Sie sich wieder wohl,“ fragte sie theilnahmsvoll.

„Ganz wohl, Frieda.“

Dann kam mein Mann. „Alte, was machst Du für Sachen?“

„Es hat nichts auf sich Karl, ich bin schon wieder fidel. Heute haben wir Waffenstillstand. Die Idiß kriegt Stubenarrest und beschäftigt sich mit Nähen. Ihre Taschentücher sind immer noch nicht gesäumt.

Es wird weiter gestützt

Onkel Fritz hatte denn die Gewogenheit, unser Haus, seitdem die Stützen darin ihr Wesen trieben, nur noch den Jungfernzwinger zu nennen, als wenn ich Verdruß von Auswärts zu beziehen nöthig hätte.

O nein, ich konnte ganz gut abgeben und hatte noch reichlich, um verschiedene Gebirge damit auszustopfen, so himmelhoch lieferten sie ihn. Namentlich die Idiß.

War es außerdem Manier von Onkel Fritz, daß er meinem Karl ein Flacon Haarfärbeextrakt dedizirte, um nicht vor der Zeit grau zu werden? Und dabei war es schon verdorben. Höchstens hatte er eine Kleinigkeit für die Flasche gegeben. was sollen solche nutzlosen Scherze?

Und war es schließlich richtig von ihm, daß er Idiß mit den ungehauensten und ungestochensten Komplimenten überhäufte, wenn er bei uns kam? Das Gute und Befolgungswerthe, was ich ihr etliche Tage hindurch eingeprumpst hatte, war wie aus einer alleinstehenden Zuckerdose verschwunden, sobald Onkel Fritz uns die Ehre zum Skat gegeben hatte.

„Fritz," sagte ich, „was soll das? Du machst sie ganz unklug, wie kannst Du sie blos fragen, ob sie auch wüßte, wie schön sie sei?" – „Ich kann nicht anders, Wilhelm. wenn die nicht zum Aufziehen geschaffen ist, wer dann?" – „Keine Mutter wünscht, daß man ihr Kind bespöttelt, Fritz." – „Dann muß die geehrte Mutter ihre geehrte Tochter auch anders abrichten." – „Fritz, ich finde es sehr arrogant, daß Du als Junggeselle über Mütter urtheilen willst." – „Erlaube, ich bin verheirathet, ich habe die Papiere nur gerade nicht bei mir." – „Ehr der Junggeselle sich aus Dir verzieht, können Aeonen vergehen." – „Anlagen zum Philister habe ich nie gehabt; wie Dein Karl ..." – „Was unterstehst Du Dich, über meinen Mann zu sagen?" – „Hör' doch erst die Sätze aus und dann schlag den Feuertelegraphen noch lange nicht ein. Ich wollte sagen, wie Dein Karl: so musterhaft werd' ich im Leben nicht, selbst wenn ich mich noch einmal konfirmiren ließe." – „Dir hilft die sauberste Einsegnung nichts, deshalb bleibst Du doch so lange aus, daß man es schon mehr heidnisch nennen kann." – „Wann die Heiden nach Hause wanken, das weiß ich nicht, ich glaube jedoch kaum, daß sie schon hinter die Vortheile der Polizeistunde gekommen sind. Uebrigens, wenn ich einmal einen Abend mit der dazu gehörenden Nacht für mich verbrauche, so geht das nur meine Frau an." – „Schöne Treue, wenn der Mann ausschweift und die Frau badet sich zu Hause in ihren Thränen." – „Was thut sie in ihren Thränen?“ – „Sie badet sich darin.“ – „Das muß ihr riesigen Spaß machen. Kann man das nicht mal sehen?“ – „Fritz, wenn Du Deine Frau liebtest, wie es sich vor Gott und Menschen geziemt, würdest Du ihr nicht den Kummer anthun und wie neulich, als ich bei ihr zu Besuch war, durch den Hausknecht des Lokals sagen lassen, Du kämest später. Als ich fragte, was Du unter ›später‹ verständest, da war sie schon gegangen, um nachzusehen, ob Du den Hausschlüssel vielleicht vergessen hättest?“ – „Habe ich nicht eine Perle von Frau?“ rief er vergnügt und die Augen leuchteten ihm ordentlich. – „Viel zu gut für Dich.“ – „Du hast ihr wohl ein Quantum Insektenpulver ins Ohr gesetzt?“ – „Ich fühlte stumm mit ihr. Das Einzigste, was ich sagte, war: *mein* Mann ist nicht für das Wirthshaus.“

„Sollt er man nicht ... Dein Engels-Karl.“ – „So?“ – „Der kommt sich. Er geht nicht mehr andächtig an den Bierkirchen vorbei und findet Gefallen an einer Partie Billard.“

„Mein Karl hat seit einiger Zeit fast jeden Abend in seinem Bezirksverein zu thun und wegen der Wahlen muß er öfter aus sein, als ihm lieb ist ... was hast Du zu lachen, Fritz? Mein Mann verrichtet seine politischen Pflichten ebensogut wie Du ...“ – „Wenn er so beibleibt, wird er noch mal Stadtverordneter.“ – „Also wo spielt er?“ – „Nach den Sitzungen wird er doch wohl ein Bällecken machen dürfen? Um das Billard herumlaufen ist eine gesunde Bewegung, die bringt die Beine wieder mit dem Kopf ins Gleichgewicht, nach der geistigen Ueberanstrengung mein' ich nämlich.“ – „Fritz Du ulkst.“ – „Möglich,“ sagte er und ward ganz ernst. – „Was nun?“ fragte ich.

Er nahm sich ruhig eine frische Zigarre, schnitt sorgfältig das Waisenkinderdeputat ab, zündete sie langsam an und sagte dann: „Ich hätte Dir mehr Verständnis für inländische Sprachen zugetraut.“ – „Was soll das heißen? Was verstehst Du unter inländischen Sprachen?“ – „Solche, die der Mensch begreift, wenn er den Tag vorher die Treppe nicht heruntergefallen ist. Wozu hab' ich Euch denn den Haarbalsam geschickt?“ – „Der taugte nichts.“ – „Wäre auch schade gewesen, wenn er.“ – „Aha, es sollte wohl ein Salem sein oder Blumenorakel?“ – „Selam, heißt es, Wilhelm oder da riech dran.“ – „Ob Selam oder Salem das ist vorne so hoch wie hinten. Also mein Mann sollte dran riechen?“ – „Nein Du. Ich wollte Dir nur zu verstehen geben, daß Du mit Deiner Stützenzucht Deinen Mann vor der Zeit zum Eisgreis beförderst und mein Schwager mir aufrichtig leid thut. Wäre mit Dir anders als auf Umwegen zu verkehren, ich hätte Dir längst gerathen: schmeiß die beiden Herzenlena's zum Tempel hinaus, es sind ja doch nicht Deine Cousinen."

„Wenn Du glaubst, Du säßest hier im Reichstag und könntest grob werden, da irrst Du Dich um mehrere Zentimeter, ich für mein Theil bitte mir Lebensart aus, allein schon des Beispiels wegen, was sollen Frieda und Idiß von mir denken, wenn sie erführen, ich hätte Wörter gesagt bekommen, wie sie im Vogtland nicht mehr Sitte sind? O nein, mein Junge, noch bist Du nicht gewählt, also betrage Dich halb so gemischt."

„Denn nicht Wilhelmine. Es war nur ein Vorschlag zur Güte. Du kannst ja auch Deinen Mann vor die Hausthüre gewöhnen ..."

„Hat er Dich als seinen Justizrath beauftragt?"

„Kennst Du ihn so wenig? Nein, er beschwert sich von selbst nicht, aber ich habe eben so viel Mitgefühl mit ihm, wie Du mit meiner Frau. Wilhelmine in allem Ernst: mache Deinem Mann das Haus wieder angenehm, es wird Zeit."

„Kann ich auf die jungen Mädchen einwirken, wenn Du der Idiß gewissermaßen den Hof schneidest."

„Nur um Dich aufmerksam darauf zu machen, wie sehr Fräulein Schulz für baare Münze nimmt, was Herren ihr vorliebeln, willst Du denn nicht sehen, wie sie kokettirt? – „Das Kind!" – „Auf das Kind gieb ja gut acht, das glaubt längst nicht mehr an den Storch." – „Deinerseitige Einbildung." – „Findest Du einmal einen undeklarirten Bräutigam bei ihr und sie bindet Dir auf, es sei eine Drehmangel, die Jemand verloren hat, soll es mich nicht wundern."

„Wo nicht gar!"

„Wenn Du beim Skat nicht immer in die Karten sehen wolltest ..." – „Das ist unbewiesene Verläumdung." – „In Dein eigenes Blatt meine ich, sondern auch manchmal drüber hinweg, zum Beispiel nach dem Nebentisch, wo Herr Kleines mit ihr Patschhand spielt ..." – „Ja, kieckst Du aus die Luke; da ändert sich die Melodie. Dem werd ich schon Bescheid stoßen, der soll erfahren: wie's fällt, so bullert's."

„Das war schön gesagt und noch viel schöner gedacht, wann haben wir den nächsten Geselligkeitsabend in Deinem Pensionat?"

„Wie üblich jeden Freitag, was Du mir da gestochen hast, merke ich mir."

„Lebe wohl, Minchen, und bessere Dich."

Konnte ich anders als die Idiß in zulässigsten Schutz nehmen? Durfte ich sie Onkel Fritz überantworten, daß er weitere Anhälte gefunden hätte, mir Vorwürfe zu machen? Ahnte ich nicht schon selber, daß mein Karl oft in den Verein ging, weil es ihm zu Hause Abends nicht gefiel?

Wandel geschafft mußte werden. Aber wie? Hätte die Schulzen mich nicht mit meiner eigenen Eitelkeit angeäthert, würde ich die Idiß nie genommen haben. Nun war es schwierig sie zu schassen. Mit Frieda lag es anders. Sie entwickelt sich, aber langsam, von einem Vater unbeaufsichtigt, weil er in den Stricken einer Person lag, die er der Heranwachsenden Tochter nicht nähern durfte, wo sollen da die Manieren herkommen, die sich in einer regulären Familie von selbst verstehen? Blos alleine, bei Tisch in den ersten Tagen förmlich bis an die Ellbogen ins Gemüse gefahren, für Dreie genommen und es mit dem Messer in den Mund geschaufelt, was Meinen von frühester Jugend an verboten wurde und ihnen so widrig ist, daß sie es bei Anderen nicht mal sehen können. Man kann freilich sagen, jeder ißt, wie's ihm am besten schmeckt. – Wenn er weiter keine Ansprüche macht ... warum nicht? Meinethalben kann er auch noch die Finger bis aus die Knochen ablecken, aber er soll hinterher nicht verlangen, daß man ihn für wohlerzogen hält und aus gebildeten Kreisen.

Ich kannte ein junges Mädchen, das sehr hübsch war und worin sich ein fabelhaft steinreicher Fremdländer, und Graf dazu, verliebt hatte. Als er sie jedoch das erste Mal essen sieht und sie es recht elegant machen will, sich ein Stück Fleisch, etwas Kartöffelchen und Sößchen mit der Gabel ganz zierlich auf das Messer packt und schwunghaft mit in den Mund hineinfährt, da fährt mein Goldprinz auch ab. Sie hat nachher noch einen Mann glücklich gemacht, aber es war kein reicher Fremder, sondern einer aus Moabit und ein Graf war er auch nicht, sondern ein Torfschiffer, dem es ganz egal war, ob sie das Messer nahm oder die Gabel, und wie sie ihm vorschlug: „wir wollen gleich aus dem Topp essen, Theodor," war er es auch zufrieden.

Mitunter benimmt Frieda sich mit beschleunigtem Eifer, zumal seit sie mit Betti befreundeter ist. Trotzdem mußte ich ihr sagen: „Frieda, Eile darf man im Hausstand gar nicht spüren, es geht auch auf das Rascheste mit einer geräuschlosen Geschwindigkeit, so zu sagen hingehaucht wie auf Hasenpfoten. Und was Sie an sich haben, das ist wohl eine Art von Elfentritt, aber mehr als wenn Elfe auf einmal zutreten. Sie trampsen entsetzlich, Frieda."

Dann wird natürlich wieder aufbegehrt und geschmollt, aber bittere Wahrheiten thun einmal nicht sachte. Wem in der Jugend die ihm von Gott zur Erziehung verliehenen Flächen vernachlässigt worden sind, den stößt nachher das Leben zurecht, das klopft die Kleider aus, wenn Leute sie anhaben, kein Bitten und Beten hilft, es schlägt zu und wer weinen will, wird ausgelacht, weil das Mitleid auf offenem Markte keinen Standort hat, wohl aber die Schadenfreude.

Die Idiß hingegen nascht.

Mit den Kaffeebohnen hat Betti ihr den Beweis geliefert, und seitdem Frieda ihn Morgens macht und Ida Nachmittags unter Kontrolle, ist er wieder gut wie immer.

Das Eingemachte haben wir einschließen müssen, nur einen Topf Besingemus ließen wir draußen und richtig war sie bei gewesen; das verriethen die Lippen und die Nagelränder. „Ida," sagte ich, „überall mit den Fingern drin ist unappetitlich für die es essen sollen. Sie sind doch nicht großgehungert bei Ihren Eltern, daß Sie es jetzt nachholen müssen. Sie kommen in Essen und Trinken nicht zu kurz, das verborgene Kauen und Schlucken in der Zwischenzeit ist ungesund, wovon haben Sie sonst die fortwährende Grieben an der Lippe?"

Na, die blauen Zähne und Tatzen konnte sie uns nicht als Irrthum aufoktroiren; diese Farbe ist dank der Naturforschung eine ziemlich dauerhafte. Auch Frieda sagte, als Ida ertappt dastand: „Ich an Ihrer Stelle würde mich schämen." – „wenn's noch Vanillekreme gewesen wäre," fügte Betti hinzu.

Nun ist meinem Karl nichts aversiöser als Blasen auf den Lippen, ihm wird überhaupt schlimm vor Ausschlag und Grindern, so daß ich Ida schon mehrere Male ersuchen mußte, auf ihrem Zimmer zu essen und ihr Friedrichshaller anrieth. Sie zog es jedoch vor, das schöne theure Wasser stehen zu lassen und statt alleine, in der Küche mit der Doris zu speisen, obgleich ich durchaus nicht für Freundschaftsschlüsse zwischen Stützen und Dienstmädchen bin, denn wer darunter leidet, das ist die Herrschaft, und was die Eine entzwei macht, das bringt die Andere unter der Schürze nach der Müllkiste und wird zu vulgär mit ihr.

Ich will hoffen, daß ich mich verhörte, denn der Schall trügt, aber ich vermuthe sehr stark, daß Ida und Doris mich „die Olle" titulirten, als zwischen ihnen und hinter meinem Rücken noch gar nicht mal große Entfernung lag. Vernehme ich dieselbe Geringschätzung wieder, dann geb ich es ihnen, wie es schon nicht mehr schön ist, denn für „Olle“ passiren, hab ich noch nicht kontraktlich. Es raucht aber in der Küche, wenn ich mir zu schaffen machen will, und so kann ich sie aus Hustengründen schlecht belauern.

Vor allen Dingen mußte gegen die Blasen medizinisch eingeschritten werden und hierzu hat man einen Schwiegersohn in der Familie. Der Doktor trat prompt auf meine Sechserkarte an und fragte lächelnd: „Wo fehlt es liebe Schwiegermutter? Will es mit dem Wind nicht mehr?“ – „Nein, den Gefallen thu ich Ihnen nicht; ich hoffe noch manches Jährchen oberhalb der Erde zu bleiben.“ – „Das versteht sich. Wo sitzt es denn? Im Magen? Ein wenig übernommen?“ – „Sie halten mich doch nicht für eine leerleibige Stütze, die auf Alles Ungenießbare geht? Nein, lieber Schwiegersohn, ich bin bis auf die zeitweilige Luftknappheit munter, diesmal handelt es sich nur um Fräulein Schulz. Sie hat nämlich Blasen auf den Lippen.“ – „Und deshalb narren Sie mich nach der Landsbergerstraße hinaus,“ ward er ungehalten. – „Es ist ja nur äußerlich,“ suchte ich ihn zu besänftigen, aber er gleich heftig: „Rücksichtslos ist es gegen mich, gegen meine übrigen schweren Patienten. Es fehlte nur noch, daß Sie mich mitten in der Nacht herausklopften. Ihnen hätte ich wahrhaftig mehr Vernunft zugetraut. Schicken Sie mir die Jungfrau in die Sprechstunde. Ist es denn schlimm?“

„Wenns eben weg scheint, kommt's gleich wieder.“

„Sie soll Ichthyol darauf pinseln.“

„Schreiben Sie's auf. Da Sie doch einmal hier sind, können Sie ja gleich mal nachsehen.“

Er examinirte Ida nun, verbot ihr stark Gewürztes, schwer verdauliches (wie zum Beispiel Kaffeebohnen, fügte ich ein), namentlich alten Käse, und blieb bei seiner Verordnung, die sich auch später sehr erfolgreich bewährte. Als Ida entlassen war, fragte er: „Soll ich Ihnen diese Visite auf Rechnung setzen oder dem Fräulein?“

„Solchen kleinen Rath wollen Sie noch lange anschreiben? Ich dachte, das thäten sie so.“

„Ich schenke nur den Armen. Bevor ich guten Rath zu ertheilen im Stande war, habe ich eine Stange Goldes verstudiren müssen, von ›umsonst‹ wollen wir daher nicht reden. „Also für Fräulein Schulz ...“

„Eigentlich wohl nicht, denn ich war es, die um Ihren Besuch schrieb ...“

„Also für meine theure Schwiegermutter.“

„Das heißt, Ida kann mir doch unmöglich ansinnen sein, daß ich Doktor und Apotheke bezahle, wenn sie sich verkalkt?“

„Es kommt darauf an, wie Fräulein Schulz denkt. Gewöhnlich behelligt man den Arzt nicht mit solchen Bagetellen, sondern wartet ruhig ab, bis sie verschwinden.“

„Aber mein Karl mag sie nicht sehen.“

„Schreiben wir also dem Schwiegervater die Konsultation an.“

„Doktor, wo Sie wissen, daß er mit mir an zu nörgeln fängt!“

„Glauben Sie denn, daß ich den Schaden trage?

„Doktor, Sie sind ein Egoist!“

„Das ist nur äußerlich. – Leben Sie herzlich wohl. Mamachen.“

„Wozu nimmt man einen Arzt zum Schwiegersohn, wenn er so wenig Vortheil gewährt!“ dachte ich. Laut lud ich ihn zum Freitag ein: „Sie verabsäumen den Skatabend doch nicht?“

Er sagte zu und ich hatte die Gewißheit, ihm doppelt so viel abzunehmen, als er anschreiben kann; ich setze mich auf den Gewinnplatz rechts, mit dem Rücken gegen das Bücherspinde; auf derselben Stelle hat er letzt erst einen so furchtbaren Torkel gehabt, daß er noch vor den letzten drei Runden kalte Füße kriegte. Er will immer einheimsen, wer mag ihm das verdenken, denn in Geldsachen kann man nie glücklich genug sein?

Emmi bestärkt ihn darin, weil Er seinen Profit in ihre Sparbüchse sticht, die sie für diesen Zweck auf den Nachttisch stellt, um ihn vor Vergesserlichkeit zu bewahren. Hat er verloren, klappt er blos mit der flachen Hand daraus, als käme etwas hinein, aber sie zählt am andern Tage nach und sagt: „Mogeln gilt nicht, Männe.“ Dann muß er in die Tasche langen und einen kleinen Ueberschuß leisten, den sie nachher für die Zwillinge auf der Sparbank anlegt.

Das sind so kleine häusliche Freuden. Viel Poesie ist am Ende nicht darin aber sie kosten auch nicht viel. Ging es bei uns etwa anders zu, als mein Karl und ich jünger waren? viel nicht, der einzige Unterschied liegt darin, daß man das Skatspiel noch nicht kannte.

Allerdings war zumal mir in jener Zeit der Skat noch eine mit sieben Petschaften versiegelte Flasche; es gab so viel Kurzweil, daß der Tag schier ein Dutzend Stunden zu wenig hatte, so fluschte es damals. Jetzt aber, da ich nippelte, und wieder nippelte und noch einigemale nippelte bin ich in Geschmack gekommen und kann nur sagen, es ist verführerischer als der Uneingeweihte eine Idee hat.

Daß wir oft spielten, hatte seinen Grund in dem vermehrten Zuhausebleiben, denn wenn Felix nicht auf Reisen war, besuchte er seine Braut und es ward nicht ausgegangen. Hatte mein Karl einen auswärtigen Abend, dann hütete ich mit ihnen ein und riß mich die Nothwendigkeit aus den vier Pfählen, dann bildete mein Karl die Anstandsdame. In dieser Alleinigkeit gestaltete das Buch der Wenzel sich zu einem Trostbuche, da doch die beglückendste Unterhaltung zwischen Brautleuten dasselbe ist, als wenn ein Anderer durch ein Fernrohr sieht und man selbst daneben steht.

Die Partie war leicht vollzählig, wir schickten, wenn Noth am Mann war, zu Onkel Fritz, der mit Erika kam, oder zu Herrn Pfeiffer oder Herrn Kleines, auch Herr Dr. Paber war so gütig, oder Felix brachte einen neuen Bekannten mit. Zuweilen schenkte uns auch der Herr Polizeileutnant die Ehre und dann setzte mein Karl ihm Johannitergarten vor. Gewöhnlich gab es Bier oder für Herrn Dr. Paber von dem leichten Mußbacher Tischwein, den er gerne trinkt und dessen Bekömmlichkeit er als Arzt und Weinkenner erprobt hat. Ich meinerseits habe Thee schätzen gelernt, aber er muß erster Klasse sein, sonst ist er für Wilhelmine umsonst aufgebrüht.

Nun aber gerieth durch die Stützen ein Sprung in die bisherige Harmonie der Seelen. Karl schenkte dem Bezirksverein öfter Gehör, als seine Gattenpflichten ihm eigentlich gestatteten, Erika lehnte meistens ab und Onkel Fritz lehnte mit, und die jungen Leute, Herr Kleines und Herr Pfeiffer galten allerdings als brauchbares Füllsel, jedoch an das Alleineingeladenwerden hatte ich sie nicht gewöhnt. Um mein bischen Uebung nicht total zu verlernen, sah ich mich gezwungen, einen Skatjourfixabend zu arrangiren und zwar des Doktors wegen am Freitag.

Sie kamen dann auch gerne, Betti übernahm den restaurativen Theil und wenn abgegessen war, beschäftigten sich die Damen und Ueberzähligen mit einem gemeinschaftlichen Spiel an dem großen Tische.

So war es auch an diesem Abend. Die Stützen, Emmi, Betti, Erika, Felix und Herr Kleines hatten sich zu einem billigen Vingtun zusammengethan. Mein Karl, ich, der Doktor und Onkel Fritz ließen die Wenzel kreisen.

Die Wage des Gewinnes schwankte sehr unregelmäßig, der Doktor machte ein Spiel nach dem andern. – „Du hast wohl einen Erpel zu Hause," fragte Onkel Fritz ihn. – „Das sind in sechs Wochen die ersten Karten," antwortete er, „gönnst Du mir den kleinen Schellen nicht? Kostet zehn." – „Ich gönne Ihnen die guten Spiele," sagte ich. – „Sehr freundlich, liebe Schwiegermama." – „Wer Anfangs Dusel hat, verliert nachher," setzte ich hinzu. – „Spielen wir oder unterhalten wir uns?" murrte mein Karl, der noch gar nicht auf's Brett gekommen war. „Wer hat die Vorhand?" – „Du, mein Karl." – „Grün sticht." – „Erlauben Sie," sagte der Doktor, „ich bin vorn ... Grand." – „Das kommt von der Rederei," schalt mein Mann. – „So!" fuhr der Doktor fort, „erst mal Leute sprechen ..., wo sind die Mätzchen?" und spielte den Aeltesten aus. Da er den zweiten auch hatte, zog er meinem Manne die jüngsten ab und die schöne fette Grünflöte dazu. – „Nichts gegen zu machen," sagte Fritz. – „Hinter dem Berge wohnt auch noch Jemand," entgegnete ich und bekam einen Stich auf meine Eckern Zehn. Der Doktor hatte aber schon genug und triumphirte: „Schneider." – „Wenn ich die Zehn nicht gehalten hätte, wären wir noch schneiderer," dämpfte ich ihn.

Weil ich mich auf den vermeintlichen Gewinnplatz gesetzt hatte, ward mir das Ueberwachen des großen Tisches schwer, an dem es heiter genug herging, während ich ein Jammerblatt nach dem andern aufnahm, und wenn ich halbwege etwas hatte, ging ein Anderer drüber oder ich tournirte meine Fehlfarbe. Die Rämsche hätte ich nur alle freiwillig nehmen können, so sicher blühten sie mir.

„Nein," sagte ich, „wie ein Frosch da sitzen und zusehen, wie Alle die Fäuste voll Wenzeln haben, das macht kein Vergnügen." – „Der Spieler ist von Gott veracht', weil er nach fremdem Gelds tracht'," deklamirte Onkel Fritz. – „willst Du Dich nicht einmal von Herrn Kleines ablösen lassen?" – "Jetzt, wo ich einen Null habe? Denk' nich dran." – „Gib' doch nur Acht, wie er und die Iris sich die Hände drücken," wisperte Onkel Fritz mir leise zu.

Ein flüchtiger Blick kundschaftete die Wahrheit des Gesagten aus, die beiden spielten Patschhändchen unter dem Tisch. In demselben Moment war mir auch klar, warum Ida sich zu heut Abend so unmenschlich fein gemacht hatte.

„Wilhelmine, Du kommst auf uns zu gegangen.“ – „Spiel ich aus?“ – „Immer, wer fragt.“ – „Wer fragt? – Nun Du.“ – „Wenn Onkel Fritz gegeben hat, bist Du in der Vorhand.“ – „Hat er denn eben gegeben?“ – „Siehst Du denn nicht, daß er sitzt?“ – „Ach ja. Was ist angesagt?“ – „Sie offerirten ein kleines Nüllecken, verehrte Schwiegermama.“ – „Ganz recht. Einen Augenblick Geduld.“ – Eine solche Entdeckung seitwärts am großen Tisch und ein Null mit zwei so durchgenähten Sündern, wie mein Mann und der Doktor, spielen, das übersteigt fast den menschlichen Organismus. Die Brüder muß man nur blos kennen. Wie die Tiger lauern sie und wo sie nur was wissen, legen sie Einen herein. Aber wie paßte ich Acht, wie wich ich ihrem Glatteis aus. Ich gewann allerdings, aber keinem Hund gönne ich die Angst.

Jetzt, da das Glück sich wandte, mußte ich aufhören, denn Herr Kleines konnte ohne Aufsehen nur dadurch unschädlich gemacht werden, daß er in den Skat eintrat und ich mich am Vingtun betheiligte, das ich notabene hasse, weil es ohne Beschummeln nie abgeht, ja meistens reell bei betrogen wird.

Und was geschah? Er kriegte sofort ein Eckern-Solo mit Vieren, das von Rechtswegen in meinen Schoß zu fallen gehabt hätte, während ich mich neben Ida niederließ, die sich so lange nach ihrem Schockscharmanten umsah, bis ich sagte: „Renken Sie sich den Hals nicht aus, Fräulein Schulz, einen haben Sie nur zu verdrehen.“

Erika hatte in dem Banditenspiel am meisten verloren, da sie zu redlich war, Asse unter dem Tisch durchzuschieben und sich mit ihrem Nachbar zu geheimer Gründung zu verbinden. wie kann wohl einsame Ehrlichkeit sich gegen massenhaft Betrug wehren? Sie duldet. Oder sie lächelt noch gar zu ihrem vermeintlichen Unglück, wie es Erika that, und trägt es mit Sanftmuth in der festen Ueberzeugung, das sei Schicksal.

Herr Kleines gewann dermaßen, daß der Doktor ihn schon ausschalt. Nach einigen Touren wußte ich, daß Betti und Felix zusammen mogelten, sowie Emmi und Frieda; daß Herr Kleines und Ida in Kompagnie gearbeitet hatten, verstand sich am Rande.

„So,“ sagte ich, „nun hat die Gegaunerei ein Ende. Die Gewinnste werden zurückbezahlt, mein Haus ist keine Spielhölle. Um Pfeffernüsse könnt Ihr so viel schwindeln wie Ihr wollt, aber nicht um Geld. Heraus damit.“

Was nun an das Licht kam, war sehr belehrend. Die allerdings recht verwickelte Begleichung ergab, daß Fräulein Schulz den ganzen Gewinn des

Herrn Kleines eingeheimst hatte. – „Sind Sie schon bis zur Gütergemeinschaft gediehen?“ fragte ich sie spitz.

„Ich hatte mein Portemonnaie im Ueberzieher vergessen,“ rief Herr Kleines. „Fräulein Schulz war so liebenswürdig, meinen Part in Verwahrung zu nehmen. Roth sticht.“ Und er die Karte auf den Tisch geschleudert wie ein Rammer.

Wir unterhielten uns hierauf über Dies und Das, Ida wurde eingeredet, daß sie müde sei und zu Bett müsse und auch die Herren hatten bald genug, denn Herr Kleines, der frech wie immer spielte, brandschatzte die Anderen derart aus, daß noch nie so viel bei uns an einem Abend verloren worden war.

„So spielt man in Venedig und den umliegenden Walddörfern,“ lachte Herr Kleines, als er den Raub einstrich, der, genau besehen, doch eigentlich mir zukam. Aber er war nicht juristisch.

„Kleines,“ sagte der Doktor, „Sie haben zu großes Glück im Spiel, Sie müssen Pech in der Liebe haben.“ – „Wer weiß?“ bemerkte ich anzüglich, und er kulörte sich wie ein Hummer.

Als Herr Kleines sich empfahl, nahm ich ihn einen Moment abseits. „Junger Mann,“ drohte ich ihm zu, „bei mir dulde ich keinen leichtsinnigen Sport, weder mit Karten, noch mit Mädchenherzen. Wollen Sie die Adresse von Fräulein Schulz Eltern haben oder soll ich schreiben?“

„Wünschen Sie das arme Mädchen fürs ganze Leben unglücklich zu machen!?“ fragte er unverfroren dagegen.

Mir sanken die Arme am Leibe herunter und er entschlüpfte.

„Na?“ fragte Onkel Fritz. „Was hast Du ausgerichtet?“

„Nichts. Fritz, mit dem legt sich Keiner an. Der ist im Stande und geht in die Kirche und pfeift.

Winterabende

Der genaueste Zeitmesser für den Winter ist das Petroleum, je mehr man davon gebraucht, um so länger sind die Abende und um so schwieriger ist es, sie so zu verkürzen, daß Jeder sie genußreich findet.

Ist man den ganzen lieben Tag zusammen, gestern ebenso und vorgestern und morgen und übermorgen auch, was soll man sich da schließlich viel Neues erzählen, zumal wenn man fremde Ohren im Hause hat. Sagt man Dieses oder Jenes, wer weiß, wie es wieder hinterbracht wird? Dabei braucht keine boshafte Absicht vorhanden sein, durchaus nicht, aber die harmloseste Harmlosigkeit wird verdorben, so wie sie auf boshafte Zungen geräth, und an dieser Sorte ist leider kein Mangel. Beinahe möchte man Onkel Fritz beistimmen, der mit den neueren Professoren dafür ist, daß der Mensch vom Schimpansen abstammt, weil die menschliche Kreatur ebenso voll Bosheit sitzt, wie die Affen, wenn es nur nicht räthselhaft wäre, wer uns denn wohl gefüttert hat, als wir noch im Käfig herumsprangen? Also müssen doch Menschen dagewesen sein!

Unser Familienverkehr war mittlerweile etwas eingeschränkt worden. Allein lassen kann man Stützen nicht, weil keine Weisheit den Unfug vorauszusehen vermag, den sie vorläufig vertuscht haben, wenn man zurückkehrt, und in einer Gesellschaft liebliche Konversation führen kann ich nicht, wenn man alle Augenblicke denken muß: ›welches Schubfach sie jetzt wohl untersuchen‹ – ›ob sie wohl heimlich ausgerückt sind‹ – ›ob die Lampe wohl vom Tisch fällt‹ – ›ob ich das Haus wohl als Feuermeer wieder finde, oder wenigstens mit der Dampfspritze davor, – wie ist es da möglich, sich mit vollem Interesse der Streitfrage hinzugeben, ob ein Sänger in der Oper einen Ton zu hoch oder zu niedrig genommen hat, oder ob die Kirschen in diesem Jahr billiger und größer oder im vorigen kleiner aber süßer gewesen sind?

Mit meinen Stützen machte ich deshalb nur sehr vereinzelte Besuche, theils um erst zu sehen, ob man auch anstößt, wenn man sie einführt, theils um ihnen Verlegenheiten zu ersparen. Nimmt man junge Mädchen von einer nicht ganz völligen gesellschaftlichen Stellung mit aus, werden sie ja sehr freundlich ausgenommen und bewillkommt, aber es wird ihnen doch auch zu verstehen gegeben, ein andermal bleiben Sie lieber weg, denn wir kennen sie nicht, wissen nicht, wer Sie sind und haben Ihnen persönlich gegenüber gar keine Verpflichtung. Sehen wir Sie bei uns, geschieht das nur der Buchholzen zu Gefallen, oder wie die Dame gerade heißt, die mit der neuen Stütze frisch vom Bahnhof in die Familien zieht.

Erst nach und nach gelingt es dem Mädchen, sich selbst Anerkennung und Freundschaft zu erwerben, daß man sich um sie kümmert, sie mag, und schließlich schätzen lernt, wenn sie nämlich danach ist.

Richtig thut man daher, sie erst ablagern zu lassen und dann dahin zu führen, wo man meint, daß sie nicht nur hingehören, sondern auch mit ihren Fertigkeiten eine kleine Rolle spielen.

Wir blieben durchschnittlich des Abends bei uns, nur damit die Theater auch leben konnten, gingen wir manchmal der Abwechselung wegen hinein, meistens als Familie mit Anschluß oder besuchten die Reichshallen und Konkordia, wo man sein Geld für Gliederverrenkungen hinlegt, oder sonst im bürgerlichen Leben Unmögliches, was sie Spezialitäten nennen, die theils plaisir, theils Angst einjagen.

Die dressirten Seehunde machten mir dagegen Spaß, obgleich ich nicht begreife, warum sie Cigarren rauchen lernen? Andererseits finde ich es sehr zweckmäßig, daß man ihnen das Retten von Wasserleichen beibringt, wie sie mit einem Knaben thaten, der in dem Bassin Ertrinken spielte, wodurch sie den Nordpolfahrern nützlich werden können. Onkel Fritz, der mit war, meinte freilich, es wäre ganz gleich, ob eine offene Durchfahrt am Pol entdeckt würde, da sie doch immer zugefroren sei, aber trotzdem haben dressirte Seehunde etwas Wissenschaftliches und die paar Groschen sind nicht weggeworfen.

Auch die Clowns, welche den Lacherfolg erfunden haben, sind Geld werth. Wenn man meint, er steht, dann fällt er, und wenn er sitzt, steht er auf dem Kopf.

Es ist überhaupt erstaunlich, wie Leute ihr Leben daran setzen, um zu leben. – „Dankt Eurem Schöpfer," sagte ich zu Betti und den Stützen, „daß ihr nicht auf Stuhllehnen balanciren braucht, wenn sie mich auf das schwebende Trapez kriegten, wie unten läge ich wohl."

So ward nicht blos die Schaulust befriedigt, sondern auch der Geist erhoben, der in Spezialitätentheatern nur mager wegkommt.

Da aber die Geistesrichtung den Charakter bildet, kam es hauptsächlich auf seine häusliche Pflege an, wozu Gespenstergeschichten jedoch ungeeignet waren, weil Idiß dann nicht allein schlafen wollte. Allerdings sind sie kurz vor Mitternacht erzählt am schönsten. Statt dessen entschlossen wir uns zum Vorlesen.

Betti meinte die Zeitung, da erführe man gleich das Neueste.

„Sag lieber das Schrecklichste," rief ich. Alles, was Menschen Gräßliches begehen, steht sofort in der Zeitung. Wenn ein Missethäter hingerichtet wird, obgleich nur wenige Zuschauer eingelassen werden, berichten nicht die Blätter, wie er bleich wurde, wie sie ihn fesselten, wie sie ihn hinwarfen, wie sie zuhackten, wie er spattelte und wie das Blut in den Sand sieperte und wie erbrechend dabei zu stehen war? Warum denn kriegt man es gedruckt Morgens nüchtern, wenn es den Theilnehmern schlecht bekommt, daß sie noch wochenlang kein Rostbeef mögen?

Und wo Einer Einen todtschlägt, er wird in die Zeitung gewickelt; wo Einer betrügt, durchgeht, stiehlt, sich und Andere vergiftet, die Zeitungen nehmen sich seiner liebreich an, sogar aus früheren Jahrhunderten, wenn Flauheit in Verbrechen eintritt. Sobald Einer für einige Tage berühmt werden will, verrichtet er irgend etwas Fluchwürdiges, und die Zeitungen thun ihm den Gefallen, geradeso wie die Pennbrüder: wenn sie kein Obdach finden, schlagen sie Schaufenster ein und das geheizte Gewahrsam öffnet sich ihnen huldvoll.

Manche, die sich vergangen haben und ihre Buße erlitten, wünschen vielleicht weniger bekannt zu werden – wer weiß auch, welche Noth, welche Uebereilung den Menschen trieb –, aber es nützt ihnen nichts, sie werden vor das große Publikum geschleppt, ihr Schandflecken wird so recht breit gerieben, überall hin, wo er sonst nicht kündbar war, damit es mehr Thränen kostet, ihn auszuwischen und mehr Reue ihn wegzurubbeln, aber nun ist er zu groß und er bleibt.

Der Schandpfahl ist abgeschafft, es war auch kein tolerantes Geräth, aber giebt es nicht Zeitungen, die das Prangerstellen mit ungeschwächten Kräften fortsetzen?

Sie thun es. – – Und wir?

Hand aufs Herz ... wir finden es amüsant. Eine Zeitung, die solche Gräsigkeiten ausschließt, ist langweilig.

Und was heißt eigentlich amüsant? – ›Belustigend‹ heißt es. – Sind wir nicht sehr hochgebildet, daß Mord, Todtschlag und schmutziges Laster uns belustigt?

Einige nennen es ›interessant‹, aber es ist dasselbe wie amüsant, denn wo das Vergnügen zu kurz kommt, ist es auch nicht interessant und Niemand geht hin.

Die geistige Ueberwachung der Stützen, machte es daher zur Pflicht, sie vor dem allzu Blutrünstigsten zu bewahren, denn entweder das Gelesene hat einen Einfluß oder es ist wirkungslos, und kann auf Eisenbahnfahrpläne und Preiskurante beschränkt werden.

Für das abendlich Literarische suchten Betti und ich vorher Angemessenes zurecht und wenn Eine von den Stützen eine Ermahnung nothwendig hatte, ward irgend eine Geschichte gelesen, worin dasjenige vorkam, was sie verbrochen hatte, das heißt, wenn solche grade da war. Als Ida neulich beim Plätten meine Morgenmütze gänzlich versengert hatte, schenkte ich sie ihr. Abends lasen wir vom Hamburger Brand, weil der noch am besten paßte und aus Vorsicht mit Feuer, heißem Eisen und dergleichen hingewiesen werden konnte.

Für Frieda fand sich letztens in ›Schorers Familienblatt‹ eine Erzählung, wie für sie geschrieben, da sie im Stande ist über ein Kostüm ihren Verlobten zu vergessen und ein tieferer Sinn darin lag, den sie sich zuziehen durfte.

Als wir gegessen hatten und mein armer Karl in seinen knellerigen Bezirksverein mußte – bessere Ziehgarrn könnten sie auf Wahlkosten gerne bestellen, denn er kommt manchmal mit einem Dunstkreis nach Hause, daß man meint, sie hätten das ganze Tabaksmonopol aufgequalmt – setzten wir uns mit Handarbeit um den großen runden Tisch (noch ein altes Erbstück) und ich gab Ida das Blatt, worin die Geschichte von den ›weißen Kleidern‹ stand. Nachdem Ida ihrer Nase Luft verschafft hatte, wobei sie halb unter den Tisch kroch, um ihren Perpel von Taschentuch zu verbergen, da sie erst drei und ein halbes gesäumt hat, fing sie an:

„Es war ihr zehnter Geburtstag ...“

„Wer hatte den Geburtstag?“ unterbrach Frieda.

„Nur Geduld, das werden wir wohl noch erfahren. Nur weiter Ida, aber mit mehr Tonfall.“

„Es war ihr zehnter Geburtstag,“ las Ida, „und ein Sonntag dazu, daher ein doppelter Festtag. Die Mutter hatte in den letzten Tagen allerlei Heimlichkeiten gehabt und war des Abends noch spät aufgeblieben, wenn sich der Vater schon längst zur Ruhe begeben hatte. Die Kleine aber bemerkte wohl, daß etwas vorging, denn das Licht der Lampe fiel durch die etwas geöffnete Kammerthür gerade auf ihr Bettchen und weckte sie mehr als einmal aus Schlaf und Traum. Dann dachte sie wohl darüber nach, was der helle Schein zu bedeuten habe, aber sie getraute sich nicht, laut zu fragen, und schlief wieder ein, um weiter zu träumen von ihren Puppen, von den Spielsachen, von den Schularbeiten und dem Strickzeug, das ihr gar wenig Freude bereitete.

Am Geburtstagmorgen bekam sie jedoch zu wissen, weshalb die Mutter so oft aufgesessen. Da wurde ihr das Geheimniß in Gestalt eines weißen Kleides überreicht: garnirt mit Spitzen – wenn auch nur baumwollenen, weil große Ausgaben nicht gemacht werden durften – und mit einer Schärpe von rothseidenem Bande. Neu war das Band auch nicht, die Mutter hatte es früher getragen, aber wofür sind die chemischen Wäschereien da?

Es war eine wahre Pracht, das weiße Kleid; schöner konnte es keine Prinzessin haben, wenigstens nicht moderner, wie die Mutter meinte, die sich das Schnittmuster von einer Bekannten geborgt hatte, welche in einem ersten Garderobengeschäft in der Friedrichstraße konditionirte und wohl wußte, was nobel sei und was nicht. „Und was wird das Kind für Staat machen, wenn wir heute Nachmittag zusammen ausgehen!“ rief die Mutter aus, der das auf den kleinen Kreis beschränkte Familienlob für ihrer Hände Arbeit nicht bedeutend genug erschien. „Unser Kind kann sich vor Leuten sehen lassen und zumal in dem neuen Kleide. Unterwegs kaufen wir einen neuen Hut, der dazu paßt, mit dem alten kann sie so wie so nicht mehr gehen. Ich hab' schon einen im Ladenfenster gesehen, der gar nicht ein mal theuer ist!“

„Ich denke, es ist genug an dem Kleide,“ antwortete der Vater ruhig. „Du weißt, Frau, daß wir uns sehr nach der Decke strecken müssen, mein Gehalt ist nur klein. – Und dann möchte ich nicht, daß das Mädchen eitel würde. Das wäre das schlechteste Geschenk zu ihrem Geburtstage und möchte uns Allen auf die Dauer nicht gut bekommen.“

„Aber Mann, soll das Kind denn wie eine Vogelscheuche aussehen? Ich bitte Dich: ein neues Kleid und ein alter Hut, die vertragen sich ja gar nicht mit einander. Sollen die Leute unterwegs fragen, was das für eine Vogelscheuche ist, die da mit dem neuen weißen Kleide und dem abgetakelten Hut? – Nein, lieber zieht Mathilde das Kleid gar nicht an, als daß sie zum Gespötte der Menschen wird, lieber will ich die Nächte umsonst aufgesessen und mich abgearbeitet haben, lieber gehen wir heute gar nicht aus, worauf ich mich so sehr gefreut habe, lieber …“ Hier waren der Frau die zur Schilderung ihres Kummers nöthigen Steigerungen ausgegangen, und deshalb stellte sich das Argument der Argumente ein: lautes weinen. Das Kind weinte mit, ohne zu wissen warum, und der Hut wurde bewilligt. Mit der Feststimmung aber war es vorbei.

Das Mittagessen wurde still eingenommen, ohne fröhliches Geplauder, wie sonst wohl bei ähnlichen Gelegenheiten, und nach dem Essen gingen Mutter und

Kind an die Toilette, denn man wollte etwas von dem Nachmittag haben. Der Vater las während dieser Zeit in dem Blatte, das er mit den Nachbarsleuten zusammen hielt, aber es war ihm nicht Ernst mit dem Lesen, denn mehr als einmal blickte er von der Zeitung auf und sah vor sich hin, wie in eine weite, weite Ferne, als suchte er hineinzuschauen in die Zukunft.

Da öffnete sich die Kammerthür und sein Kind trat heraus, angethan mit dem weißen Kleide und der rothen Schärpe, in Glückseligkeit strahlend. Die Augen glänzten so hell und klar, wie Kinderaugen nur glänzen können, die Wangen glühten in freudiger Erregung und die blonden Locken umrahmten das fröhliche Leben goldig schimmernd, wie ein Frühlingssonnenstrahl, der die Blüthenknospen wach küßt. Der Vater stand auf und wollte sein Kind in die Arme schließen und entzückt an sein Herz drücken, das aber wehrte ihm und sprach: „Papa, Du zerknitterst mein neues Kleid."

„Hast Du mich denn nicht mehr lieb?" rief der Vater.

„Gewiß!" antwortete das Rind, „morgen und alle Tage, nur heute nicht. Ich muß sehr auf mein neues Kleid Acht geben!"

Der Vater sagte kein Wort, sondern ging in die Kammer, um seiner Frau ernste Vorwürfe über den verkehrten Weg zu machen, auf den sie das Kind führe, über die Thorheit, dem Kinde den Putz höher erscheinen zu lassen, als die natürlichen Regungen des Gefühls. Die Frau entgegnete ruhig, das Kind müsse anfangen, etwas auf sich zu halten, es sei alt genug dazu davon verstände er als Mann nicht das Geringste. – Das Kind hatte während dieser Unterredung – da es doch einmal allein war – einen Stuhl mitten in das Zimmer geschoben und sich darauf gestellt und betrachtete im Spiegel voller Entzücken sein neues, weißes Kleid mit der rothen Schärpe aus dem chemisch gewaschenen, seidenen Bande.

Als die Familie am Abend spät wieder nach Hause zurückkehrte, war die Mißstimmung so gut wie verschwunden. Manches Auge hatte mit Wohlgefallen auf dem allerliebsten Mädchen geweilt und ihm freundlich zugelächelt; dem Zauber, den eine frisch aufblühende Menschenrose um sich verbreitet, kann sich ein empfänglicher Sinn nicht entziehen, er ist es, der die Phantasie den Himmel mit Engeln in der Gestalt lieblicher Rinder bevölkern ließ, wie sie die Dichter im Gesänge schildern und die Maler auf der Leinwand darstellen, und dieser selbe Zauber war es, der auf der Promenade im Thiergarten die Blicke der vorübergehenden hin und wieder auf das Kind in dem weißen Kleide lenkte.

Das schmeichelte der Mutter Eitelkeit; sie machte den Mann aufmerksam auf das Aufsehen, welches das Mädchen erregte, und stieß ihn jedesmal mit dem Ellbogen in die Seite, sobald Jemand der Kleinen Beachtung schenkte, und diese kleinen Merkzeichen verdrängten allgemach den Groll über das Vorhergegangene. Dem Kinde rief sie von Zeit zu Zeit in mütterlicher Sorge zu: „Mathilde, halte Dich gerade, die Leute sehen auf Dich!“ Und Mathilde that, wie die Mutter befahl.

An diesem Abend war es, als hätte der Schlaf das Bettchen vergessen, welches er sonst so gut zu finden wußte. Die Kleine lag noch lange wachend und träumte, ohne die Augen zu schließen, von schimmernden seidenen Kleidern, die sie gesehen, von Hüten mit Blumen und Federn darauf, von goldenem Schmuck und blitzenden Steinen. Wenn sie doch auch solche Sachen haben könnte! Ebenso schön und noch schöner, wie die Damen, die vorüberfuhren und die sie in dem hellerleuchteten Garten lachend und scherzend auf- und abwandeln sah. Was für Augen die Leute dann wohl machen würden? An ihre Puppen und Spielsachen dachte sie nicht ... die waren von heute an abgesetzt. –

*

„Ist die Geschichte schon aus?“ sagte Frieda.

„Es kommt noch ein ebenso langes Ende,“ entgegnete Ida, „hier sind nur drei Sterne zum Luftholen.“ – „Die bedeuten eine Pause, oder daß eine längere Zeit dazwischen liegt“, belehrte ich die Jugend, welche im Literarischen nicht so die Erfahrung hat. „Wenn ein Schriftsteller das Nachdenken der Leser erregen will, dann lenkt er seine Blicke auf solche Sterne, wie ja der gestirnte Himmel hauptsächlich zum Nachdenken geschaffen worden ist. Nun wollen wir auch unsere Gedanken austauschen? Wie zum Beispiel gefällt Ihnen das Kind, Ida?“

„Welches Kind?“

„Nun das, von dem Sie eben gelesen haben?“

Ida ward verlegen. – „Aha, die gute Wirkung macht sich geltend, die Geschichte hilft wie etwas Apothekeriges,“ dachte ich und hielt es daher für angebracht, sie in ihrem Urtheile zu ermuthigen. „Sprechen Sie nur unbeirrt, Ansichten sind zollfrei.“ – „Ich ... ich“ stotterte sie, „ich ... wenn ich vorlese, weiß ich eigentlich nie recht, was ich eigentlich lese ...

Betti lächelte vor sich hin und stickte weiter, ohne aufzusehen.

„Wie denkst Du Frieda?“ suchte ich diese ins Gespräch zu bringen.

„Ich begreife nicht, wie man über ein Waschkleid so viel Geseires machen kann," entgegnete Frieda. „Und damit noch nach Kroll's gehen, finde ich einfach schofel."

„Es steht kein Wort von Kroll in der Geschichte."

„Wo sollten sie sonst wohl gewesen sein?"

„Wir wollen fortfahren. Betti, nimm Du das Blatt, Fräulein Schulz wird zuhören. Ich würde selbst am liebsten lesen, aber Ihr wißt ja: mein Oden. Jedoch mit Aus- und Nachdruck, Betti.

Betti las weiter:

„Eine Reihe von Jahren ist verflossen. Die Kinderschuhe wanderten schon längst zum Trödler, aus dem weißen Kleid wurden zuletzt Wischlappen, die, wenn es ihnen gut erging, ihre Auferstehung in einer Papiermühle feierten. Das Kind aber war zur schönen Jungfrau herangeblüht, die Knospe hatte gehalten, was sie einst versprach.

Der Vater wußte, welch' ein gefährliches Geschenk des Schicksals die Schönheit ist, wenn nicht Rang und Reichthum sie fest umhegen, und er wachte daher mit Argusaugen über der Tochter Thun und Lassen zum größten Leidwesen der Mutter, die so gern mit ihrem Kinde geglänzt hätte.

Man machte der Tochter Anerbietungen, als Comtoirdame in elegante Etablissements einzutreten und bot geldliche Gegenleistungen, die wohl dazu angethan waren, die tägliche Sorge von der Familie fernzuhalten, jene Sorge um rechtes Auskommen, die mit den Jahren ebenso zunahm, wie die Ansprüche an das Leben größer mit dem Heranwachsen des Kindes wurden. Man konnte sich doch nicht von Allem zurückziehen, sich nicht in der Häuslichkeit vergraben, man war sich selbst und der Tochter schuldig, dieses und jenes Vergnügen mitzumachen, und ärmlich durfte man keinenfalls erscheinen. Was würden die Leute davon denken? Und all' und jeder Umgang war auch nicht nützlich, wenn man auf eine gute Partie für das Mädchen nicht Verzicht leisten wollte.

So häuften sich die Sorgen, und je mehr diese heimisch wurden, um so weniger ließ die Zufriedenheit sich sehen, die zuletzt nur dann und wann eine kurze Visite machte, da sie früher doch zur Familie gehörte.

Es fehlte der Tochter nicht an Verehrern, aber neben der Schönheit stand die Armuth, und die wollten sie alle ungern zur Brautführerin haben bis auf Einen, den sie nicht schreckte, weil er sie selbst aus nächster Nähe kannte. Ein glänzendes Loos vermochte er dem schönen Mädchen nicht zu bieten, aber an Liebe für sie war er reich, unermeßlich reich. Er war zu wenig Philosoph, um den Begriff des Glückes auch nur andeutungsweise formen zu können, aber er fühlte tief in seinem Innern, daß auf der Welt etwas Großes, Herrliches, unaussprechlich Schönes vorhanden sein müsse, über das er sich nie ganz klar werden konnte, das er aber am bestimmtesten ahnte, ja es beinahe zu erfassen wähnte, so oft seine Gedanken sich mit dem schönen Mädchen beschäftigen, so oft er in ihrer Nähe weilte.

Er hatte ihr noch nie gesagt, wie lieb er sie habe, daß er für sie die schwersten Mühen ertragen, für sie seine Kräfte auf das Aeußerste anstrengen würde, denn seiner Hände Arbeit war ihm Alles gewesen bis dahin. Das war, was er ihr anbieten konnte außer seiner Liebe, nur fehlten ihm die Worte, so zu reden, wie er es ehrlich meinte.

Mathilde hätte nicht die Fühlung eines Weibes gehabt, wenn ihr die Liebe entgangen wäre, welche in dem Herzen des jungen Mannes für sie glühte, sie spürte wohl den erwärmenden Hauch dieser Gluth, sie sah sie aus seinen Augen hervorleuchten und fühlte den Widerschein auf ihren eigenen Wangen brennen, es war ihr, als ströme ein wundersames Leben von ihm aus, das ihr Herz rascher schlagen machte, und dennoch that sie, als wäre er ihr gleichgültig, wie alle Anderen. Er war ja nicht, wie die Leute es nennen, eine gute Partie. Ja, wenn sie Noth und Elend mit ihm hätte theilen wollen, dann würde sie ihm gesagt haben, daß sie ihm gut sei, wie keinem zweiten Menschen auf der Erde, aber sie hatte einmal wachend geträumt von Sammt und Seide, von bunten Steinen und schimmernden Schmuck, und in diesen Traum hatte sie sich fest hineingelebt, als gehörte er der Wirklichkeit an, dem vermochte sie nicht zu entsagen. Darum wehrte sie den Bewerbungen des jungen Mannes und achtete der Wirklichkeit nicht, sondern malte in der Phantasie die Zukunft mit den hellsten Farben aus.

Es fehlte aber ihrer Palette eine Farbe – die der Liebe.

Ihre Wünsche sollten in Erfüllung gehen, dafür sorgte die Mutter. Die wußte, daß ihre Tochter schön sei, sehr schön, die kannte Fälle, welche klar darthaten, daß Jugend und Schönheit mehr denn einmal ihr Glück gemacht hatten. Und ebenso gut wie dies schon bei Anderen geschehen war, konnte sich auch ein reicher Mann in ihre Tochter vergaffen, dann war ihnen Allen geholfen.

Vor allen Dingen mußten die Theater besucht werden, damit ihre Tochter gesehen werde; in einfachen bürgerlichen Kreisen war das Glück nicht zu finden, die Erfahrung hatte sie gemacht. Es wurde Zeit, denn schon waren die zwanzig Jahre da. Man schränkte sich im Hause ein, manche kleine Annehmlichkeit des Lebens wurde dahingegeben, der Tisch konnte noch sparsamer eingerichtet werden, als bisher, der Vater mußte sich fügen: er hatte stets zwei Stimmen gegen sich.

Nur dann wagten die Frauen kein Wort zu entgegnen, wenn er ihnen drohte: „Kommt meine Tochter eines Tages als Verworfene nach Hause, so sind wir geschieden."

Das war der eine Grund, weshalb Mathilde für ebenso kalt wie schön galt. Man erzählte sich, daß nur eine Heirath ihren Sinn erweichen könne, und wußte lustige Geschichten, die selbst sogenannten Unwiderstehlichen passirt waren, welche versucht hatten, die Gunst der Spröden zu erwerben und höhnisch abgewiesen worden waren. Der zweite Grund aber war der junge Mann, von dem Mathilde wußte, daß er sie in Wahrheit liebte. Hätte Einer von den vielen, die sich zu ihr drängten, nur halb ihm geglichen, so würde sie seinen Versprechungen Glauben geschenkt haben.

Als endlich Einer kam, der sie zur Frau begehrte, schauderte sie innerlich zusammen, aber sie vermochte nicht „Nein" zu sagen, denn er warb um sie mit blinkendem Golde, mit Schmuck und Perlen, mit Allem, was ihr heißestes Wünschen so lange vergebens ersehnte.

Es war das ein Mann, dem ein wüstes Leben deutliche Spuren ins Antlitz geschrieben hatte, dessen Lippen nur im Hohn lächelten, dessen Blicke sie erröthen machten, wenn sie begehrlich auf ihr ruhten. Sie wußte nicht, daß die gute Gesellschaft ihn mied, wie einen Aussätzigen, daß er es nicht hätte wagen dürfen, sich um die Hand einer Tochter aus einem Hause zu bemühen, das auf guten Ruf hielt, sie kannte weder seine Vergangenheit noch sein jetziges Leben. Sie wußte nicht, daß er eine hohe Wette eingegangen war, daß es ihm doch gelingen werde, sie zu besitzen, und gab ihr Jawort, ihm mit Leib und Seele anzugehören, vor dem ihr heimlich graute.

So wurde das Ziel erreicht und so ging der Traum in Erfüllung, den sie einst als Kind geträumt hatte.

Es war wiederum ein weißes Kleid, das sie am Hochzeitstage schmückte, ein Kleid aus schwerer weißer Seide. Diamanten glänzten an ihrem Halse, Myrthen und die Blüthen der Orange dufteten in dem goldlockigen Haar. Wie war sie so schön und wie wenig glich ihr der Mann zur Seite, dessen Liebkosungen sie erdulden mußte, dessen Berührung sie sich nicht entziehen konnte, denn sie war die Seine, war von ihm erkauft für bunten Flitter.

Und wieder stand sie vor einem Spiegel, wie damals an ihrem zehnten Geburtstage, wiederum im weißen Kleide. Sie gedachte jenes Tages und wünschte, daß er nie gewesen wäre. Wie hatte sie damals die geputzten Damen beneidet, welche in dem tageshell erleuchteten Garten auf und niederwandelten; jetzt war sie glänzender gekleidet, als sie Alle, aber sie war eines Mannes Weib geworden ohne Liebe, ohne einen Hauch von Liebe. Das Glück hatte sie von sich gewiesen, da es ihr entgegengetragen wurde; sie wäre glücklich geworden mit dem Manne, der ihr nicht sagen konnte, wie lieb er sie hatte, und darum fielen schwere heiße Thränen auf das weiße Kleid, nun, da es zu spät war für alle Zeit.

*

„Nun, Frieda," fragte ich wißbegierig, „was ist Deine Meinung?"

„Wenn man die Leute doch nicht kennt, was geht Einen die ganze Geschichte an?" sagte sie theilnamlos.

Ich sah Betti an, Betti sah mich an. Es war, als wenn wir Beide dasselbe sagen wollten:

Armer Max.

Unter uns

Wenn man seine Töchter verheirathet hat, dann ist man sie los; an dieser ewigen Wahrheit läßt sich nicht rütteln noch rippeln, denn sie stimmt mit dem überein, was mir geschehen ist, obgleich meine Aelteste sich noch auf dem Wege zum Traualtar befindet.

Ich sagte schon vor einigen Wochen zu meinem Karl: „Wie wird es mit dem diesjährigen Weihnachten?" – „Wie meinst Du das, Wilhelmine?" – „Ich zerbreche mir den Kopf darüber, wo er gefeiert werden soll," gab ich zur Antwort und sah meinen Karl dabei an, als begriffe ich ihn nicht. Er setzte hierauf seine Ueberlegungskraft pflichtgemäß in Thätigkeit, aber er brauchte doch ein ziemliches Ende Zeit, bis ihm der nöthige Edison aufging und er zu dem Resultat kam: „Es wird schwer zu machen sein, Wilhelmine." –

Es war ja klar, daß Emmi und der Doktor bei sich zu Hause den Zwillingen aufbauen wollten und keinen Sinn für die Landsbergerstraße haben würden. Ob wir auch Onkel Fritz mit Bestimmtheit bei uns sehen würden, darüber stand dito noch nichts Gewisses im Protokoll der Zukunft, da er unberechenbar ist, wenn es gilt, sich den vernünftigen Anordnungen anderer Leute zu fügen.

Ida verbrachte die Festwoche in Zehlendorf bei ihren Eltern und nahm Frieda mit sich. Wenn auch Frieda und Ida sich nicht besonders zärtlich standen, so nahm Frieda die Einladung dennoch mit Dank an, wahrscheinlich um nicht sagen zu müssen, daß sie wohl ein Vaterhaus habe, aber keinen Vater darin, mit dem sie feiern könne, daß sie kein Wohlgefallen auf Erden zu seiner jetzigen Frau hege, die nie die Schwelle hatte betreten dürfen, über welche einst ihre Mutter hinausgetragen wurde. Es muß hart sein, an dem Weihnachtsabend das Herz des Vaters fliehen zu müssen, weil er es unwürdig vergab.

Betti dagegen und Felix waren sicher, aber man kann doch kein Familienfest feiern, wenn die Hälfte Familie ausbleibt?

Als mein Karl immer noch nachsann, fragte ich spitzfindig: „Ist das Alles, was Du in der Abendschule gelernt hast?" worauf er nun mit einer ganz neuen Idee angeländert kam, indem er sich dahin äußerte, wir könnten alle bei Doktors gehen und unser Haus zuschließen.

„Karl," sagte ich, „so lange ich lebe, wird hier im Hause aufgebaut und sollte ich ganz allein vor dem Tannenbaum sitzen und die Honigkuchen mit meinen Thränen netzen über die Undankbarkeit der Welt." – „Wilhelmine, Du übertreibst." – „Seit wann? Das wäre mir neu." – „Du bist gereizt ohne Ursache." – „Ohne Ursache?" fragte ich scharf nach, „willst Du, daß die Töchter uns ganz entfremdet werden? Kann ich die Kinder nicht mehr am Weihnachtsabend bei mir sehen, soll ich an diesem Abend als Fremdling bei den Schwiegersöhnen geduldet werden, dann schlagt mich nur lieber gleich todt und laßt mich verbrennen, so sehr ich sonst dagegen bin, und streut meine unglückliche Asche in alle vier Winkel. Was nütze ich dann noch auf der Welt?" – „Wilhelmine, wer zu viel sagt, der sagt gar nichts." – „So?" – „Ich bitte Dich, bringe mich nicht auf." – „Laß Betti nur erst verheirathet sein, dann können wir am Weihnachtsabend auf der Straße liegen." – Ich hatte ja längst darauf verzichtet, Oberleitung über meine Kinder zu haben. Gab ich die Töchter nicht den Männern, welche sie liebten und entsagte damit den heiligsten Rechten? Hatte ich mich nicht darin gefunden, daß das größere Theil ihrer Liebe nun einem mir fremdstehenden

Manne gegeben wurde, und für mich nur der kleinere Rest blieb, so ein bischen Gewohnheitsliebe? Hatte ich dies Opfer gebracht oder nicht? – Ich hatte es.

Nun aber kam der Prüfstein – der Weihnachtsabend. Hätten sie nicht Alle sagen müssen: „Mama, nur bei Dir können wir ihn verbringen, bei Dir ist unsere Heimath, unsere Liebe zu Dir ist die alte?" Und Onkel Fritz, hätte er nicht ebenfalls sagen müssen: „Wilhelmine, ich kann von jeher nicht anders denken – mit Ausnahme vom Feldzug – als daß ich diesen seligen Abend mit Dir verlebte?" Aber was für fahrplanlose Antworten gab er, als ich ihn anging, mit der Erika bei uns zu sein. – „Ich weiß nicht, ob es sich machen läßt," sagte er, „Erika hat versprochen, Weihnachten nach Lingen zu rutschen." – „Und natürlich Du mit?" rief ich. – „Wahrscheinlich," erwiderte er, „Du weißt doch: getheilter Schmerz ist doppelte Freude."

„Das ist der Segen, wenn man eine Auswärtige nimmt," dachte ich bei mir. „Wo er so sehr gegen ihre Verwandtschaft ist, kann er doch nicht darauf rechnen, daß die Volksbelustigung auf beiden Seiten eine vergnügte ist. Aber Mancher ißt in den Flitterwochen die angebranntesten Nahrungsmittel herunter und beeidigt, es schmecke ihm paradiesisch, bis er zuletzt genug von der Tischkarte hat und sich vorher im Wirthshaus mit etwas Genießbarem ansättigt, woraus natürlich nur Spektakel entsteht. Deshalb läßt Onkel Fritz sich diesmal vielleicht nach Lingen hinschmeicheln, wogegen er im nächsten Jahr entschieden für Obst dankt, womit ich die Großmutter gemeint haben will, denn die ist in meinen Augen eine richtige Giftmorchel mit Massenerkrankung.

Dies konnte selbst Onkel Fritz nicht leugnen, denn so oft er in der ersten Zeit seiner Verheirathung ein bischen spät aus dem Gesangverein „Keuchhusten" nach Hause kam, setzte die Erika ihm Mittags darauf jedesmal Besingssuppe oder Apfelbrühe mit Zwieback und ähnliche Labberigkeiten vor, gegen die Onkel Fritz tief eingewurzelte Verachtung hegt.

Schließlich und zuletzt riß ihm die Geduld und er fragte, wie sie dazu käme, ihn ausgerechnet jedesmal mit Fruchtsuppen zu plagen, wenn er seine Freunde aufgesucht hätte? Ob sie ihn zum Besten haben wollte? – Hierüber war sie sehr bestürzt geworden und hatte dann gesagt, sie verstände ihn gar nicht. Die Großmutter hätte ihr ans Herz gelegt, für Männer, die unpräzise nach Hause kämen, wäre am nächsten Mittag dünne, süße Suppe das Beste; Heilsameres gäbe es nichts auf der Welt.

„Eine liebe, alte Frau, die Großmutter," hatte Onkel Fritz hierauf geantwortet, und als Erika dahinter kam, daß die Krankennahrung nichts als baare verkappte Arglist war, hat sie ihn vieltausendmal um Verzeihung gebeten, worauf er bereitwilligst einging. Denn sobald sie ihn mit den großen blauen Augen anfleht, kann er ihr nichts abschlagen. Woran das liegt, das ist für meinen Scharfsinn geradezu unverdaulich, wäre es nicht ungebildet, würde ich glauben, sie hätte ihn behext. Aber womit und wie kann man das?

Wenn er nun also doch nach Lingen wollte, so geschieht das nur, weil die Erika ihren blauen Augenzauber zu Hilfe genommen hat, oder weil er mit der Großmutter einen Ton zu reden beabsichtigt. Das letztere könnte allenfalls das Reisegeld werth sein.

Da mein Karl ohne Erfindungsgabe blieb, sagte ich: „Wenn die Angehörigen nicht kommen wollen, so lade ich Fremde ein. Herr Max ist leider auf Reisen, aber Herr Kleines kommt gewiß gern." – „Willst Du Herrn Pfeiffer nicht ebenfalls bitten?" – „Thu ich auch." – „Wollen die Andern unter sich bleiben, so zeige ich ihnen, daß wir auch unter uns sein können." – Damit war die Sache vorläufig erledigt.

Meine Einladungen wurden angenommen, und ich bekam meinen Willen durchgesetzt. –

Und so rückte der vierundzwanzigste Dezember heran. Es war munkliges Wetter an diesem Tage, das mit meiner Stimmung sehr zusammentraf, denn auch mir war nicht festlich zu Muthe, da ich mir nicht verhehlen konnte, es sei doch wohl am vernünftigsten gewesen, die gemeinsame Feier bei Doktors zu verlegen; aber wie hätte es ausgesehen, wenn man die Einladungen wieder abwiegelte?

Als es dämmerte, hielt es mich nicht länger, ich mußte dabei sein, wie Emmi bescheerte.

Franz und Fritz, die beiden Zwillinge waren zu süß, – ›zum Einmachen‹ wie Amanda immer sagt – und wenn sie auch noch kein hohes Verständniß hatten, so merkten sie doch, daß dieser Abend ein außergewöhnlicher sei, namentlich Fritz, der überhaupt mehr von der Buchholzischen Art an sich hat und veranlagtere Geisteskräfte. Er sah den Tannbaum so nachdenklich und gefühlvoll an, wie es kaum von seinem Alter zu verlangen war, während Franz größere Neigung zu den Spielsachen und besonders zu den Eßwaaren empfand. Alles, was sie bekamen, war doppelt da und das nahm sich sehr niedlich aus: die kleinen Schuhe, die Strümpfchen, die Sonntagskleiderchen und Hütchen, ganz reizend und praktisch, und zum Spielen meist nur Unzerbrechliches. Großmama Buchholz weihte zwei Spartöpfe, stilvoll lackirt mit dem entsprechenden Namen darauf. Daß sie beim Schütteln klapperten, dafür hatte mein Karl gesorgt und dies machte dem Doktor ausnehmendes Vergnügen. Er sagte, der civilisirte Mensch könnte nicht früh genug anfangen zurückzulegen.

Wir mußten jedoch aufbrechen, um den Pflichten nachzukommen, die wir uns auferlegt hatten. Unterwegs sagte mein Karl: „Es war so hübsch dort. Bereust Du jetzt Deine Eigenwilligkeit? Könnt ihr Frauen denn nie dahinter kommen, daß ihr nicht immer recht habt?“

„Man sieht es sehr gut ein,“ erwiderte ich, diese Verunglimpfung unseres ganzen Geschlechts abweisend, „aber ...“

„Aber?“

„Man *will* es nicht immer einsehen. Uebrigens bitte ich Dich, sprich nicht über Dir fernliegende Gegenstände.“

Betti und Felix erwarteten uns, als wir wieder zu Hause anlangten. – Wir plauderten noch ein Weilchen und als nachher Herr Kleines und Herr Pfeiffer erschienen waren, ward der Baum angezündet. – Als er brannte schwieg ein Jeder und feierliche Stille erfüllte das Gemach. Es waren ja auch keine jubelnden Kinder da und die Erwachsenen die den Baum umstanden, mochten sich wohl wieder in jene Zeit zurücksehnen, deren Freuden rein sind wie des Himmels Licht. Und Sehnsucht ist stumm.

Erst die gegenseitigen Geschenke riefen die Unterhaltung wieder zurück. Die beiden Herren drückten ihren Dank aus, den heiligen Abend in einer Familie begehen zu können, wobei Herr Pfeiffer gar nicht tiefer mit der Stimme reichen konnte, und auch Herr Kleines ließ es an gesittetem Wesen nicht mangeln. Sein hungriges Aussehen mahnte mich jedoch daran, daß es Zeit sei, zu Tisch zu gehen. Gerade als ich die Aufforderung hierzu loslassen wollte, kam unerwarteter Besuch, nämlich Onkel Fritz und Erika.

„Nanu?“ rief ich. „Ihr seid nicht in Lingen?“

„Wie Du siehst, nein,“ entgegnete Onkel Fritz. „Sind wir Dir aber ungelegen, so sag' es nur, dann kehren wir um, zünden unser Bäumlein wieder an und bleiben unter uns.“ – „Ih, wo denn doch. Das ist ja prächtig. Eine schönere

Ueberraschung hättest Du gar nicht austifteln können. Bedenke doch, was wäre mir ein Weihnachten ohne Dich?“

Ich nahm ihn bei Seite: „Hat Deine Frau sich denn leicht darin gefunden, daß sie nicht zu den Ihrigen gekommen ist?“ – „Ausgezeichnet,“ antwortete er. – „Sah sie es ohne Weiteres ein?“ – „Sofort.“ – „Wie war das möglich?“ – „Ich ließ ihr das Reisen von Dr. Wrenzchen als ungesund verbieten.“

Ich blickte ihn fragend an. Er nickte mir lächelnd zu. „Fritz,“ rief ich, „Du bist erst so kurze Zeit verheirathet und benimmst Dich bereits erstaunenswerth als Ehemann, wo hast Du das her?“

„Das sind Gaben,“ antwortete er. „Außerdem habe ich Dich und Deinen Karl zum Muster genommen.“

Ich wollte ihm diesen kleinen Ausfall wieder vergelten, aber die Thür ging und in demselben Moment traten der Doktor und Emmi herein, begleitet von Dr. Paber. Dies überwältigte mich so, daß ich kein Wort hervorbringen konnte. Nun waren sie alle da, alle miteinander. Die Liebe hatte sie hergeführt ... ich hatte mir nur eingeredet, daß sie im Erlöschen begriffen sei, daß die neue Heimath die alte vergessen machte und uns, die wir zurückgeblieben waren.

Als ich mich wieder besonnen hatte, sagte ich: „Kinder, es ist ja herrlich, daß ihr versammelt seid, aber ob ich mit den Karpfen lange, das ist eine andere Frage? Wenn die Fischhandlungen zu sind, müssen wir die Zwischenräume mit Stullen ausfüllen.

Herr Kleines stängelte mit einigen komischen Sätzen an mich heran und sagte: „Nichts leichter als das. Wieviel?“ – Ich schätzte ab: „Der Doktor schlägt eine gute Klinge, Onkel Fritz läßt sich auch nicht lange nöthigen, Dr. Paber darf nicht zu kurz kommen ... 'n Pfunder sechse bis achte.“ Kaum hatte ich gesagt, wieviel wir wohl noch brauchten, als Herr Kleines rief: „Ich schaffe sie“ und zur Thür hinauseilte. An ein Zurückhalten war nicht zu denken. Er die Treppe hinuntergeschossen wie ein gut geölter Blitz, daß ich ihm kaum noch nachrufen konnte: „Aber ja Rogener.“

Reumüthige Sünder sind diensteifrig, um sich wieder beliebt zu machen. Trotzdem wird er nur zu größeren Gesellschaften zugezogen, in kleineren beträgt er sich zu intim.

Nach einer Weile kam Herr Kleines mit den Karpfen, er war mit einer Droschke erster Güte in die Stadt gefahren und hatte richtig noch einen offenen

Fischhändler erwischt. Natürlich hatten sie ihm milcherne angeschmiert. Aber so geht es den Herren beim Einkaufen immer; nur wollen sie es nicht einsehen.

Das machte aber nichts, denn es war genug Rogen bei dem ersten Antheil, auf den ich mich Anfangs eingerichtet hatte, so daß die Herren genügend bekommen konnten; wir Damen leisteten bis auf ein Pröbchen Verzicht.

Selten sah ich eine solche Eßfreude wie an diesem Abend, denn es war mittlerweile sehr spät geworden; zum Glück kamen wir reichlich aus. Und warum sollte es ihnen nicht schmecken? Alle, die wir fröhlicher Dinge waren, gehörten zusammen: verwandt und befreundet waren wir ja unter uns und die Kerzen des Weihnachtsbaumes hatten mild gestrahlt, wie Friedensbotschaft aus den Tagen, als wir Alle noch nicht wußten was Trennung heißt.

Ballmutter

Wenn ich Erika besuche, empfängt sie mich stets mit einer so lieben Anmuth, daß mir gleich mollig und behaglich wird, und nun, da die Einrichtung vervollständigt ist und die letzten Stücke nach ihrem Gefallen angeschafft wurden, sieht ihr Heim ihr ähnlich.

Wie hübsch hat sie es mit den Blumentischen und einer großen Fächerpalme, die zusammen eine Laube im Zimmer bilden. Darin stehen bequeme Sesselchen und ein kleiner schrägbeiniger Bauerntisch, daß man meint, es sei eine Puppenecke. Aber wir Erwachsenen lassen uns unter den breiten Blättern nieder und kommen uns zwangloser vor.

Sie pflegt die Gewächse selbst, die ihr dankbar entgegengrünen.

Und wie reizend sieht sie aus in ihrem Garten, wie sie die Ecke nennen. Sie trägt stets helle Farben, obgleich sie blond ist, aber es ist, als wenn ihr zarter Teint die feinen Stoffe in den Schatten stellte, welche, wie Onkel Fritz sagt, eben gut genug für sie sind. Wäre er ein Krösus oder sonst ein großartiger Banquier, ich glaube, er würde sich beschweren, daß er nichts Theureres haben könnte, als überhaupt hergestellt wird. Ihr ist es dagegen immer zu viel.

Schmuck liebt sie nicht. Ein Band, eine Schleife, eine Blume genügt ihr zum Putz; sie versteht es, diese einfachen Dinge reizend geschmackvoll anzulegen, wenn auch ganz anders als Mode ist. Geht sie jedoch ebenso modern aus, wie die sonstige Menschheit, um kein Aufsehen durch Abweichung von der allgemeinen

Ueblichkeit zu erregen, dann macht sie nur einen verschwindenden Eindruck und auch ihr Benehmen wird ängstlich und gezwungen. Onkel Fritz nennt sie daher „sein Edelweiß“, das sich ja am lieblichsten in der unberührten Einsamkeit entfaltet.

Freilich wird für Berlin mehr Robustigkeit verlangt, mehr Gewiegtheit und Forsche, aber die hat Onkel Fritz hinreichend für Beide.

Von mir hält Erika viel. Das merke ich schon blos allein daran, wie sie mir den Kaffee eingießt, so mit Achtsamkeit, nicht zu wenig und nicht übergeschwappt, sondern wie er sich am einladendsten ausnimmt. Und das ist eine althergebrachte Naturwahrheit: wie es angeboten wird, so schmeckt es.

Wenn man ihr ganzes Wesen nimmt, ihr Sprechen und Urtheilen, dann kommt man hinter das Bewußtsein, daß sie kaum eine Ahnung von dem hat, was wir so stellenweise unter Haß verstehen. Sie zieht sich zurück wie eine Schnecke, der auf die Fühlhörner getreten wurde, man empfindet, daß sie verstummend leiden kann, aber Jemand zeigen, was eine Harke ist, dazu fehlt ihr die Begeisterung.

Wer auch möchte ihr etwas thun?

Und wer ihr etwas thäte ... ei weih Onkel Fritz. Als wir neulich in dem Palmengarten saßen, Erika und ich nämlich, und plauderten, kam Onkel Fritz ziemlich unerwartet, denn es war in der Geschäftszeit, und zwar mit einem großen Briefcouvert, das er wie im Triumpf hoch hielt.

„Hast Du Lust,“ rief er, „dann machen wir den Ball der vereinigten Gesangklubbs mit. Hier ist die Einladung. Es wird famos. Guten Tag, theurer Wilhelm. Wie geht es in der Strafkolonie? Lebt mein Schwager noch?“

Er setzte sich zu uns und legte die goldgedruckten Einladungskarten auf das Bauerntischchen. „Nanu, was habt Ihr denn zu oelgötzen?“

„Auf impertinente Fragen antwortet der Gebildete nicht,“ entgegnete ich strenge.

„Und Du freust Dich nicht, Erika?“ wandte er sich an seine Frau.

Jetzt erst folgte ich seinen Blicken, die bestürzt auf Erika ruhten. Sie schwieg, aber ihre Züge drückten Aengstlichkeit aus und Schrecken; so seltsam hatte ich sie nie gesehen.

„Ist Dir nicht wohl?“ fragte er besorgt und war mit einem Sesselruck dicht bei ihr; er zog ihr Haupt an seine Brust und küßte ihre Stirn. „Erika!“

Sie lächelte wieder. Es war ein wehmüthiges, schmerzliches Lächeln, mit dem sie aus der Erstarrung zu sich kam, aber auch das wurde freundlicher und allmälig verschwand die letzte Trübung von ihrem Antlitz.

„Vergieb,“ flüsterte sie, „es war nur eine Erinnerung, die mich erfaßte.“

„Eine Ballerinnerung?“

Sie nickte zustimmend.

„Herren sind auf Bällen mitunter grenzenlos,“ gab ich Onkel Fritz den Schlüssel zu näherem Verständniß.

„Ich war noch nie auf einem Ball,“ sagte Erika.

„Wie können Sie dann erinnern ...?“

„Ich glaubte, ich hätte es vergessen,“ fuhr Erika fort, „aber eben als Fritz hereintrat und fragte, ob ich Lust hätte, einen Ball mitzumachen, da war mir, als sei es erst eben gewesen.“

„Was denn?“

Sie blickte Fritz um Erlaubniß an.

„Was war es?“ fragte der nun gut und ruhig. „Vor meiner Schwester habe ich keine Geheimnisse, die war von klein auf mein Beichtstuhl.“

„Na ja,“ erwiderte ich, „er hatte auch alle Augenblick etwas angestiftet. Mit der Haue, die an ihm vorbeigegangen ist, könnte eine anständige Mittelklasse auskommen. Aber Berliner Jungs sind einmal nicht anders; zum Glück werden die döllsten hernach ...

„Die besten,“ unterbrach Onkel Fritz.

„Das wollen wir nicht so schroff hinstellen.“

Erika lächelte. „Er ist der Beste,“ sprach sie.

„Man muß es ihn nur nicht wissen lassen, sonst wird er üppig. Sie wollten von Ihrem Ball erzählen, „war das Kleid vielleicht noch bei der Schneiderin?“

„O nein. Sogar die neuen Schuhe mit kleinen Rosetten darauf waren schon vierzehn Tage vor dem Abend da. Es war ein Kinderball, auf den ich durfte. Mein Vater hatte mir es versprochen. Gerade so wie Fritz fragte er, ob ich Lust hätte und kaum vermochte ich vor Frohlocken zu bejahen. Ein solches Vergnügen war mir noch nie geworden ... nie vorher. Die Großmutter hielt immer dafür, Lustbarkeiten verdürben die Seele und ich sei zu unartig ..."

„Du unartig?" brach Fritz aus.

„Gewiß," antwortete Erika treuherzig. „Hätte ich sonst wohl Schläge verdient?"

„Du?" fuhr Enkel Fritz auf, „Dich haben sie ... Da soll doch ein Donnerwetter ..." – Er schlug mit der geballten Faust auf das Tischchen, daß es krachte, „Weiter," sagte er grollend, „weiter. Also Du solltest zu Ball?"

„Ich durfte. Acht Tage vorher schlief ich kaum mehr. Denke Dir, wie eitel ich war. Heimlich zog ich die neuen Schuhe an und die blaue Schleife band ich um. wie fürchtete ich mich, sie zu zerknittern, aber ich konnte nicht anders. Und der Ball selbst, den stellte ich mir vor wie einen Abendhimmel mit Sonnenstrahlen und Rosenwolken. Mein Herz fing an zu klopfen, wenn ich nur an ihn dachte."

„Mein süßes Weib," sagte Onkel Fritz und küßte sie.

„Als der Balltag kam, als es dunkelte, hieß es: Kleide Dich an, Erika, es ist Zeit. Das Mädchen half mir. ›Du wirst keinen Tanz sitzen bleiben,‹ sagte das Mädchen, ›Du bist ganz gewiß die niedlichste.‹ – Wie kommt es doch wohl, daß ich dies Alles so bis aufs Wort behalten habe? Ich öffnete die Kammerthür und ging zur Treppe. Aber wie merkwürdig war es, drunten im Wohnzimmer brannte noch kein Licht. ›Darf ich schon kommen?‹ rief ich. Sie sollten mich im Ballstaat bewundern, der Vater, die Großmutter, die kleinen Geschwister. Niemand antwortete. Noch einmal rief ich: ›Darf ich kommen!‹ Da ..." – Erika hielt inne und wieder beschwerte die Traurigkeit von vorhin ihre Lider und lagerte sich trüber Schatten über ihre Züge.

„Und da ...?"

„Erst glaubte ich, es wäre Täuschung und starrte horchend in den dunklen Hausraum, aber deutlich vernahm ich noch einmal des Vaters Stimme: ›Ziehe Dich nur wieder aus, Erika, Du gehst nicht.‹ Und wie ich immer noch wähnte, es könnte nicht sein, rief die Großmutter: ›Frühzeitig muß der Mensch entsagen lernen. Sei achtsam mit den Schuhen, sie sind nur geliehen.‹ O wie deutlich, wie deutlich!"

Onkel Fritz hatte die Lippen auf einander gepreßt. Es keuchte in ihm, war mir selbst doch, als wüchsen mir die Nägel an den Fingern. Erika sah, wie es ihn aufbrachte und setzte besänftigend hinzu: „Es sollte eine Prüfung sein, ich war nicht immer demüthig. Sie wollten mein Bestes, Du darfst Ihnen nicht zürnen, Fritz."

Ich war unwillkürlich weiter abgerückt, da ich nicht anders vermuthete, als daß der kleine Tisch nun wohl seinen Rest empfangen würde. Es geschah jedoch keine Kraftleistung, wie Fritz in der Rage an sich haben kann, sondern er sah Erika mit einem Blick unaussprechlicher Liebe an. „Du Himmels-Gemüth, mein Weib," war Alles, was er sagte.

Und dann umschlang er sie und umfaßte ihr blondes Haupt mit schützenden Händen.

Mir war unbegreiflich, daß der Vater sich zu einer solchen Grausamkeit von Erziehung hergeben konnte, aber die Alte wird ihn wohl von früh an ebenso eingeschüchtert haben, wie sie es mit Erika trieb. Sie hat das Bischen Vermögen zusammenrackern helfen und ließ ihren Sohn in eigensinniger Strenge nie selbständig werden, daß er sein Lebelang ein Trompeter blieb. Das erzählte Fritz mir, als er noch auf Freiersfüßen ging.

Jetzt verstehe ich den Zauber auch, der ihn so fest an Erika bindet: so hold wie ihr Angesicht ist auch ihre Seele. – Da die andern Beiden nicht sprachen, hielt ich es für meine Pflicht, die Pause auszufüllen. „Eine liebe Sorte von Alterthum," sagte ich.

„Wer?"

„Nun, die Großmutter."

Onkel Fritz stand auf. Er schien nicht über das eben Gehörte hinweg zu können und suchte seine Erregung durch Auf- und Abmarschiren mit in den geballten Händen zu verwürgen, was vernunftgemäßer ist, als seinen Zorn an Möbeln üben, weil es mehr schont. Mein Karl ist nie vehement an wehrlosen Gegenständen.

Nach und nach ward Fritz ruhiger. „Nehmen wir die Einladung an?" fragte er. – „Ich würde gerne einmal einen Ball sehen," erwiederte Erika. – „Sollst Du auch. Und Rosetten sollst Du auf den Schuhen haben und eine blaue Schleife dazu. Und Du, Wilhelmine, gehst mit."

„Wo denkst Du hin?"

„Lüfte Deine Stützen mal aus, sonst kommen Motten hinein. Junge Mädchen müssen geschwenkt werden. Dir selbst als Aebtissin vom Ganzen thut eine

Auffrischung gut, oder meinst Du, die ollen Nonnen hätten nicht auch gescherbelt? Kniehoch, sag' ich Dir.“

„Fritz, thu mir die Liebe und verschone mich mit Deiner Bildersprache, die hat für mich im Geringsten gar keinen Kunstwerth. Erst muß mein Karl doch wollen …“

„Ist schon gut. Also das wäre abgemacht.“

„Woso?“

„Wenn Du willst, will Dein Karl doch auch. Oder meinst Du nein? Wrenzchen schließt sich an, den übernehme ich. Es wird gesungen, das hört er zu gerne. Denk' Dir, Erika, drei Gesangsbrüderschaften entriren das Fest, ›Ernst und Scherz‹ an der Spitze, und unser ›Keuchhusten‹ ist mit mang. Da laufen ganze Oratorien vom Stapel und sonst noch allerlei Klimbim. Freu Dich doch, Erika. Es sind prachtvolle Stimmen darunter, besonders Baritöner. Weib, freu Dich!

Erika lächelte. „Es wäre zu hübsch, wenn Sie sich meiner annähmen, Frau Buchholz,“ sagte sie.

„Bin ich denn nicht da?“ rief Onkel Fritz.

„Du wirst doch Deine Freunde nicht um meinetwillen vernachlässigen?“

„Da hast Du wieder recht, wie das Kind klug ist,“ schmunzelte Onkel Fritz, „und erst zum zweiten Mal in Berlin.“

„An dem Ort liegt es nicht, sondern an der von Hause außen Intelligenz,“ verbesserte ich seine dumme Rederei. Er beleidigt die Erika ja. Was kann die dafür, daß sie nicht auf dem Pariser Platz geboren wurde? Aber mein verehrter Herr Bruder und Rücksichten! Für seinen Bedarf braucht es keine geben, ihm sind sie Pomade, wie Fausthandschuhe im August. Gottlob kennt man ihn nicht anders, sonst müßte man sich um seinetwegen am Ende noch die Verwunderungsmütze aufsetzen.

Imwähren des Auf- und Abgehens hatte er eine neue Idee gefaßt. „Erika,“ sagte er „hast Du irgendwo eine Rohrpostkarte zu liegen, dann citiren wir den Doktor sofort.“ – „Das laß lieber nach,“ warnte ich, „sonst schreibt er Dir den Besuch an.“ – „Schad't nicht, wenn er genau ist.“ – „Fritz, Geld alleine macht nicht glücklich.“ – „Stimmt. Man muß auch welches haben.“ –

Erika hatte in ihrem Schreibsekretär nach einer Rohrpostkarte gesucht, aber es fand sich keine, wie immer, wenn man sie eilig hat und ging hinaus, eine holen lassen.

Als sie verschwunden war, sagte ich: Fritz, nein, diese Großmutter. Die ist gewiß eine von früher unverbrannt gebliebene Hexe. Kann sich da kein königliches Amtsgericht zwischen legen?

„Laß den alten Satan laufen. Wenn ich es mir recht bedenke, ist sie der eigentliche Grund, daß Erika mein Weib wurde."

„Ein solches Abschreckmittel?"

„Als ich sah, wie die Alte ihrer Familie das Leben verdarb, stand bei mir der Entschluß fest, wenigstens Erika aus ihren Fängen zu retten." – „Und da nahmst Du Dir Dein Riekchen."

„Nicht den Namen, bitte; Erika mag ihn nicht." – „Das Abgekürzte ist Euch wohl nicht erhaben genug." – „Die Großmutter rief sie so." – „Na ja, dann ..." – „Wenn die Alte ihr etwas thun wollte, rief sie mit so sanfter Stimme wie möglich ›Riekchen, Riekchen‹ bis die Kleine nahe genug heran war und sie ihr in die Goldlocken fahren konnte und tüchtig ziepen." – „Ich hätte ihr in die mageren Knecksel gebissen." – „Ja Du. Leider wurde Dir nie solcher Genuß geboten. Anfangs nannte ich Erika im Scherze Riekchen, aber sie bat mich, es zu lassen und sagte auch warum." – „Fritz, ich fürchte, die Alte hat sie auch gekniffen und nicht minder gegen die Tischkanten gestuckt. Laß die blos mal wieder nach Berlin kommen, mit der fahre ich ab, daß ihr die Ohren noch klingen, wenn sie im Sarge liegt. Natürlich muß Erika auf das Fest, ich hoffe mich für meinen Mann verbürgen zu können."

Onkel Fritz theilte seiner Frau mit, daß ich sie beballmuttern wolle. „Mit Wonne," sagte ich, „und wenn Mama Buchholz es für gut hält, einige Tänze überzuschlagen, wird meine kluge verständige Schwägerin nicht murren. Es giebt so Gründe."

„Wilhelm, Du bist eine Perle," rief Onkel Fritz und versetzte mir einen Vertrauenshieb mit der Hand, daß mir das Schulterblatt dröhnte. – „Au! Und Du bist ein Grobian." – „Merkwürdig," lachte er, „wenn ich haue thut es dem Andern immer weher als mir." – „Verballer Dich lieber an Deinen Tischen," schalt ich. „Uebrigens wie viel Billete besorgst Du?" – „Ich nehme gleich ein Dutzend, der Reinlichkeit wegen." – „Zum halben Preis?" – „Mal sehen, obgleich manche

Komitees für den Jammer zahlreicher Familienväter kein Herz haben." – „Es wäre doch recht hübsch wenn man eine Kleinigkeit sparte; die Zeiten sind ja so miserabel." – „Sind sie auch; in der Friedrichstraße ist erst gestern wieder ein Pferd gefallen."

Wenn Onkel Fritz anfängt zu ulken, ist es gerathen, sich zu verabschieden. Das that ich denn und ging.

Mit meinem Manne war der Kampf um die Einwilligung kaum der Rede werth. „Welche Kosten würde die große Reise nach der Schweiz verursacht haben, oder nach dem Salzkammergut, das Tagewerke weiter liegt," setzte ich ihm auseinander, „und nun da ich freiwillig ... Karl, warum hustest Du? ... ich betone frei – wil – lig ... Verzicht geleistet habe, kommen die Ausgaben für den Ball fast gar nicht in Betracht. Außerdem haben wir Dutzendbillets und machen auf diese Weise immerhin einen kleinen Profit." – „Den muß man mitnehmen," pflichtete mein Karl als guter Geschäftsmann bei und als ich ihm sagte, daß unsere gesammte Familie, wie sie gebacken ist, sich dort treffen würde, kam er noch mehr entgegen, indem er anordnete, sein Kadrilljenschwenker müsse benzint und gebügelt werden.

Giebt es einen zweiten Gatten, der rücksichtsvoller ist, blos um ihn mit meinem Bruder zu vergleichen?

Betti war hingerissen, als sie hörte, daß wir zu Ball wollten und jegliche Einwendung bereits im Keime beseitigt sei. „Ich tanze nur mit Felix," rief sie. – „Das würde sehr interessirt aussehen, entgegnete ich. – „Was liegt mir daran?" „Wenn nicht Dir, so doch mir. Ich bin die Ballmutter!"

Nun galt es wegen Frieda und Ida Rath zu schaffen. Staat war vorhanden und da Max von seiner letzten Reise gerade zurückgekehrt war hatte Frieda ihren Tänzer. Woher aber einen Ballherrn für das Unglückwurm Ida nehmen? Wir kamen überein, daß die drei Herren dafür sorgen müßten denn Herrn Dr. Paber konnten wir sie nicht zumuthen, und Kleines, sowie Herr Pfeiffer waren ausgeschlossen. Ein Ball ist doch nicht dazu da, unbewachte junge Mädchen den Löwen vorzuwerfen. Das war höchstens bei den Antiken Sitte.

Etwas Licht kam in diese Frage, als Felix am Abend versprach, einen soliden Herrn für Ida zu liefern.

Die Stützen kaufte ich mir in folgender Manier: „Meine Damen, wenn Sie sich jetzt vierzehn Tage lang musterhaft betragen, dürfen Sie zur Belohnung einen

Ball in Arnims Hotel mitmachen. Geben Sie aber entgegengesetzte Veranlassung, so wird nichts draus. Ich werde selbst in Ihrem Spinde und in Ihrer Kommode nachsehen, Ida, und hoffe Alles in wohlthuendster Ordnung vorzufinden. Schlumpliesen bleiben zu Hause. Einen Eindruck machte diese Vermahnung vorläufig nicht, sie flitzten davon wie die Spatzen.

Max war wieder da. Er fand Frieda zu ihrem Vortheil verändert und war dessen froh. Hatte er sie jedoch, wie ich wochenlang um sich gehabt? Nein. Es ist ein Glück, daß Bräute nicht immer wissen was ihre Bräutigame aufstellen und fest glauben, er denkt in einer Tour an sie oder schwärmt ununterbrochen ihre Photographie im Cigarrenetui an; ebenso gut ist es, daß es sich umgekehrt gerade so verhält, sonst würde das Traugeschäft wohl weniger schwunghaft gehen. Hätte Max gewußt, daß Frieda ihn im Grunde ihres Herzens nur als einen Versorgungsfreund betrachtete, ihn würden die paar Manieren die sie angenommen und die wenigen Unmanieren, die sie abgelegt hatte, nicht getäuscht haben.

Sie war nach wie vor weder kalt noch warm, und das erste Wiedersehen nach ziemlich langer Trennung verlief ungefähr so, als wenn er auch noch einige Zeit hätte unterwegs sein können. Er dagegen war von ihrer Hübschigkeit aufs Neue eingefangen und ihr zugethaner, denn zuvor. –

Die Zurüstungen wurden eifrig in die Hand genommen. Es war sich für einfach Weiß entschieden worden, aber jedes Kleid anders garnirt und die geschmackvollsten Schnitte aus der ›Modenwelt‹ herausgesucht. Die Stützen betrugen sich ziemlich nach Wunsch; es herrschte einigermaßener Waffenstillstand und Jede hielt ihr Kostüm für das entzückendste und viel schöner als die anderen.

Und doch schlich Zwietracht in die Harmonie der Ballschneiderei.

Wer Max nicht für einen wohlgestalteten Menschen hält, der müßte erst mal nach der Augenklinik, und Ida schien auch dieser Ansicht zu sein, wo Herr Max war, da scharwenzelte sie auch herum und so katzig und sammetartig kam sie ihm entgegen, daß ich schon dicht daran war, ihr Verhaltungsmaßregeln einzuprägen. Diesmal besorgte jedoch Frieda es ihr.

Ein lobenswerthes Geschick richtete es ein, daß mein Mann abwesend war, als das Scharmützel entbrannte.

Den Anfang, wie ein Wort das andere gegeben, hatte ich versäumt, erst der laute Redeaustausch im Nebenzimmer veranlaßte mich, einzuschreiten.

„Frieda! Ida! Welch ein Zetermordio!“ rief ich. Was in aller Welt giebt es denn nun schon wieder?“

„Sie sagt ...“ schrie Ida. – „Sie sagt ...“ rief Frieda dagegen. – „Sie hat gesagt ...“ – „Nein, sie hat gesagt ...“ „Kein Wort von wahr!“ – „Fräulein Schulz fing an.“ – „Das ist gelogen.“

„Ida,“ befahl ich, „Sie schweigen, wenn schon ein Karnickel zugegen ist, dann fällt der Verdacht auf Sie. Frieda, wie war es?“

„Den ganzen Nachmittag hat sie in einem während gestichelt ...“ – „Einbildung,“ fiel Ida ihr in den Vortrag.

„Fräulein Schulz, entweder Sie bemühen sich auf ihr Zimmer oder Sie schließen den Schnabel, woher kam der Zank, Frieda?“

„Ich lasse mir nicht gefallen, daß so eine naseweise Person hinter meinem Bräutigam herläuft ...“ – „So?“ fragte Ida impertinent. „Ich kann mich nicht vor ihm retten, daß Sie's nur wissen. Was soll er an Ihnen auch noch lange finden?“

„Wenigstens keine Grieben,“ fuhr Frieda sie an. „Lustig macht er sich über Sie. Das ist Alles.“

Ida stieß ein höhnisches „Peh“ heraus. „Haben Sie sonst weiter keine Schmerzen? Mir hat er drei Tänze zugesagt und in der Damenwahl wartet er auf mich.“ – „Gelogen,“ rief Frieda. – „So?“ – „Ja.“

„Ida, ist das wahr?“ fragte ich sehr ernst.

„Einig sind wir,“ entgegnete sie, „aber er wird es schwerlich eingestehen, da Fräulein Frieda so unmenschlich rasaunt.“ – „Wer rasaunt?“ – „Sie! Wer sonst? Das haben Sie ja eben gehört.“

„Fräulein Schulz, wenn Sie Intriguen anzetteln, kann ich für meine Person Sie nicht mitnehmen. Mit einem Worte, Ihr Betragen ist nicht ballfähig. Sie bleiben zu Hause und gehen rechtzeitig zu Bett.“

Nun fing sie an zu barmen. Sie bat mich um Verzeihung und gelobte Besserung in allen Dingen.

Sehr nett fand ich es von Frieda, daß sie nicht nachtragen wollte, wenn Ida ihr heiliges Ehrenwort gäbe, kein einziges Mal mit Max zu tanzen. Ida versprach dies felsenfest und der Stützenkrawall war beigelegt. Die Parteien wurden getrennt, indem ich Frieda zu mir nahm.

„Meine Liebe,“ sagte ich, „vermeidet doch solche Aufrühre. Wenn Jemand dabei zu Grunde geht, bin ich es.“

„Ich hielt an mich, so lange ich vermochte. Aber meinen Bräutigam soll sie ungeschoren lassen.“

„Aha,“ dachte ich, „so gleichgültig, wie ich meine, ist ihr Herr Max dennoch nicht. Das darf als gutes Zeichen gedeutet werden, als ein sehr gutes sogar. Blos daß ich dabei so grausam herhalten muß, das ist nicht gut.

„Frieda,“ sagte ich dann laut, „reiche mir einmal die Ballerjahntropfen – etwas stählen sie, wenn auch nicht haltbar – nach jedem Aerger giemen die Luftwege, wenn wir übrigens den Ball hinter uns haben, ersuche ich Frau Schulz, ihre Ida wiederanzunehmen. Ich sehe nicht ein, warum ich die Wahlstatt bedecken soll, während ihr die weite Welt offen steht.“

Diesen Entschluß bestärkte Ida noch mehr und das durch ihre Nichtsnutzigkeit an dem Ballabendtage selbst. Güte fruchtete bei der grade soviel, wie jungen Hunden lesen lehren.

Betti war mit ihrem Anzug noch etwas im Rückstand, da sie sich erst spät für eine Aenderung entschied, die ich ihr nicht verdachte, weil sie den Stützen nicht nachstehen wollte. Während Betti mit der Schneiderin arbeitete, vertrauten wir Frieda und Ida das Mittagessen an, zu dem wir auch Herrn Max gebeten hatten. Frieda sollte gleichzeitig Gelegenheit nehmen, ihrem Verlobten eine Kochprobe abzulegen, denn was wahr ist, bleibt Thatsache, sie war unter Betti's Anleitung schon anerkennenswerth vorgeschritten. Im Uebrigen konnte ich einen Blick mit in die Küche werfen und ein Rinderbraten ist nicht so schwer. Wild und dergleichen allerdings erfordert mehr Erfahrung, schon beim Einkauf, und Geflügelfühlen ist geradezu eine Begabung.

Die Fleischbrühe setzte Doris auf, die Sternnudeln gab Ida daran und ähnlichermaßen waren das Gemüse, die Kartoffeln und das Kompot vertheilt, welches in gedünstetem Backobst bestand. „Verabsäumen Sie ja den Deckel nicht,“ paukte ich Ida ein, „damit die Pflaumen recht aufplustern. So ißt mein Mann sie am liebsten.“

Warum aber ließ ich das Essen nicht einsichtsvoller aus einem Speisehaus holen, portionsweise in weißen Porzellansatten, alle übereinandergestellt und mit einem Lederriemen verbunden? Weil man nie klug wird und man sich nicht vorstellte, daß junge Mädchen, die am Abend auf einen Ball sollen, schon Morgens nur noch halbwege sind. Jedoch es hat wohl so sein sollen.

Wie ich mich in die Küche verfüge, sind die Stützen denn auch schon in Thätigkeit. Aber wie!

Alles, was auf dem Herd stand, kochte, nicht blos im Gallopp, nein es war schon mehr Karriere. Der Maschine fehlten die Räder, sonst wäre sie eine rechtschaffene Lokomotive gewesen.

„Meine Damen," rief ich, „Sie üben sich wohl in Brandstiftung?" – „Sie haben selbst gesagt, der Braten müßte in tüchtige erste Hitze," vertheidigte sich Frieda.

„Versteht sich. Aber Sie haben den Ofen ja glühend, als sollten die drei feurigen Männer ein Konzert darin geben. Doris, warum schritten Sie nicht ein? Was kostet das an Kohlen!"

„Fräulein Frieda sagte, Madame hätt' et so befohlen," entgegnete Doris. „Ick jeh nich an'n Herd ran, wo die Fräuleins det Oberkommando führen." – „Aber Doris!" – „Nee, ick duh't nich. wenn wat versaut is, hat't de Köchin jedahn, und wenn wat jut jlitscht, werden de Fräuleins hochjeehrt. Mir jefällt et hier schonst mehrere vierzehn Dage nich mehr und verheirah't sinn wir jottlob ooch nich."

Nur noch ein Wort von meiner Seite und Doris setzte mir den Schubstuhl vor die Thüre. Dies war an einem Tage wie heute zu vermeiden. Sonst jedoch raus.

Doris mit Nichtbeachtung strafend, unterwies ich Frieda das Feuer dämpfen und die Bratröhre soweit verkühlen lassen, daß man das Fleisch mit gutem Gewissen hineinschieben konnte, und hieß sie die Pfanne bringen. „Aber Frieda, was hast Du für unvernünftige Butter genommen," mußte ich bei dem Anblick des Klumpens ausrufen, den sie zum Braten bestimmt hatte. „Es ist freilich wahr, gute Butter verdirbt nichts, aber sie schmiert auch den Weg zum Nichtauskommen und hat leicht einen metallischen Beigeschmack." – „Das habe ich noch nie bemerkt," sagte Frieda. – „Madame denkt an de Jroschens," rief Doris dazwischen. – „Doris, Sie sind nicht gefragt worden." – „Ach wat, Butter wird jesagt und mir meent man; kenn ick doch!"

„Die lernt auch nächstens fliegen," beschloß ich still für mich und verließ die Gegend.

Was war das nun wieder mit Doris offenbarer Meuterei? Will sie fort, warum kommt sie nicht in sich geziemender Ordentlichkeit? wer hat sie rebellisch gemacht? Morgen wird sie ins Verhör genommen. Heute ist Ball.

Da Betti ihre Schneiderei nicht im Stich lassen konnte – sie hatte sogar Noth, rechtzeitig fertig zu werden – blühte mir das Vergnügen, auf die Mittagbereitung zu achten, und wie es mir an der Zeit dünkt, Unheil zu verhüten, machte ich mich nach der Küche auf, wo Fröhlichkeit und Heiterkeit zu herrschen schienen, als ich mich näherte. Ich also leise die Thüre geöffnet, um zu sehen, worüber man sich amüsirt.

Es war Ida.

Sollte man es für möglich halten? Das gottlose Geschöpf hat meine versengte Morgenhaube aufgesetzt, meinen älteren Seelenwärmer umgebunden und spielt den anderen Beiden Komödie vor.

„Mit vielem hält man Haus, mit wenig kommt man auch aus, meine Damen," sagt sie, „das beherzigen Sie." – Und ziererich hin- und hergegangen, als wenn ich es sein sollte, aber natürlich keine Spur von Aehnlichkeit und gekröchelt, wie mit Asthma behaftet, und mit dem Mund gegrinst und getänzelt und geschwänzelt, die Arme vom Leibe, als wenn sie flattern wollte, schon mehr ganz verrückt. „Die Doris", hanswurstete sie mit einer feinen, piepigen Stimme weiter, „die Doris" – wo ich in meinem Leben nicht hoch und schreiig spreche – „glaubt wohl, die Butter kostet kein Geld, die Brathechte schwimmen ja in Fett. Das reißt ja in die Milliarden. Mein Mann giebt gar nicht um Fett, das bekommt meinem Karl nicht. So wie ich sie backe, ißt er sie am liebsten. Nicht wahr, mein Karl?"

Doris und Frieda lachten, daß ihnen die Thränen aus den Augen liefen und je mehr sich kullerten, um so unkluger trieb es Ida.

Da gewahrte Doris mich plötzlich, wie ich ungeahnt als Erzengel von der Stehloge zuschaute.

„Herr Je! de Olle!" kreischte sie auf und das wie der Wind in die Speisekammer und die Thüre hinter sich zugeschlagen.

Frieda war sehr verlegen geworden und schlich beschämt an den Küchentisch, wo sie sich zwecklos zu thun machte; Ida riß rasch Haube und Seelenwärmer herunter, die sie hinter ihrem Rücken zu verbergen suchte.

„Wie steht es mit dem Essen?" fragte ich eisig ruhig.

Das hatte ich nicht verdient. Mich so zu kränken! Mich mag sie verfratzen, meinetwegen. Aber meinen Karl ...? Da hört es auf.

„Alles wie Sie sagten," erwiderte Frieda scheu.

„Gut."

Und Doris aufzuhetzen! Als wenn ich in ihrer Abwesenheit über sie schandirte? O nein, meinen Dienstmädchen habe ich die Wahrheit immer noch direkt eingetrichtert. Nun war ja klar, warum Doris vorhin raisonirte. Ida hatte verleumderisch zwischengetragen. Daher die dicke Freundschaft zwischen den Beiden.

„Sorgen Sie, daß rechtzeitig angerichtet wird, Frieda."

„Jawohl."

Ohne Ida auch nur angesehen zu haben, entfernte ich mich. Sie sollte fühlen, was es heißt, für anständige Menschen Luft sein.

Betti kam fragen, weil das Kleid bei den Aermeln Falten warf. Da sie das vorgefallene erfuhr, verlangte sie, daß an Frau Schulz geschrieben würde und Ida sich zu ihren Eltern versammeln möge. – „Gänzlich aus Gesichtsweite," sagte ich.

Da klopfte es an. – „Herein." – Ida erschien.

„Was wünschen Sie."

„Ach, Frau Buchholz, ich habe wirklich nichts Böses dabei gedacht." – „Wobei?" – „Von vorhin, meine ich." – „Von vorhin? –" „Als ich ... als ..." –

„Es ist gut, daß Sie da sind Fräulein Schulz. Ich wollte Sie fragen, ob Sie etwas an Ihre Mutter zu bestellen haben. Ich schreibe vielleicht heute noch ... oder mit mehr Ruhe morgen." – „Nein, ... nicht daß ich wüßte."

„Sie können gehen, Fräulein Schulz, oder wollten Sie mir mittheilen, daß Sie es vorziehen, den Ball nicht mitzumachen?" – „Das können Sie doch nicht verlangen?" – „Besser wäre es; Jedermann sieht ja gleich, daß Sie genascht haben," sagte Betti. – „Ich rühre nichts an," entgegnete Ida. – „Wer's glaubt? – „Bei Gott nicht," betheuerte Ida. – „Ihre Lippen verrathen Sie."

Um das braune Ichthyol zu verdecken, das sie sich aufgeschmiert hatte, zog Ida eiligst das Taschentuch, aber zugleich riß sie verschiedene Kleinigkeiten mit heraus: Backpflaumen, Stückenzucker und getrocknete Birnen flogen in die Stube.

„Was sagen Sie nun?“ rief Betti.

„Das muß mir Jemand heimlich hineingesteckt haben.“

„Anders ist es gar nicht möglich,“ sagte ich. „wie wäre es, wenn Sie sich jetzt empföhlen? Wollen Sie auf Ihrem Zimmer essen, kann Doris Ihnen decken.“ – Sie verzog sich rückwärts.

Das Mittagbrot war entsetzlich; vom Braten konnte ich eben für meinen Mann und Herrn Max einige genießbare Bissen aus der Mitte schneiden und das gedünstete Backobst war eine zu aufgeweichter Braunkohle verdorbene Masse. – „Die sind wohl aus einer vorsündfluthlichen Volksküche?“ fragte mein Karl, indem er sie liegen ließ.

„An einem Balltage ist das Mittagessen niemals schön; man hat zu viel wichtigeres vor,“ erläuterte ich den Herren das Schandfutter.

„Wo ist Fräulein Schulz?“

„Wahrscheinlich mit Ihrer Toilette für heut Abend beschäftigt.“

„Ich glaube sie schreibt,“ sagte Frieda.

„Das Klügste was sie thun kann,“ dachte ich. „Wenn sie ihrer Mutter mittheilt, daß sie lästig geworden ist, bin ich einer Aufgabe enthoben, die nur unangenehmer wird, je mehr man daran dreht.“ –

Als wir später daran gingen, uns in die Reihe zu machen sagte Betti: „Ich verstehe Dich nicht mehr Mama; wie konntest Du so ruhig bei Fräulein Schulzens Ungebühr bleiben? Ich wäre anders mit ihr abgeschrammt.“

„Betti, erstens wollte ich mich nicht mit ihr erniedrigen und zweitens faßte ich den unwankelbaren Entschluß, übermorgen wird sie nach Zehlendorf gewimmelt. Das Aergste habe ich mit ihr erlebt, schlimmer kann es nicht kommen und diese Ueberzeugung verlieh mir Fassung und Stärke. Danke der Vorsehung, daß Deine Mutter nicht als Mörderin oder Derartiges vor Dir sitzt, Ida hatte es darauf angelegt. Aber wer die Gerichtspflege einmal durchgemacht hat, prüft seine Handlungen bevor er sich in Unkosten stürzt. –

Um meinem Mann nicht Ursache zu Bemerkungen zu geben, trieb ich tüchtig nach und als gefahren werden sollte, waren wir auch zwei Droschkenvoll fertig. –

Der Ball hatte schon begonnen, wenn auch die Letzten noch auf sich warten ließen. Es ist ja ein zu überwältigender Effekt, wenn man durch die geöffneten Flügelthüren in den glänzenden Saal rauscht und die bereits Existirenden ihre Blicke auf die Eintretenden richten und sich zuflüstern: ›Wer sind Die?‹ – ›O, das sind Die und Die.‹ – ›So, Die sind es?‹ und die Toilette anstaunen und das Ungezwungene, wie man das so kann, allein blos die Haltung der Hände, als wären die Glaceehandschuhe angeboren und Einem dabei wird wie in der Schaukel, wo es auch so bis an die Fußspitzen herabrieselt.

Betti und Frieda rechneten zunächst auf ihre Verlobten als Tänzer und den Doktor, sowie auf Herrn Dr. Paber, der sich meinem Schwiegersohn angeschlossen hatte, und die kurz vor uns angelangt waren. Herr Dr. Paber gehört zu denjenigen, die das alte gute Sprichwort ›leben und leben lassen‹ in Ehren halten und einsehen, daß ledige Herren die empfangene Familienkost auf Bällen abbüßen müssen.

Wir gruppirten uns als zusammenhängende Wandkolonne, der sich auch noch die Assessorin Lehmann anhängte, die wiederum einige Bekanntinnen zur Verlängerung der Zwiebelreihe aufforderte.

Meine Drei gingen in Weiß, nur daß Jede einen abweichenden Schnitt und verschiedene Schärpe hatte. Frieda sah sehr gut aus, vielleicht herausfordernder, als einer Verlobten ziemt. Betti hatte etwas überaus Anmuthiges, die Garnirung gebauscht und allerliebst mit feinen grünen Zweigen besetzt, was sich so recht bräutlich ausnahm. Ida mit ihrem Mullkleid und breiter knallrother Schleife war schon mehr eine Portion Schlagsahne mit Johannisbeergelee; unmöglich konnte man den Herren die Tortur anthun, mit ihr zu tanzen, zumal auserwählt hübsche Damen den Saal dekorirten.

Herr Felix hatte es jedoch übernommen, ihr einen Ballherrn zu verschaffen; wie er heißt, erinnere ich nicht mehr, aber es war eine Art abgebrochener Riese, hinten leicht gerundet, lebhaft von Augen, kühn in Positur, wenn auch mit einwärtsigen Beinen und bedeutend von sich überzogen. Für Ida war der Knirrfix lange frisch.

Es füllte sich nach und nach und getanzt wurde flott, als endlich Onkel Fritz mit Erika sichtbar ward.

Sie erregten Aufsehen. Und wodurch? Durch Erika's ungezierte Einfachheit. Das Kleid war ganz schlicht gemacht, aber aus einem feinsten kremefarbenen Cachmir, wie früher mehr Mode war und nur ein hellblaßblaues Sammtband am

Hals und ein gleiches im blonden Haar diente als Schmuck. Man hätte diese Toilette kindlich nennen können, aber der jungen Frau verlieh sie einen so jungfräulichen Zauber, daß ihr Anblick geradezu Verehrung hervorrief. Und wie ihre großen blauen Augen verwundert in das schimmernde Gewoge blickten, wie sie sich befangen an der Seite ihres stattlichen Mannes hielt, dessen Antlitz im Uebermuth der Glückseligkeit strahlte, das war unbeschreiblich. Betti eilte auf sie zu und sagte: „Du bist die Schönste von Allen."

Erika schlug die Augen nieder und ward roth.

Was diesen Ball auszeichnete, waren in den Tanzpausen die herrlichen Vorträge der Sänger, und zwar keine Klagelieder, sondern lustige Märsche und Walzer, woran namentlich wir älteren Damen einen Ohrenschmaus hatten.

Außerdem führten sie noch eine Scene mit Gesang auf – „Das Volkslied" – die zwischen dem Tanzen und Erquicken mit Eß- und Trinkbarem eine herrliche Abwechslung bot.

Auf ein Zeichen ward der Saal frei gemacht und unter den Klängen eines drolligen Marsches kamen Zwerge und Waldmänner hereingetrappelt, die ein auf Rädern ruhendes Gestell zogen und schoben, das, mit flimmernder Gaze verhüllt, sich wie ein Schneeberg anließ. Als dieser mitten im Saal stand, legten und hockten die Wichtelmännchen sich um den Berg herum und thaten, als wenn sie Winterschlaf hielten, wobei die Musik immer leiser und einwiegender wurde.

Mit einem Male ertönte Waldhornruf und durch die Thür schritten Bauernbursche mit ihren Schätzen in den verschiedensten Trachten, immer zu vier Paaren gleich gekleidet, als Tiroler, Schwaben, Vierländer, Friesen, Appenzeller, und was Landleute sonst anziehen.

Diese alle tanzten nun mehrere menuettartige Touren und schienen den Berg nicht zu beachten und die Gnomen, welche ihn umlagerten.

Da erklang ein Harfenakkord und gleich darauf noch einer. Das Orchester schwieg, die Tänzer hielten inne und lauschten und die Heinzelmänner rührten sich, wieder tönte die Harfe, nun von einer lieblichen Melodie sanft umsummt, die weiße Hülle glitt langsam von dem Aufbau herab und sichtbar ward ein reizendes junges Mädchen in graublauem Röckchen und braunem Mieder, vor der Brust und in den Haaren Feldblumen, in den Händen ein Saitenspiel. Das war das Volkslied.

Ihm zu Füßen, in Tannengrün geordnet, saßen der Ritter und Goldschmidts Töchterlein, der Jägersmann mit seiner Armbrust, Brüderlein und Schwesterlein, der Eremit, der tapfere Landsknecht und die Maid am Spinnrocken. Auf einem grünen Ast schnäbelten sich ein Turteltaubenpaar und auch ein Reh sah aus den Zweigen hervor. Alles, wovon das Volkslied erzählt, war zu einem lebenden Bilde vereinigt, das sich langsam drehte, damit Jeder sehen konnte. Und hierzu sangen die Herren eine Zusammenstellung der schönsten alten Volksweisen, die nach und nach in eine Tanzmelodie übergingen. Noch einmal schwangen die Kostümirten sich im Reigen und dann verließen sie den Saal, wie sie gekommen waren.

Nur eine Stimme herrschte über die reizende Aufführung, die Fritzens Freund, der Dr. Theodor Mann, erfunden hatte. Wenn er gesehen hätte, wie Erika nicht wußte, was sie sagen sollte, er wäre reichlich belohnt gewesen. Er mußte jedoch den Tacktirstock schwingen.

Der Ball wurde daraus mit ausgeruhten Kräften fortgesetzt.

Mir war nicht tanzerig nach den Tageserlebnissen zu Muthe, aber Onkel Fritz ließ nicht ab, obgleich ich Schwarz angelegt hatte. Er ist ein brillanter Tänzer, fest und gediegen und dabei leicht und elastisch. Ich bat ihn, wenn es anginge, Ida einige Tanzherren zu rekommandiren, denn sie saß schon mehrere Male, woraus er sagte: „Sofort."

Beim nächsten Rheinländer kamen gleich Viere, die sich auf Fritz beriefen, sich vorstellten und um die Ehre baten, das Fräulein engagiren zu dürfen, von diesem Moment an war sie die begehrteste Balldame. Daß dies mit Unfug zuging, war sicher, und daß Onkel Fritz ihn angezettelt, war noch sicherer.

Frieda, die nicht dasselbe Glück hatte, ward sichtlich maulsch und benahm sich gegen Max, der allerdings den Fehler beging, sie einen Tanz ganz und gar zu vernachlässigen, wieder ebenso, belferig wie früher, zumal Ida falsch genug war, trotz ihres Versprechens, in der ›Damenwahl‹ auf Max loszustürzen und er richtig mit ihr loswalzte.

Frieda setzte ihn darob zu Rede. Er antwortete eindringlich. Sie ward immer heftiger und – ich weiß nicht ob ich recht sah – aber sie hatte die Hand erhoben und er verfärbte sich leichenblaß. Sich kurz umdrehend ließ er sie stehen. Vorgefallen war etwas.

Frieda wollte nun nach Hause. – „Wenn wir Alle gehen," gab ich ihr Bescheid. Für Morgen standen schon wieder die gräßlichen Aufstände in Sicht: Frieda und Ida, Frieda und Max, Max und ich, ich und Frieda und Max, Ida und ich, ich und Doris. Und zuletzt ich und mein Karl, der mir beistehn mußte denn allein fühlte ich mich dem Kommenden nicht gepanzert.

Das war jedoch noch nicht der Rest. Im Gegentheil, Emmi kam auch. – „Wo ist Franz?" – „Emmi, warum so erregt." – „Ich frage, wo ist Franz?" – „Ich hab ihn nicht in der Tasche." – „Er ist heimlich gegangen." – „Wohl zu einem Patienten." – „Mama, jeden Abend um elf verschwindet er seit einiger Zeit." – „Kind, er ist Arzt." – „Das sagt er auch, aber die Assessorin Lehmann weiß es besser." – „Was weiß Die?" – „Er hintergeht mich." – „Unsinn." – „Die Lehmann kennt die Welt, sie traut ihrem Manne auch nicht." – „Lehmann ist doch nicht Dein Mann, was geht Dich Lehmann an?" – „Mama, daß Franz mich hier auf dem Balle verlassen kann ist Beweis genug. Ich fahre jetzt mit Lehmanns, wenn Du Franz siehst sage ihm er wisse wohl warum. Morgen komme ich zu Dir. Vielleicht gleich mit den Kindern." – „Emmi!" – „Hast Du selbst nicht auch von Anfang an Verdachte gegen ihn gehegt? – „Aber ich bitte Dich ... – „Das kannst Du nicht läugnen, Mama, o, Du durchschautest ihn.

Die Lehmann winkte ihr und beide gingen dem Ausgange zu.

Das sollte nun ein Ballvergnügen sein. Alle waren im vollsten Ergötzen. Licht, Musik, Lust und Leben, wohin man sah, blos ich allein saß auf eitel Sorgen und Kümmernissen.

Da legte sich eine leichte Hand auf die meine. „Warum so nachdenklich?" fragte Erika. – „Ich bin müde." – „Dann wollen wir gehen." – „Amüsiren Sie sich denn nicht?" – „Ich hätte nie gedacht, daß ein Ball so entzückend sei." – „Es ist Ihr erster, aber werden Sie Ballmutter, dann denken Sie anders. Haben Sie viel getanzt?" – „Nur einigemale mit Fritz."

„So ist's recht, er hält sicher und tanzt sinnig, wenn es sein muß. Auf meine Luft nahm er auch Bedacht. Da kommt er."

Onkel Fritz war mit dem Aufbruch einverstanden. Er holte meinen Karl aus den Nebenräumen, wo er einen kleinen Whist mit einigen älteren Herren gespielt hatte. Frieda, der die Wuth- und Aergerthränen in den Augen standen, strebte fort, nur Ida wollte bleiben. „Ich mache solches Furore," sagte sie, „ich bin noch fünfmal engagirt."

Das war ungelogen, denn ihre Tanzkarte war mit Namen bedeckt.

„Fritz“ fragte ich leise, „was hast Du angestellt, um dieses Abscheu ... das ist sie für mich ... nahezu in eine Ballkönigin zu verwandeln?“

„Ein kleines Börsenmanöver Wilhelm. Ich verbreitete, sie sei eine Waise mit achtzigtausend disponiblen Thalern, und da Viele ihre Schwiegereltern am liebsten kalt genießen stieg sie sofort im Kours. Paree, daß viele Herren Morgen ihren Besuch machen?“

„Das fehlte noch! – Aber Kinder laßt uns gehen! Ich bin wirklich angegriffen, denn Ballmutter ist nicht blos für den eigentlichen Abend eine Aufreibung, ach nein, das Schwerste hat sie vorher auszustehen ... und manchmal auch nachher. – Fritz, mummel Erika gut ein, daß sie sich nichts wegholt.“

Bauanschläge

Der Morgen graute kaum, als ein dumpfes unterirdisches Getöse den Schlaf verscheuchte, mit dem ich beim Niederlegen Noth genug gehabt hatte, denn er läßt sich weder wie eine Katze hissen noch locken. Da hilft kein Schmeicheln und kein schelten, er winkt ab, wenn er nicht will.

„Karl!“ rief ich. „Karl! Hörst das Gebumße?“

„Schlaf' nur ruhig weiter, Wilhelmine, Du bist gewiß noch müde vom Ball.“

„Ich wollt', ich wär' es und könnte vierundzwanzig Stunden in einem Rutsch machen.“ – „Bist Du so erschöpft?“ – O, nein, aber was man verschläft, erlebt man nicht. Karl, wo wird denn gehämmert?“ Ich richtete mich auf, um besser zu horchen. – „Bleib doch nur liegen.“ – „Karl, die Wände zittern ja förmlich, was hat das zu bedeuten?“

Mein Mann, der aufgestanden war, sprach mir zu: „Errege Dich nicht unnöthig, Wilhelmine. Wir fangen mit dem Bau an.“

„Womit?“

„Mit dem Bau. Die Maurer brechen die Wand nach dem Grundstück neben an durch ...“ – „Das sagst Du mir jetzt erst?“ – „Um Deine Nachtruhe nicht zu beeinträchtigen. Du quälst Dich zu gerne mit überschüssigen Sorgen ...“ – „Hättest Du mir nur ein Wort gesagt, ich wäre sicher nicht aufgewacht, ich hätte so schön ausschlafen können; wenn man weiß, woher der Lärm entsteht, stört er nicht im Geringsten. Aber das ist so Männerart, wenn die Frau unter dem einstürzenden Gestein verschüttet liegt, erfährt sie immerhin früh genug, daß das Hans umgerissen wird. Keine Minute halte ich im Bette aus." – „Ich rathe Dir ab, in den Kissen verunglückst Du entschieden weicher als mit ohne." – „Karl, Du bist herzlos; was hast Du gestern getrunken?" – „Dein Wohl." – „Ist das eine Antwort? – „Verhält sich aber so. Ich stieß mit Felix auf gutes Gelingen des Baues an und darauf, daß uns Allen vergönnt sein möge, die Hoffnungen erfüllt zu sehen, die wir daran knüpfen, die Alten sowohl wie die Jungen und daß Du gut über die Molesten hinwegkommen möchtest. Betti war der Meinung, Du würdest heute Morgen so fest schlafen, daß gerne angefangen werden könnte." – „Sieh mal an, Betti war auch dabei! Nun ja, zu einem Komplot bin ich noch eben gut genug." – „Minchen, thu mir den Gefallen und steig nicht mit dem verkehrten Fuß aus dem Bett, Du hast heute Anlagen dazu. Ich erwarte, daß Du nachher bei guter Laune bist, denn um Elfen kommt der Baumeister Krause zum Frühstück, wir haben wichtige Dinge zu besprechen, die auf Dein Urtheil lauern. Sei gut, Alte; pummel Dich in Deine Decke und drussel noch ein Endecken. Du weißt doch, Krause ist gemüthlich."

Bevor ich ihm zustöhnen konnte: „Ist die Liste für diesen verflixten Tag noch nicht überbürdet genug?" war er gegangen. „Laß sie bauen," dachte ich, verzweiflungsschwach zurücksinkend, „es ist ja Alles aus Rand und Band, warum soll das arme unschuldige Haus nicht auch sein Theil abkriegen? Mich haben sie mittlerweile mürbe."

Warum war ich so thöricht, mich um andere Leute zu kümmern? Wie schön wäre es gewesen, nur allein mit meinem Karl, zwei bis drei freundliche Zimmer, eins mit Morgensonne, ein bescheidenes Dienstmädchen, weit weg von Berlin, irgendwo am Waldesrande ... die Lerchen singen ... auch einige Hühner ... vier ... sechs müssen es wohl sein ... frische Eier ißt Karl zu gerne ... und ein Hahn ... jede legt ein um den andern Tag ... die beste täglich ... das sind achtzehn Eier die Woche ... nein ... einmal sechs sind sechs und anderthalb mal fünf ... nein ... ein um den andern Tag in sechs geht dreimal ... dreimal fünf sind fünfzehn ... das giebt zusammen einundzwanzig. – Ganz falsch; für die Hühner ist der Sonntag ja auch ein Werkeltag ... also zwei in sieben ... geht nicht auf. Wo bleibe ich mit den beiden halben Tagen, sie legen doch ganze Eier? Das Exempel ward mit jedem neuen Ansatz verwickelter, ich kriegte es nicht, und der vorderste Theil von der Regel de tri war schon weg, wenn ich die letzte Zahl eben in Gedanken an die Wand geschrieben hatte.

Die Thüre öffnete sich und Betti trat ein. „Nun, Mama, ausgeschlafen?“ – „Ich habe kein Auge zugehabt, Kind.“ – „Vorhin, als ich nachsah, schliefst Du wunderschön.“ – „Du irrst Dich, seit Papa ging, liege ich hier und wache.“ – „Aber jetzt ist die Uhr schon nach Zehn.“ – „Zehn?“ – „Willst Du Dich anziehen?“ – „Ich bin so marode.“ – „Dein Kaffee steht warm, den hole ich Dir. Das Frühstück ist auch bereit, die Herren können kommen.“ – „Wenn Du es sagst, muß ich wohl einen kleinen Nick gemacht haben, aber nur einen sehr kleinen.“ – „Sagen wir von'n Stundener drei.“ – „Betti, ist die Zeit denn jetzt auch schon elektrisch? So hat sie früher nie geflogen.“

Ein Happen Imbiß stärkt immer und da Betti hülfreich beim Ankleiden einsprang, ging es mit der Erholung leidlich, sogar nach den Stützen zu fragen hatte ich Kraft.

„Haben Ida und Frieda schon miteinander gekämpft?“ – „Sie gehen sich mit wüthenden Blicken aus dem Wege.“

Die Nummer war also noch nicht erledigt.

„Hat Doris schon gekündigt?“

„Mama, Doris war nur von Ida rebellisch verleitet, sie hat mich gebeten, ein gutes Wort für sie einzulegen.“

„Ist Emmi schon gekommen?“

„Emmi? Am frühen Morgen?“

„Sie will ihren Mann ja verlassen.“

„Mama, Du träumst noch.“

„Sie zieht mit den Kindern zu uns. Die Lehmann hat ihr es gerathen.“ – „Mama, die Lehmann gefällt mir den ganzen Tag nicht, seitdem sie geerbt haben und nur verkehren, wo es hoch hergeht. Ich war nie im Zweifel, daß sie es faustdick hinter den Ohren hatte; höher hinaus wollte sie immer, verstand es nur nicht recht anzufangen und nun sie hoch ist, meint sie wohl, Ton anzugeben bestehe in Familienskandal, den Kniff der wirklich Vornehmen hat sie noch lange nicht heraus.“ – „Wenn der Doktor Emmi nun aber doch Veranlassung zur Eifersucht giebt?“ – „Franz hält viel zu viel von ihr und den Zwillingen, ich werde mit Emmi reden.“ – „Ueber solche Dinge hast Du noch kein Urtheil.“ – „Mama, Felix und ich, wir bewahren ein tiefes Geheimniß, er hat es mir offenbart, damit die Vergangenheit nie einen Schatten auf unser Glück werfe, damit ihn nie der

Vorwurf treffe, er habe mich getäuscht." – „Daß er eine Andere liebte?" – „woher weißt Du ...?" – „Vermuthung, Kind, Vermuthung." – „Aber bevor er mich gesehen und gekannt, Mama. Und doch ahnst Du nicht, welche Qualen ich ausstand, wie ich litt durch seine Aufrichtigkeit. Mir war, als sei ich unermeßlich reich gewesen und nun mit einem Male bettelarm. Dem Stein könnt' ich mißgönnen, daß sein Fuß ihn betrat, so betete ich meinen Abgott an ... fühlst Du das Herzleid nach, das sein Vertrauen mir anthat?"

Was sollte ich antworten? Wovor mir oft im Stillen bangte, daß sie es gerade dann erfahren werde, wenn es am meisten Unheil brächte, das wußte sie nun und das war gut. Denn das Unangenehme kommt immer, wenn man es am wenigsten gebrauchen kann. Ihr sagen, daß das vermeintlich tiefe Geheimniß uns schon Sorge genug bereitete, war zwecklos. Aber wie hatte sie es aufgenommen?"

„Liebst Du ihn darum weniger," fragte ich nach einer Pause.

„Inniger und ernster," sprach sie. „Das Weh hat sich gelegt und zwischen uns ist es hell und klar geworden. Und Emmi darf keine Thorheit begehen, ich werde ihr zureden, die Schwester steht ihr näher als die Lehmann." – „Soll der Doktor leer ausgehen? Mir däucht, er ist doch der schuldige Theil." – „Bei dem wird Deine Autorität besser angebracht sein." – „Autorität? Ja. Wenn er mich aber hinauswirft?" – „Soweit würde Franz sich nie vergessen." – „Nicht mit Anfassen, in aller Freundschaft natürlich, aber draußen ist man doch."

Frieda meldete, daß die Herren zum Frühstück gekommen seien. Sie sah blaß und verwirrt aus. „Frieda," rief ich, während Betti ging, „Frieda, was haben Sie?" – „Nichts." – „Ich dachte, Sie bereuten Ihr Benehmen von gestern. Wenn Max Ihnen zürnt, wer wollte es ihm verdenken?" – „Der wird schon wieder gut, wenn nicht heute, dann morgen; aber Fräulein Schulz hat drei große Blumenbouquets geschickt bekommen und brüstet sich damit. In einer Tour erzählt sie Doris, daß sie getanzt hätte, und eine Andere gesessen. Das geht auf mich."

„Das ist mir sehr gleichgültig."

Sie ging sehr bekniffen davon, aber da ich fest entschlossen war, der Ida den Laufzettel zu schreiben, fiel es mir nicht im Entferntesten ein, irgend welche Partei zu nehmen. Andernfalls hätte sich ein gelindes Donnerwetter ereignet.

Mein Mann, der Baumeister Krause und Felix hatten mit dem Frühstück noch nicht begonnen, bevor ich erschienen war. Wir setzten uns und gar bald lenkte sich das Gespräch auf den Bau. Nach und nach, umzechig mit einem Bissen Pikantes und einem Schluck Wein brachten sie mir stückweise ihre Pläne bei. Der Fabrikbau hatte meinen Beifall, aber als der Hase zu laufen anfing, da sah ich auch, wohin er steuerte und entsetzt erfuhr ich, daß unsere Wohnung in zwei Hälften getheilt werden sollte, die eine für uns, die andere für Felix und Betti.

„Nein," rief ich, „dazu gebe ich meinen Konsens nicht, warum nicht lieber gleich ins Spittel?"

Wie aber wußte der Baumeister die Sache hübsch auseinander zu pellen. Unsere Wohnung hat ihre Unbequemlichkeiten, das ist wahr, und wir Beiden allein können sie nicht benutzen, denn schon jetzt, da einige Stuben als Waarenlager dienen, ist sie zu groß, aber sich von dem liebgewordenen Alten so zu trennen, daß es nicht wiederzuerkennen ist, wer mag das? Ich konnte und konnte mich nicht entschließen.

„Wilhelmine," sagte mein Karl, „während des Baues müssen wir uns eine Zeit lang einschränken, und für Fräulein Schulz wird kein Platz vorhanden sein. Scheint Dir diese Gelegenheit nicht günstig, sie ohne anderweitige Begründung der Mutter wieder an den Busen zu legen?"

„Ja, Karl, wenn die Wohnung umgebaut wird, müssen die Stützen weichen, aber ... Sagen Sie, Herr Baumeister, kann auch ein Erkner eingerichtet werden, wie jetzt so sehr beliebt ist?"

„Das versteht sich."

„Und wie denken Sie über Butzenscheiben?"

„Für Kapellen und Dome halte ich sie vortrefflich, für das praktische Leben jedoch finde ich weißes Fensterglas geeigneter. Man will doch auch Licht im Zimmer haben." – „Mama," sagte Betti, „nimm sie nicht, wenn die Lehmann in ihrem Butzenscheibenboudoir auf der Chaiselongue liegt, sieht sie mies und bleichgrünlich aus, wie ein kranker Schellfisch." – „Kind, Du wolltest ja nach Emmi." – „Gleich, Mama, ich möchte nur erst wissen, wie es mit der Wohnung wird." – „Du hast keine Zeit zu verlieren." – „Also entschließe Dich, Mama, damit ich gehen kann." – „wie denkt aber Emmi über den Bau, sie könnte sich vielleicht einbilden, Du würdest bevorzugt." – „Sie hält ihn für zweckmäßig," erwiderte Betti, „der Doktor aber rieth Felix ab ..." – Sie ward roth übergossen und stockte. – „Warum rieth er ab," fragte ich nach, „was hat er abzurathen? Nur heraus damit." – „Ich will es Dir ins Ohr sagen."

Betti flüsterte mir leise zu.

„Karl,“ rief ich. „Nun erst recht, wir bauen.“

Hierauf erfolgte gediegenes Anstoßen mit den Gläsern und die Sache war gefingert.

Aber dieser Doktor. Was hatte er zu Felix gesagt, um den Bau zu hintertreiben? „Zieh' nur nicht mit auf einen Flur, sonst kriegen die Weibsleute Dich unter.“ Das hatte er gesagt! Empörend! Die Besichtigung der Pläne und eine Durchschätzung des Hauses, wobei wir von einem Zimmer ins andere wanderten, abmaßen, prüften und es bald so haben wollten, bald so, kühlte die Entrüstung über meinen geehrten Schwiegersohn; seine gefühllose Aeußerung legte ich jedoch bis auf Weiteres in die Pökel. Daran soll er noch nutschen.

Als der Baumeister gegangen war, sagte ich zu meinem Karl: „Es ist doch ein wahrer Segen, daß es einen Mann wie Krause giebt. Du sollst sehen, die Wohnungen werden reizend und vor allen Dingen praktisch. Wie zweckmäßig hat er das Kinderzimmer bedacht; wir auf unserem Ende hören keinen Ton, selbst wenn der Aelteste Kloppe kriegt, so doll er schreien kann.“

„Minchen,“ lachte mein Karl, „es ist noch nicht einmal Einer da und Du willst ihn schon durchkalaschen? Halb so hastig.“ – „Ich nehme nur gesetzt den Fall an. Nein, Gewaltmaßregeln gestatte ich nicht. Unter keiner Bedingung. Im Nu bin ich drüben bei Betti, damit nichts Verkehrtes geschieht. Wie mit Kindern umgegangen werden muß, das weiß Großmama allein. Der Doktor hat keinen Dunst davon und Felix nicht einmal einen Hauch. Wie angenehm, daß ich nicht über die Straße brauche.“ – „Hm,“ sagte mein Karl. –

Doris kam und brachte einen Brief; die Adresse verrieth die Handschrift der Schulzen.

„Aha,“ sagte ich, „sie wird gewiß bitten, daß wir ihren Ableger behalten sollen.“ – „Schriebst Du schon?“ – „Ida selbst hat ihr hoffentlich mitgetheilt, daß ihre Stellung unhaltbar geworden ist. Was könnte sie sonst wollen?“

Mittlerweile hatte ich den Brief eröffnet und las.

„Karl,“ rief ich, „mich regiert der Schlag. Dies übersteigt alle Schranken. O, o, wie schändlich. Nein, wie abscheulich!“ – „Wilhelmine,“ trat mein Karl näher, als ich wie eine lebendige Leiche dasaß. – „Diese Person. Ist das glaublich? Ihre Tochter müßte in unserem Hause physisch und moralisch untergehen, wenn sie auch nur einen Tag länger darin verweilte? Hör' blos ... und nun las ich ihm weiter vor: „›Lange genug hat meine Tochter geschwiegen und geduldet ... ‹ geduldet hat sie dreimal unterstrichen. Karl, sag' selbst, wer hat geduldet, Idiß oder ich? ›In ihrer Herzenseinfalt wagte sie nicht zu klagen, vielleicht auch schloß Furcht ihren Mund. Daß sie zurückgesetzt wurde, daß sie wegen geringfügigster Kleinigkeiten mit gewaltsamer Einsperrung bedroht wurde‹ – Karl, sie ward nur manchmal zu Bett geschickt – ›daß sie hungerte‹ – Karl, bei uns hungern! – ›daß wahnsinnigste Noth sie zwang, heimlich Abfall zu nehmen und sie darob gescholten ward, als man Brosamen beim Visitiren in ihren Taschen fand‹ – Karl, ist Backobst Abfall, sind Stückenzucker Brosamen? – ›deshalb will ich Sie diesmal nicht zur Verantwortung ziehen weil ich wünschte, daß Edith strenge genommen werden möchte, obgleich ich unter Strenge keine Brutalität verstanden haben wollte, aber daß meine Tochter zu entehrenden Arbeiten angehalten wird, daß sie Knöpfe in Herrn Buchholz Unterzeug nähen muß, das zwingt mich, mein Recht geltend zu machen‹." – „Ist das wahr?" fragte mein Mann. – „Was?" – „Das mit den Knöpfen?" – „Karl! wo ich Deine Wäsche alle selbst ausbessere und jedes Stück so unter der Tischkante halte, daß es nicht zu sehen ist! Offenbare Lügen sind es. Daß wir so Eine kriegen mußten!" – „Ich sagte Dir ja gleich, daß sie mir nicht gefiel, aber Du warfst mir Mangel an Menschenkenntniß vor. Erinnerst Du wohl?" – „Sei nur nicht böse, mein guter Karl, ich habe mich verhauen, zürne nur nicht. Aber der Brief ist noch nicht zu Ende. Drachendinte hat die Person in ihrer Feder gehabt, denke blos, sie will noch was heraus haben, sie schreibt: ›Das Kostgeld werden Sie zurückerstatten, da Sie Darben unmöglich für Beköstigung ausgeben können?‹ – Dick und fett hat Ida sich angedarbt. Hätte man gewußt, daß es so kommen würde, ich hätte sie vorher wiegen lassen. – ›Außerdem verlange ich für mein gemißhandeltes Kind tausend Mark Schmerzensgeld ..., die Sie hoffentlich auf gütlichem Wege zahlen. Mein Bedauern darüber aussprechend, daß eine Sache, von der ich mir den besten Fortgang versprach, ein so unverwünschtes Ende nehmen muß, verbleibe ich hochachtungsvoll und ergebenst D. Schulz. – P. S. Noch heute hole ich meine Edith ab und erwarte, daß das Andere bereit liegt.‹ – Karl, müssen wir das Geld hergeben?"

„Habt ihr schriftlichen Kontrakt gemacht?" – „Nur mündlich und Bestimmtes gar nicht." – „Dann wird sie prozessiren." – „Karl," schrie ich angstvoll, „doch nicht vor Gericht?" – „Wo sonst?" – „Das überlebe ich nicht. Aber sie muß denn auch bezahlen, was Ida zerbrochen hat. Der Sahnentopf war mindestens seine fünfundachtzig Pfennige werth und was sie außerdem noch lieferte. Im Verruiniren hatte sie erstaunliche Fertigkeit. Laß die Mutter nur kommen."

„Ich werde mit ihr unterhandeln," sagte mein Karl. „Du wirst mir krank, das will ich nicht. Lasse die Angelegenheit ruhen, bis ich zurück bin, ich hole mir bei einem Anwalt Rath." Er nahm den Brief und ging.

Sollte man solche Schlechtigkeit für möglich halten? Aber mir geschah schon recht, warum hörte ich auf die glatten Worte, als die Schulzen mich als Muster der Häuslichkeit pries und in den Himmel erhob. Das war Deine Eitelkeit, Wilhelmine, die spielte Dir den Streich, Du gedachtest der Frau zu zeigen, wie unübertrefflich Du Ida ausbildetest, wie sie Dein Lob singen würde, sonst hättest Du in den ersten acht Tagen gesehen, daß Deine Kraft für diese Verstocktheit nicht ausreichte. Nun sitzt Du da mit dem dicken Kopf, Wilhelmine. Und wie dick."

Betti fand mich ziemlich verzweifelnd und niedergeschlagen, als sie kam, aber sie brachte erfreuende Nachrichten. Allerdings war es keine Kleinigkeit für Emmi gewesen, daß ihr Mann das Haus seit einigen Wochen fast ganz vernachlässigte. Anfangs hatte sie ihm auch geglaubt, daß er einen reichen zugereisten Russen behandle, der gegen ein glänzendes Honorar des Doktors sämmtliche freie Zeit in Beschlag nahm, aber als die Lehmann eines schönen Tages den Doktor in der Mittagszeit mit einer verschleierten Dame in der Equipage gesehen, schöpfte sie Verdacht. Obgleich er nun gestand, daß sein Patient des Russen Gemahlin sein, wuchs Emmi's Argwohn, denn warum sagte er nicht gleich die Wahrheit? Damit sie sich keine Gedanken machte? Das war nun mit Hülfe der Lehmann doch geschehen. Gestern als der Doktor vom Balle verschwunden, sei sie zu dem Entschluß gekommen, diesem Zustand ein Ende zu machen, aber gerade in dieser Nacht ist die Russin gestorben. „Wie furchtbar, Mama, vom Ballsaal an das Sterbebett. Ein Arzt hat es fürwahr nicht leicht." – „Und nun hat Emmi sich gegeben?" – „Der Doktor nahm sie heute mit hinaus zu dem Russen, sie hat die Todte gesehen und ihr Blumen gebracht, obgleich sie erst sich sträubte. Da hat der Russe ihr gedankt für die Rosen und sie um Verzeihung gebeten, daß er ihren Gatten so oft und lange in Anspruch genommen. Seiner Umsicht sei es gelungen, das fliehende Leben noch einige Wochen zu halten, für jeden Tag, für jede Stunde sei er ihr dankbar. Und dann schenkte er ihr eine goldene Kette, Feodorowna habe sie getragen. So oft sie die Kette sieht, wird sie hoffentlich daran denken, daß es besser ist, dem Manne zu vertrauen als einer sogenannten Freundin." – „Ja, Betti, wenn sie Alle so klug wären wie Du." – „Ich habe mein Theil durchgemacht, Mama." – „Ich noch nicht." – Und nun erzählte ich ihr die neuesten Neuigkeiten von Ida und der Schulzen. Sie dachte, sie sollte auf den Rücken fallen.

Kurz vor dem Mittagessen erschien die Schulzen. Sie ward in die gute Stube genöthigt und da mein Mann noch advokatete, mußte ich die Honneurs machen. Sie waren aber auch danach, „Wo ist meine Tochter," fragte sie, nachdem sie Platz genommen. „Wahrscheinlich auf ihrem Zimmer." – „Sie packt wohl ihre Sachen?" – „Möglich." – „Sie haben ihr gesagt, daß ich mein armes Kind abhole?" – „Nein! Sie hielt es für gut, sich mir nicht zu zeigen, und ich für noch guter, sie total ungeschoren zu lassen." – „Dann weiß sie kaum, daß ich hier bin?" – „Von mir nicht." – „Ich habe mich sehr in Ihnen getäuscht, Frau Buchholz." – „Bitte, das beruht auf Gegenseitigkeit." – „Kann ich anders als meiner Idiß Glauben schenken? Können Sie entkräften, was sie mir klagte?" Dabei holte sie einen Brief heraus, den sie mir hinhielt. Er war von Ida und enthielt alle die Anschuldigungen, welche die Mutter mir in ihrem Schreiben aufmutzte. „Ob Ida wohl die Stirn hat, in meiner Gegenwart auf ihren Lügen zu bestehen?" dachte ich. – „Entkräften," sagte ich zur Schulz, „kann nur Eine diese Behauptungen, Ida selbst. Wir wollen sie rufen lassen. Oder besser, wir gehen hinauf und Sie bleiben hinter der halbgeöffneten Thüre stehen, damit sie jedes Wort vernehmen, während ich mit Ida rede."

Sie sperrte sich, aber ich blieb auf meinem Stück. Als ich in Ida's Zimmer trat, lag sie auf dem Bette und ruhte von dem Balle aus. So gut hatte ich es nicht gehabt. „Ida," sprach ich, „Sie wünschen fort von uns, nicht wahr?" – Sie schwieg. – „Ist Ihnen je Unrecht geschehen?" – Wieder keine Antwort. – „Haben Sie jemals gehungert?" – Kein Ton.

Wie die Schulzen wohl hinter der Thür triumphirte.

„Warum beklagen Sie sich Ida?" – „Ich beklage mich ja nicht." – „Weshalb schrieben Sie denn diesen Brief?" – Sie riß die Augen auf und glotzte das Papier an.

„Ich ... ich dachte mir weiter nichts dabei." – „Auch nicht, daß Sie mich dadurch kränkten." – „Das wollte ich nicht. Mama sollte ihn gleich verbrennen." – „Sie hat ihn mir aber gegeben. Ida, wie konnten Sie es über sich gewinnen, so zu handeln?" – „Frieda sagte mir, Sie hätten gesagt, Sie würden mich aus dem Hause jagen und da ...? – Und da?" – „wollte ich lieber erst schreiben." – „Und alle Schuld auf mich wälzen?" – „So schlimm meinte ich es nicht." – „Sie waren nur unüberlegt, nicht wahr?" – „Ja," sagte sie kaum hörbar. – „Das, will ich auch zu ihrem Besten annehmen. Und nun, Ida, seien sie ehrlich. Sie haben viel gut zu machen, Ida. Wir wollen nicht im Zorn scheiden. Sie thun mir leid armes Kind, aber zusammen bleiben können wir nicht. Ihre Mutter ist da und wird Sie mitnehmen." Die Schulzen trat ein. Ida wandte sich ab. Wir ließen die Beiden unter sich.

Es dauerte lange, ehe die Schulz wieder herunterkam. Sie war sehr still. Mein Mann, der sich schon auf einen heftigen Disput eingerichtet und mit vielen juristischen Schlauheiten zu unseren Gunsten verbarrikadirt hatte, erwartete nichts weniger als diese vollständige Umkrempelung, welche Hoffnung auf friedfertige Lösung der mehr als branstigen Frage verhieß.

„Sie wolle und könne ihre Tochter nicht frei von Fehl sprechen? äußerte sie, wenn auch Mißgriffe von beiden Seiten vorgekommen sein möchten. Idiß habe sich übereilt, um so mehr, da den Aufmerksamkeiten der Ballherren nach zu urtheilen, ihre Tochter sehr gefallen haben müsse. Drei prachtvolle Bouquets dürfe man nicht unterschätzen. Dann fragte sie, was Herr Kleines für eine Persönlichkeit sei? Ich verwies sie an den Polizeileutnant, der könne genaue Auskunft geben.

Sie mag ihr Glück versuchen, aber die Beiden zusammenzugeben sträubt sich jedes Standesamt, wenn sie hingegen gemeint hat, ich hielte ein Heirathskontor, dann war sie wie Eine, die Blücher für einen verstorbenen Tenor hält, weil er dicht beim Opernhaus steht.

Doris mußte einen Dienstmann besorgen und Mutter und Tochter verließen das Haus. Auf den tausend Mark bestand die Schulz weiter nicht und da sie das Kostgeld überhaupt noch nicht entrichtet hatte blieb dieser Punkt unerörtert. Sie war eine richtige Blindschleiche in Bezug auf die von ihr zu leistenden Moneten.

Am Abend vergaß mein Mann seinen Bezirksverein zum ersten Mal nach langer Zeit, und Doris sang in der Küche. Ich ging zu ihr und fragte warum sie so fidel sei? „et is zu scheen mit det Bauen," antwortete sie, „man sieht doch mal wat Lebendiges uf'n Hof, un man hat die Schulzen nich mehr hinter sich herum zu stehen. Jott, Idiß, daht se heißen, aber det war ooch Aliens, wat se konnte. Bei die hatt'n Ferd Jevatter jestanden."

„Doris," lenkte ich ab, „da doch Maurer im Hause sind, kann einer gelegentlich die Maschine nachsehen, sie rauchte oft recht belästigend." – „Det lag janz wo anders dran," lachte Doris, „wenn nämlich Madame in Sicht war, nahm die nunmehr alle jewordene Idissen en ollen düchtigen Feierbrand un blaakte die Küche mit aus. Det schlug denn nu hellisch uf den Asmus un Madam zog Leine. Na ick sage, det war 'ne janze Jerissene. Uebrijens kann't die Maschine nich schaden, wenn so mal ufjemuntert wird. En halber Dag Arbeet wird jut dran sind."

„Es ist sündhaft kaputmachend mit ihr umgegangen," mußte ich kopfschüttelnd bestätigen.

„Nehmen wir nu wieder 'ne neie Idiß?" fragte Doris.

Nein, wenn man von Einer, die noch zugiebt, auch nur Unbrauchbarkeit beanspruchen darf, so habe ich mehr davon genießen müssen, als meine bisherige Phantasie sich vorstellen konnte. Man muß des Guten nie zu viel wollen, Doris."

„Det is et allebend."

Zurück aus der Pension

Die Frau Polizeileutnanten hatte mir zwar schon öfters im Verborgenen angedeutet, daß sich ein Umschwung vollziehen würde, sobald ihre Tochter aus der Pension in der Schweiz zurückgekehrt sei, aber was sie eigentlich im Sinne hatte, damit kam sie erst ein paar Tage vor der richtigen Ankunft zum Spruch, weil sie sich wohl dachte, wenn man Jemand vor den Kopf stoßen will, es dusemang nacheinander angenehmer ist, als auf einmal heftig.

„Sehen Sie, liebe Frau Buchholzen," sagte sie, „ich fürchte, ich bin genöthigt, um meiner Mila willen unsern bisherigen Umgang etwas genauer anzusehen, denn was nützt die feinste Conduite, wenn das Kind sich das Gewöhnliche wieder annimmt? Bedenkt man blos die immensen Kosten, allein die Nebenausgaben für die Extraprivatstunden und das gesellschaftliche Exterieur, so will man doch auch, daß die enormen Depensen nicht umsonst gebracht worden sind."

„Da hätten Sie das Geld nur gleich in die Spree werfen können," erwiderte ich, „dann hörten Sie es wenigstens plumpsen."

„O nein,“ entgegnete sie ziemlich spitznäsig, „da täuschen Sie sich bei meiner Mila radikal, weg ist bei der nichts! Sie bringt eine großartige Tournüre mit, jedoch wer weiß, ob sie fest genug sitzt?“ – „Ich würde ein starkes Hilfsband annähen, denn der Blam, wenn sie in Gleitung geräth.“ – „Wer, Mila?“ – „Nein, die Lawine, die sie sich untergedonnert hat.“ – „Ach so ..., ich bitte Sie; es ist wohl nicht comme il faute, solche Secrete zu erwähnen.“ – „Aber man trägt sie doch.“ – „Das erfordert der Anstand, was ich hingegen meine, das Allervollkommenste, was Mila sich erworben hat, geht am Ende verloren, wenn ihr Verkehr kein Verständniß dafür hat. was nützt ihr die perfekteste Pariser Prononciation, wenn sie auf steinigen Boden fällt?“

„Lassen Sie sie fallen,“ wollte ich sie beruhigen, „wir Beide sind auch ohne durch die Welt gekommen. Und namentlich jetzt, wo die Hälften Speisekarten deutsch geschrieben werden, ist es so gut wie vergebens. Dafür hätten Sie nichts ausgeben brauchen.“

„Ueber diesen Punkt werden wir wohl schwerlich jemals conform,“ sagte die Polizeileutnanten und richtete sich großartig gerade auf, „über Distinktion hat Jeder seine eigenen Ansichten. Ich werde schon dafür sorgen, daß sie in Routine bleibt und nicht verbauert.“

„Verbauern ist wohl ein bischen hart,“ wagte ich einzuwenden. – „Durchaus nicht. Neulich war ich in Gesellschaft, und als die jüngeren Leute nachher tanzten, mußten zwei Mann das Spinde halten, sonst wäre uns die Büste vom belvederischen Apoll auf den Kopf gefallen.“ – „Daran wird der Architekt schuld sein; sie fundamentaliren heutzutage ja Alles so dünn und schwankend.“ – „Wer sich Grazie aneignet, tanzt auf einem Seile, ohne daß etwas herunterfällt, aber die kann man nur von Franzosen lernen. Bei denen ist Alles schick.“

„Ich glaube recht gern, daß den Französinnen das französische ganz gut steht,“ erwiderte ich, „aber ob ihre Art von Manieren Andere kleidet, das ist ein Fragezeichen. Onkel Fritz meint auch, es wäre kein Plan, sich als Gorilla der Franzosen etwas einzubilden.“ – „Naturellement,“ rief sie, der weiß Alles besser! Aber er wird konsternirt sein. Allerdings erwarte ich von ihm, daß er sich in seinen Äußerungen beschränkt, wie ich überhaupt von unseren Bekannten hoffe, daß sie die Regards theilen, welche ich meiner Tochter schuldig bin.“

Ihre Anzüglichkeit war mir ohne Telephon verständlich, aber ich hielt es für richtig, den Aerger wieder niederzuschlucken, der hochkam, und ließ sie vorläufig auf eine Antwort lauern.

Damals, als es galt, ihre Mila aus dem Garn des Herrn Kleines zu retten, war ich ihr gut genug und wenn sie sonst etwas hat, kommt sie bei mir Erfahrungen borgen, die man auch gern giebt, weil man sie hat, und nun mit einem Male ist das Plunder gewesen. Denn was war der langen Brühe kurzer Sinn? ›Buchholzens, Ihr seid uns nicht kultivirt genug, weil wir eine in der Pension ausgebildete Tochter haben:‹

Früher hätte es ganz bestimmt ein Aufgebot gegeben, allein wenn man älter wird, überlegt man das Unangebrachte und bedenkt die Folgen. Erzürnen ist leichter als Wiedervertragen und wo ein Loch in die Freundschaft riß, merkt man nachher doch immer den Flicken.

Sie that gleich daraus wieder sehr andringend und bestand darauf, daß wir an der Assamblee theilnähmen, die sie bei Mila's Wiederkehr geben würde, und betonte ausdrücklich: „Ihr Herr Bruder darf nicht fehlen, es wäre mir lieb, wenn er sich selbst überzeugte, wie ungerecht er in seinem Urtheil ist. Savoir vivre erhält man doch nur durch französische Edukation.“ – Sie wird es wohl wissen, dachte ich und sagte denn auch zu.

Meinem Manne verhehlte ich die Unterredung mit der Frau Polizeileutnanten, theils um Mißverständnissen vorzubeugen, die es jedenfalls gesetzt hätte, theils weil ich überzeugt war, diese Sorte Hoffährigkeit würde sich schon geben. Onkel Fritz dagegen bestellte ich, daß er vorsichtiger auf sich achten müsse, wenn er ferner Gnade finden wolle, aber er lachte und sagte: „Wilhelmine, wenn sie sich nur keinen Fettflecken macht.“

Auffällig war mir jedoch, daß Mila mitten im Termin wieder kam und ein halbes Vierteljahr vorausbezahlte Bildung schießen ließ. Es konnte ja aber auch sein, daß sie bereits komplett ausgelernt hatte, und fragen mochte ich nicht, denn wenn Jemand die Wahrheit nicht sagen will, dann sägt er etwas Andres, worauf man ebenso klug ist wie vorher. Es kam jedoch später bengalische Beleuchtung in diese Dunkelheit. –

Sehr vortheilhaft war, daß ich nichts Neues anschaffen brauchte, obgleich wohl Extra-Anstrengungen erwartet wurden. So hoch stehen sie doch wohl nicht, daß mein braunes Moiré'nes nicht gelangt hätte. –

Der große Tag erschien. Mila war am Abend vorher angekommen und die feierliche Vorführung konnte stattfinden.

Gebeten war zu um Achten. Mein Karl leistete eine Droschke, da es seit einiger Zeit regnete, daß die Steine anfingen weich zu werden. Seitdem die Wissenschaft sich auf das Klima geworfen hat, ist es selten trocken, wenn man es gebraucht, aber so geht es mit Allem, worin die Gelehrten ihre Hände haben: sie sind zu unpraktisch. Onkel Fritz hatte gleich gesagt, daß er bei schlechtem Wetter seine Frau nicht mitnehmen würde, und erschien nachher denn auch solo allein.

Als wir nun eintraten, sah ich denn sofort, daß die Frau Polizeileutnanten mir in der Toilette klüfteweit über war. Sie kam uns in moosgrünem Plüsch entgegengeschimmert, Goldkäferschuhe an und die Haare von einem fachmännischen Friseur konstruirt. Ein Panorama macht es ihr nicht verbaffender nach.

In solchen Momenten kann die Beanstaunung nur stumm sein, weshalb ich auch keinen Ton redete, obgleich sie brennend lüstern schien, daß ich mit außerordentlichen Empfindungen über ihren Staat herausplatzte. Ich that jedoch den ganzen Abend, als wenn mir das Kleid schon bekannt wäre, was ihr sichtlich mißfiel, aber wo es vornehm zugehen soll, spricht man nicht von dem Aeußern.

Als ich nun Mila in alter gewohnter Weise begrüßen wollte, machte diese mir eine Verbeugung mit einem Schritt zurück und tiefer Neigung des Oberkörpers nach vorn über, daß ich unwillkürlich ausrief: „Herrjeh Mila!“ Darauf kam sie zu sich und gab mir die Hand. „Sie sind gewiß froh, wieder in der Heimath zu sein?“ – „Ach,“ erwiderte sie, „ich werde mich schwer akklimatisiren. Chere Mamman muß manches modificiren, wenn es mir konveniren soll. Um ein Uhr das Dejeuner und um sechs das Diner ist mir zur Usance, wie sagt man noch gleich ... zur zweiten Natur geworden. Cher Papa wird sich gewiß accommodiren, wenn er auch sagt, es ginge nicht.“ – „Früher gefiel es Ihnen doch, wie es überall Gebrauch bei uns ist.“ – „O mon Dieu,“ rief sie, „da hatte ich die Welt noch nicht gesehen. Aber erlauben Sie, daß ich Ihnen eine Freundin aus der Pension präsentire, die einige Wochen bleibt, damit ich Gelegenheit zur Konversation habe.“

Sie hippelte von dannen und brachte ein junges Mädchen mit sich das ebenso wie Mila in rosa Popeline ging, ebensolche hochhackige Rosaschuhe trug und ganz niedlich aussah bis auf die Augen, worauf sie etwas schüchtern war. Wie sie eigentlich hieß, das ward mir nicht kund, da Mila nun mit dem echten Pariser Aveck loslegte, wobei die Andere ihr sehr zungenfertig half.

Während mich das Gerappel wegen seiner Unverständlichkeit in ziemliche Verlegenheit setzte, ging die Frau Polizeileutnanten förmlich in Verklärung auf, jedoch bin ich im Zweifel, ob sie gründlich folgen konnte, denn sie horchte mit verdächtiger Aufmerksamkeit hinter jedem Wort her, und ihr Beifallsgrienen litt an auffallender Unsicherheit.

Zum Entweichen aus dieser Peinlichkeit waren noch mehrere Gäste vorräthig, die man kennen lernen mußte, und mit den Worten: „Sie können es ja sehr schön, Mila“ trennte ich mich von den beiden Rosafreundinnen mit dem französischen Sprechanismus, um erstmal in Bausch und Bogen vorgestellt zu werden.

Manche von den Gesichtern waren mir gänzlich fremd, aber da es sich nicht schickte zu fragen, was es für Geister seien, nahm ich Platz und trank eine Tasse Thee, die von einem weißbehandschuhten Lohndiener gereicht wurde, „viel höher kann man nicht hinaus als mit einem Lohndiener,“ dachte ich und orientirte mich allmälig in meiner Nachbarschaft.

Die Dame neben mir auf dem Sopha machte allerdings einen etwas aufgefärbten Eindruck. Sie war aber durchaus nicht blöde, sondern forderte mich gleich auf, einem Verein für das Hundeasyl beizutreten, dem auch sie angehörte. „Verehrte Frau Lehmann,“ wehrte ich ab, „erst kommen bei mir die Menschen und dann die Thiere.“ – „Wir nehmen die kleinste Gabe,“ setzte sie mir weiter zu, „jedenfalls darf ich Ihnen ein halbes Dutzend Entrees zu unserem nächsten Unterhaltungsabend mit Tanzkränzchen senden, dessen Reinertrag für das Asyl bestimmt ist.“ –

„Nein,“ sagte ich, „für Hunde tanze ich nicht. Damit Sie jedoch nicht glauben, ich sei knauserig, will ich Ihnen einen Beitrag schicken und meinen Mann auch dazu stempeln.“ Sie gab mir daraus ihre Visitenkarte, woraus ich denn ersah, daß sie gar nicht Lehmann hieß, wie ich gehört zu haben vermeinte, sondern sich Lemoin schrieb. „Sie haben sich wohl nach der neuesten Orthographie umkatern lassen?“ fragte ich scherzend. – „Wir sind von der Kolonie,“ sagte sie.

Ihr Mann sei französischer Sprachlehrer, erklärte sie weiter und solle Mila'n nachhelfen, denn unter uns gesagt, fehle es ihr noch unverantwortlich in der Grammatik und das wäre doch die Hauptsache. Ob ich nicht ein paar Schülerinnen wüßte, sie könnten gerade welche brauchen, die Zeiten seien schlecht. Sie könnte sich wegen des Vereines dem Hausstand nicht widmen, wie sie wohl möchte, aber wenn sie sich keine Mühe gäbe, geschähe gar nichts für die armen Thiere; in den letzten Tagen hätte sie ein grausames Droschkengeld verfahren, um Schauspieler für die Vorträge an dem Unterhaltungsabend zu gewinnen und ihr Mann habe im Gasthaus speisen müssen. Einige Stunden mehr würden ihnen sehr unter die Arme greifen. – Das glaubte ich ihr aufs Wort.

Nun kam Onkel Fritz. Mila versuchte mit ihrem Tanzmeisterknix einen großen Eindruck zu bewerkstelligen, aber der Zauber verfing nicht bei ihm, weil er schon zu viel Ballet gesehen hat. Er sagte etwas Verbindliches über ihr Aussehen, worin er auch recht hatte und that sonst, als wäre sie von einem Abstecher nach Rixdorf zurückgekommen.

Die Herren vertieften sich nach der Begrüßung in ein politisches Gespräch, und wenn sie das erst angefangen haben sind sie ja wie in einem unentdeckten Welttheil: vollständig unzugänglich und nicht zu bekehren, warum wird es nicht verboten, da wir doch den kleinen Belagerungszustand haben?

Um die Unterhaltung der Damen zu beleben zeigte die Polizeileutnanten uns einen prachtvollen Blumenstrauß, der am Morgen für Mila gesandt worden war. Sie hätten lange gesonnen, von wem er wohl herrühre und seien schließlich auf Amanda Kulecke verfallen, die noch erwartet werde. Wir rühmten Amanda einstimmig wegen dieser Aufmerksamkeit, wie sie ja überhaupt ein prächtiges Mädchen ist, wenn auch ein bischen groß und sehr geradezu.

Mila eilte öfter auf den Flur, um zu sehen, ob sie noch nicht käme, bis die Mutter ihr sagte, sie möchte doch ruhig sitzen bleiben. Das Getripple und grazienhafte Hinaus- und Hereingeschwebe war auch unausstehlich, zumal sie sich dabei hatte, als wollte sie sagen: seht doch blos, wie unmenschlich gentil ich mich bewege.

Nach meinem Geschmack war sie viel zu machig, immer alles ete peteete mit zwei Fingern angefaßt und die übrigen in die Höhe gespreizt, als sollten sie davonfliegen. Entweder war sie schon zu lange in der Bildungsanstalt gewesen oder sie hatten sie zu früh herausgelassen.

Da erschien Amanda. Mila auf sie zugeeilt und umarmt, daß diese herzliche Wiedersehensfreude wohlthuend wirkte. „Ich muß dir nothwendig etwas sagen,“ sprach Mila und versuchte sie fortzuziehen, aber Amanda entgegnete: „Das hat wohl noch Zeit, Kind, ich muß mich erst bei Deiner Mama wegen meines späten Kommens entschuldigen.“ –

„Sie haben einen weiten Weg bis zu uns," kam die Polizeileutnanten ihr entgegen. „Aber Sie sind arivirt und das ist die Hauptsache. Mila hat sich bereits sehr nach Ihnen gesehnt, um Ihnen für die prachtvollen Blumen zu danken."

„Blumen?" fragte Amanda erstaunt. „Was für Blumen?"

„Nun, dieses magnifique Boukett," sagte die Polizeileutnanten und wies auf den kostbaren Strauß.

„Unsinn," lachte Amanda, „solche Ueppigkeiten erlauben mir meine Mittel nicht."

Mila zwinkerte ihr während dessen immer mit den Augen zu und rief: „Du verstellst Dich, gesteh' es nur, sie sind von Dir."

„Nee," wiederholte Amanda, „keine Idee!" – „Doch, doch!" beharrte Mila.

Man war allgemein aufmerksam auf diesen Wettstreit geworden und der Herr Polizeileutnant, der näher getreten war, sagte sehr nachdrücklich: „Wir glaubten, die Blumen kämen von Ihnen, Fräulein Kulecke."

„Das war eine optische Täuschung," erwiderte Amanda.

„Hast Du keine Ahnung, von wem sie sein mögen?" fragte der Vater Mila strenge und sah sie forschend an. Diese ward rosaröther als ihr Kleid und fing an französisch zu reden. „Mit mir kannst Du deutsch sprechen." – Mila zuckte die Achseln und schwieg.

Mein persönlicher Verdacht fiel sofort auf Jemand, der es fertig bringt, sich mit Bouketts und ähnlichen Galanterien in Familien einzunisten, aber ich behielt diesen Lichtblitz für mich. Der Polizeileutnant war so verstimmt, daß es gut schien, kein Aufheben weiter zu machen, vielleicht war er ebenfalls meiner Ansicht, allein ich machte es trotz verschiedener Anspielungen wie die Sphinx, welche ohne eine Miene zu verziehen Sand auf die wichtigsten Fragen streut.

Da Amanda gekommen war, konnte jetzt zu Tisch gegangen werden. Die Platzsetzung hatten sie derart getroffen, daß Alles, was sich mit Französisch auskannte, zusammenkam, während der andere Flügel sich keinen Zwang anthun brauchte und gemeines Deutsch reden durfte.

Onkel Fritz brachte die Unterhaltung bald in Fluß und erzählte, daß man für nur fünfzig Mark jetzt Großgrundbesitzer in Afrika werden könnte; er hätte riesige Lust, sich zu betheiligen, wie die Anderen darüber dächten?

Die Asylfrau meinte, es gäbe näherliegende Aufgaben bei uns zu lösen. Bevor das Hunde-Heim nicht ins Leben gerufen sei, habe sie keinerlei Interesse für Kolonialbestrebungen.

Onkel Fritz erklärte dagegen, daß er für seine Person von den Kolonien viel erwarte, er hätte neulichst erst eine große Kiste mit billigen Bronze-Landsknechten nach der Südsee geschickt, jeder mit einem Banner, worauf stände „Genöthigt wird nicht," da man sie wegen Massenproduktion hier nicht mehr los würde ... – „Das heißt doch die Menschenfresserei überflüssig unterstützen," rief Amanda Kulecke aufgebracht. – „Nicht doch," entgegnete Onkel Fritz, „die Landsknechte machen den Wilden größeres Vergnügen als uns, da sie bereits die Destillationen kunstgewerblich verfeinern. Es wird auch höchste Zeit, daß die Kameruner durch unser Mittelalter beglückt werden.

Hierzu hatten wir Zander mit zerlassener Butter und Salzkartoffeln, letztere schon etwas zu lange gestanden. Als die Teller gewechselt wurden, erhob sich Herr Lemoin und brachte einen französischen Toast aus. Dies war vermuthlich der Glanzpunkt, weshalb sie ihn trotz seiner Malproperteh zugezogen hatten. Mila blickte ihm satzweise Beifall zu und die Mutter that auch, als ob sie es beurtheilen könnte, nur mit dem Unterschied, wenn Mila rechts nickte, nickte sie links. Das Französische ist gewiß sehr benutzbar, wenn man sich Geheimnisse auf Postkarten mittheilt, welche die Dienstboten nicht entziffern sollen, oder zu Schularbeiten, für Tischreden eignet es sich dagegen nur mangelhaft. Ich verstand nichts davon, aber weil es sein Geschäft ist, nahm ich es ihm nicht weiter übel. Der Mann will ja auch leben. Dann gab es Rehrücken und Pute, ziemlich von Geschmack, aber doch, wie man gleich herausprobirte, vom Restaurateur, und die Saucen gingen wie gewöhnlich falsch herum. Der Polizeileutnant, der dies merkte, sagte deshalb zu Mila, die ihm schräg a vis saß: „Gib mir mal die Putensauce", worauf die denn, um sich lieb Kind zu machen, rasch aufsprang und den Napf mit den Worten ›voila Papa‹ herüberlangte. In der Hast aber war ihr wohl die Graziösität mit den Fingern im Wege und klacks lag der Voila auf dem Tisch in den Reineclauden, die noch erst gereicht werden sollten.

„Da hat mehr Platz, wenn's gut gepackt wird," rief Onkel Fritz, um den Vorfall mit einem harmlosen Witz zu tödten, aber er hatte sich versehen, das war hier nicht angebracht, denn Mila ruckelte vom Tisch aus, warf ihren Stuhl in Wuth um und eilte ins andere Zimmer, von allgemeinem Nachsehen begleitet.

Ihre Freundin blieb angstvoll sitzen und sah ganz schief vor sich hin. Sie spricht nur so gebrochen deutsch, das Niemand aus den Scherben klug werden kann und hatte nicht verstanden, was eigentlich geschehen war, weshalb sie sich mit Unglücklichaussehen behelfen mußte. Es war uns Allen ja auch nicht angenehm, obgleich die Frau Polizeileutnant sich äußerlich nichts ankommen ließ, aber ich bemerkte unbestreitbar, wie sie sich innerlich verdroß und wie sie sich anstrengte, gleichgültig zu erscheinen, warum wurde sie denn sonst abwechselnd weiß und roth und kaute auf der Unterlippe? Wenn der Mensch sich selbst anbeißt, ist er einfach wüthend.

Mila blieb fort. Amanda suchte sie zu besänftigen, aber ohne Erfolg. „Ich weiß nicht, was ich ihr gethan habe?“ beklagte Amanda sich, als sie wiederkam. „Mila schalt mich eine treulose Verrätherin und stieß mit dem Absatz nach mir. Das hätte ich nicht von ihr erwartet.“ – Diese Mittheilung war keineswegs zur Erhöhung der Völkerfröhlichkeit geeignet.

Der Lohndiener hatte mittlerweile eine frische Serviette über das Malheur gedeckt und eine Apfeltorte hingesetzt, die freilich ganz gut auszusehen schien, aber doch klietschig war. Na, ich aß, um Niemand zu beleidigen, indeß loben konnte ich nicht.

Als die Tafel aufgehoben war, gingen die Herren ins Rauchzimmer und wir Damen blieben unter uns.

Die Polizeileutnanten hatte sich entfernt, wahrscheinlich um Mila einen Text zu lesen, wozu sie weiter keine Kanzel brauchte. Meine Ansicht ist die, daß Mila keine genügende Grundlage besaß, als sie fort kam. Ihr Charakter war vernachlässigt worden und nun blieb die Erziehung nicht recht hacken.

Amanda setzte sich zu mir und vermochte sich gar nicht über Mila's Benehmen zu beruhigen. „Nennen Sie das wohlerzogen?“ fragte Amanda. – „O, nein. Der wahrhaft Gebildete macht keine Geräusche. Er schmettert weder Stühle um, noch bufft er.“ – „Aber wie konnte sie sich so vergessen?“ – „Es war wegen der Blumen,“ flüsterte ich ihr zu. – „Wieso?“ – „Mila wollte, Sie sollten sagen, das Boukett sei von Ihnen. Haben Sie denn das Geplinkere nicht bemerkt?“ – „wie kann ich wissen, was sie vorhatte?“ – „Sie haben solche Fisimatenten nicht gelernt und das schadet nicht. Vielleicht ist es besser, die Mutter erfährt gleich, wie die Uhr geht, als wenn es zu spät ist. Soviel sage ich jedoch, sie kann mir dreist Zucker anbieten, auf den Kriegspfad gehe ich nicht wieder mit.

Aufopferung ist bei den Leuten nicht anwandt.“ – „wie meinen Sie das?“ – „Nichts, Amanda, ich dachte nur an etwas.“ –

Die Herren hatten ausgeraucht, der Kaffee war genommen und dem Heimweg stand nichts entgegen. Die Polizeileutnanten war bedeutend einsichtsvoller als vorher, denn sie sagte mir im Vertrauen: „Es wird viel zu bessern geben. Mila hat mancherlei mitgebracht, was mir nicht gefällt.“ – „Sie wird schon wieder in Tritt kommen,“ spendete ich Trost. – „Und Sie vergessen uns doch nicht?“

Da es sternenklar geworden war, schloß Amanda sich uns bis zur nächsten Droschkenstation an und fuhr dann ab nach der Bülowstraße. Eine doppelte Nachttour, und obendrein angestrampelt werden, finde ich nicht hübsch.

Mein Karl theilte mir nun mit, daß der Polizeileutnant schon herausbringen werde, von wem das Boukett sei und wenn er in allen Blumenläden zur Rekognoszirung nachfragen lassen müsse. – „Hat er vielleicht schon Verdacht auf Jemand?“ – „Er muthmaßt Herrn Kleines, denn Mila mußte die Pension außer der Zeit verlassen, weil sie nach wie vor mit ihm briefwechselte. Auch war er auf Dienstreisen in der Schweiz gewesen und hatte sie besucht. Um sie unter Aufsicht zu haben, nimmt der Vater Mila in seine unmittelbare Nähe, und trotzdem kann er sie nicht behüten.

„Also deswegen! Was nützt überhaupt das ferne Wegschicken? Die Post ist zu findig. Man müßte sie schon ganz verbieten.“ – „Das wäre allerdings durchgreifend.“ – „Herr Kleines ist aber doch unverantwortlich,“ rief ich aus. – „Mir gefällt er,“ widersprach Onkel Fritz. „Ohne sein Blumenangebinde wäre der Krach zu Mila's Nachtheil wohl noch eine Zeit lang ausgeblieben. Nun hat sich herausgestellt, daß sie blos ein bischen galvanisch übergebildet ist. Wenn sie bös wird, geht die Politur herunter.“ – „Die Landsbergerstraße sticht noch drin,“ entgegnete ich, „sie wird sich schon wieder machen. Gute Nacht, Fritz, wird sind zu Hause. Grüße Erika und sage ihr, wenn das Wetter sich morgen gut anließe, erwartete ich sie nachmittags oder ich spreche bei Euch vor, das ist ebenso richtig. Fritz, sei froh, daß Deine Frau nicht in eine Pension brauchte.“

Krauses

Die Baueration nahm ihren Fortgang vorläufig und griff in mein Bereich nur vermittelst des Kellers und der Kochmaschine ein, wobei jedoch so viel gewiß ward, daß nichts Verzweiflungsvolleres erfunden worden ist, als Mauerleute in, an oder neben dem Hause. Nur wer sie selber gehabt hat, darf mitsprechen, wer es trotzdem thut und es nicht findet, der ist werth, daß er sie kriegt. Diese Landplage fehlte in Egypten.

So äußerte ich mich neulich bei Krauses, weil man voraussetzen mußte, daß es einem Lehrer schmeichelt, wenn man sich dessen erinnert, was man in der Schule hatte und dadurch zeigt, daß Manches sitzen bleibt. Aber er wußte besser, wie es gewesen war, und warf Pharao'n und wie sie ihn pisackten, weit weg.

„Die Forschung gelangt zu Resultaten, welche mit der Ueberlieferung in schreiendem Widerspruche stehen," sagte er. – „Wer schreit, hat mehrstentheils unrecht," entgegnete ich. – „Die Wissenschaft irrt nie, weil sie beweist. Früher lernte man aus Büchern, jetzt dagegen aus der Natur, direkt aus der Erdrinde, welche die Zeugnisse der Vergangenheit aufbewahrt." – „Aus der Erde? Dann ist bei der Kanalisation wohl eine unbändige Intelligenz hochgebuddelt?"

„Liebe Frau, Sie mißverstehen die Wissenschaft," versetzte Herr Krause, „die darauf hinzielt, festzustellen, daß alle Lebewesen sich allmälig entwickelt haben. Lange wußte sie nicht, woher die Vögel stammen, jetzt aber ist durch die Auffindung des Archäoxterix festgestellt, daß sie aus den Reptilien hervorgegangen sind." – „Was meinen Sie mit Reptilien?" – „Eidechsen ... Frösche ..." – „Herr Krause, Ihr Wort in Ehren, aber den Paddex möchte ich sehen, der sich als Vater von zum Beispiel einem Krammetsvogel ausweisen kann, vielleicht, daß die Eidechsen in der Lage sind, aber ich befürchte, es macht ihnen zu viel Mühe." – „Die Veränderungen vollzogen sich sehr langsam in Zeiträumen von Millionen Jahren, bis zuletzt der Mensch den Schluß der Kette bildete. Der Archäoxterix ist ein Glied der allgemeinen Ahnenreihe und bestätigt aufs Neue, daß alles Lebende natürlich entstanden ist und nicht durch einen Schöpfer erschaffen wurde. Den Köhlerglauben sind wir glücklich los."

„Herr Krause," entgegnete ich auf seine Ueberhebung, „als Sie noch nicht auf diese Sprünge gerathen waren, gefielen Sie mir besser. Gestehen Sie nur selber, Sie sind nicht mehr so zufrieden, wie sonst. Sie waren viel fröhlicher." – „Ist das ein Wunder, wenn man es doch nicht weiter bringt, als zu dem bischen festen Gehalt? Hat man nicht Ursache, verdrossen zu werden, wenn rund umher der Luxus steigt, Anders das Leben nach allen Richtungen hin genießen und man selbst sich bescheiden muß, obgleich man tausendmal mehr Wissen besitzt?

Und wenn das Leben zu Ende ist, was hat man dann gehabt? Die Einsicht, daß es nicht werth war, angefangen zu werden.“

„Dann bleibt sich wohl auch gleich, daß man es ausgräbt, woher die Vögel stammen?“ – „Sie meinen den Archäoxterix? Wie hoch man ihn schätzt, können Sie daraus entnehmen, daß er für fünfundzwanzigtausend Mark nach England verkauft wurde.“ – „Alte Sachen stehen jetzt unvernünftig im Preise,“ erwiderte ich. „Es ist aber auch möglich, daß Ihnen die Gemüsekost auf die Milz schlägt, Herr Krause, seit Sie dem Fleisch absagten.“ – „Der Vegetarianismus ist durchaus naturgemäß,“ vertheidigte er sich. „Früchte waren die Nahrung unserer Urvorfahren.“ – „I, wo doch! Gerade wegen des Obstessens wurden Adam und Eva über die Grenze gebracht.“ – „Verharren Sie noch auf einem so überwundenen Standpunkt, dann muß ich leider aus fernere Diskussion verzichten,“ entgegnete er barsch. „Ist für Sie der Fortschritt denn nicht vorhanden? Am Ende glauben Sie noch an den Teufel.“ – „Sie nicht?“ – „Wie können Sie in unserer aufgeklärten Zeit ein solches Schreckgespenst für wahr halten, ein Phantom, mit Krallen, Schweif und Hörnern? „Denken Sie sich,“ rief er laut zu der übrigen Gesellschaft „für Frau Buchholz existirt allen Ernstes noch der Teufel.“

„Warum nicht?“ entgegnete ich, „vielleicht ist er gar nicht so übel, wenn er nur ordentlich gezähmt wird.“ – vor der Krausen, die schon hochtrabend aussehen ward, lasse ich mich nicht dumm machen.

„Er hat schon Manchen geholt,“ stand die Bergfeldten mir bei.

Wir waren nämlich Alle bei Krausens, die ihren Eduard hatten einsegnen lassen und diesen Abschnitt in seinem Leben feiern wollten. Die Krausen sagte mir, ihr Mann fände es beschränkt, aber da Eduard bald zur See fortginge, die so tückisch gefährlich sei, hielt sie es für ihre Pflicht, nichts zu versäumen. Man könnte ja nicht wissen. Sie ist sehr in Sorge, aber der Junge bleibt dabei, daß er Seemann werden will. Er hat auch schon ein Schiff, mit dem er seine erste Fahrt antritt.

Als sie bei mir war, uns zu bitten, weinte sie kläglich. – „Er wird so weit von mir sein,“ jankte sie, „und sein Koffer steht schon gepackt. Ach wie viele Wünsche habe ich zwischen sein Zeug gelegt, daß er glücklich wiederkehre; wie viele Seufzer. Wer soll ihn behüten und vor schlechter Gesellschaft bewahren, und dem Branntweintrinken? Seeleute stürmen mit ihrer Gesundheit umher.“ – „Frau Krause,“ sagte ich, „hat er seine Eltern von Herzen lieb, dann wird er stets an sie denken, und nichts begehen, was ihnen Schmerz bereitet. Ob sie ihn darnach gehalten haben, das weiß ich nicht. Einmal kommt die Stunde, daß die Kinder groß sind und ihre Eltern beurtheilen, ob sie recht an ihnen gethan. Dann fragt es sich, ob sie herzinnig danken oder herbe Vorwürfe mit Gewalt unterdrücken müssen. Ich will jedoch nichts gesagt haben."

„Auf meinen Eduard paßt das auch nicht. Knaben sind Knaben, die sitzen nicht immer hinter dem Ofen wie Mädchen, und sind daher auch schwerer verständlich für Jemand, der Keine hat. Er hatte nun einmal keinen Sinn für die todten Sprachen, und so geht es vielen." – „Warum werden die Sprachen nicht begraben, wenn sie todt sind?" – „Womit soll der Stundenplan denn ausgefüllt werden?" – „Dazu findet sich wohl etwas Lebendiges." – „Wie soll man sonst die deutsche Sprache der Gelehrten verstehen, wenn man kein Griechisch und Latein kann? Aber Eduard war stets gegen die Gelehrten und entfloh nach Hamburg, um keiner zu werden. Und seit der Zeit ist die See all sein Trachten, wehren kann ich ihm nicht, aber ganz verlassen wird er trotzdem nicht sein, da meine verstorbene Mutter ihn als Schutzgeist begleitet." – „Wer?" – „Haben Sie nie von den Spiritisten gehört?" – „Doch nicht die Tischklopfer?" – „Es ist etwas daran, Frau Buchholz, die Geister manifestiren sich wirklich. Was thut man nicht in seiner Angst. Man rieth mir und ich ging hin.

Am ersten Abend waren die Geister nicht bei Kraft, aber das zweite Mal zogen sie im Dunkeln eine Spieldose auf und pochten allerwärts an und thaten. Am dritten Abend gab sich ein Geist kund und das war meine selige Mutter." – „Ordentlich mit der kalten Hand?" – „Nein, erst durch Klopftöne und dann durch Schreiben. Das Medium ward bewußtlos und hatte den Geist in den Fingern, womit es den Bleistift hielt. Meine Mutter war es. Sie schrieb genau meinen Namen und ihren eigenen auch und vieles aus früheren Zeiten." – „Wenn das man kein Schwindel war." – „Unmöglich, ein Professor ist dabei, und selbst Herrschaften nehmen Theil an den Sitzungen." Es geht streng wissenschaftlich zu. Wollen Sie sich nicht auch einmal überzeugen?" – „Dafür bin ich wieder zu aufgeklärt, Frau Krause, aber wenn es Sie beruhigt, daß Eduard eine geisterige Wartefrau mitkriegt, soll es mich freuen." – Na, das nahm sie denn nun übel.

Eduard hat die vorschriftsmäßige Jungsgröße erreicht und scheint kräftig genug für sein Fach. Er kann kaum die Zeit abwarten, daß er abreist." – „Die fremden Küsten ziehen ihn so an," sagte die Krausen, „es ist ja auch viel werthvoller, die Elephanten und Lamas in der Natur belauschen, als in der Gefangenschaft. Nicht wahr, mein Eduard? Und wenn er Glück hat, warum wird er nicht einen großen Goldklumpen finden oder eine Menge Diamanten? Sei nur recht vorsichtig, daß man sie Dir nicht stiehlt, Eduard; das Beste ist wohl, Du nähst sie in's Unterfutter, da ahnt sie Niemand."

Mein Mann bemerkte, als Schiffsjunge würde ihm schwerlich Gelegenheit zum Lamabelauschen und Goldsuchen geboten; da hieße es auf dem Posten sein. Kapitäne wären unnachsichtig.

„Es giebt eklig was aus der Armenkasse," steuerte die Bergfeldten ihre seemännischen Kenntnisse bei. „wenn Einer nicht Order parirt, hauen sie ihm das Backbord voll. Ein weitläuftiger Kousin von mir, hat es einmal durchgemacht und nie wieder. Den mußte man erzählen hören. Mit dem Tauende, sagte er."

Der Krausen ward das Gespräch wohl zu sachlich, sie fragte daher die Bergfeldten, ob der Herr noch bei ihr logirte, der sich so civilisirt betragen habe, als sie ihren Kaffee gab? – „Der ist fort," erwiderte sie. „Was der sich einbildete, war unerträglich. Und das fortwährende Aufgepasse, wo ich ohne Mädchen bin. Aber nun habe ich einen Chambergarnisten, der sich nicht daran kehrt, wenn mein Mann mitunter unruhig wird. Der bringt es noch mal weit." – „womit denn?" – „Er verfertigt ein Trauerspiel." – „Ich danke." – „Lassen Sie nur gut sein, damit werden Tausende verdient." – „Aber erst muß es gefallen." – „Daran ist gar kein Zweifel. Alles, was bisher verfaßt wurde, ist verkehrt, das ganze Theater verfällt, das muß von Grund aus umgestoßen werden. Er kriegt schon Umschwung hinein in die verrotteten Zustände." – „Das klingt ja beinahe, als wenn ich Wichmann-Leuenfels eigenmündig hörte?" – „Kennen Sie den?" fragte die Bergfeldten erstaunt. „Der ist es ja eben." – „Gratulire." – „Können Sie auch. Er ist mächtig mit Genius behaftet." – „Wie steht es denn mit der Miethe?" – „Er schreibt ja noch am letzten Akt, wo das zerrissene Todtenhemd auf dem Schlachtfeld wehen wird. So kühn ist noch Keiner vor ihm gewesen." – „Ich fragte, ob er pünktlich ist?" – „Siegt das Stück, dann bezahlt er das Rückständige auf den Tippel." – „Ich hätte kein Fiduz auf Trauerdichter." – „Warten Sie man ab. Wenn Alles so sicher wäre, wie das Stück, könnte man froh sein. Er liest uns jeden Abend daraus vor. Großartig, sage ich." – Die Krausen hatte Abendbrot aufgesetzt, aber es blieb ungemüthlich, wie es vom ersten Augenblick an gewesen war. Die kalte Küche ließ sich essen. Es gab Braten, Hühnergliedmaßen, Wurst und Eduard zu Ehren eine Unmasse Kuchen. Dazu verzapfte sie eine hygienisch beeidigte Röthe die jedoch nur zum Anstoßen taugte. Ob der Wein so sauer wegen der Süßigkeiten vorkam, oder ob er es in sich hatte, das vermochte ich nicht zu unterscheiden, aber er war sparsam, weil Jeder das Nachschenken verhütete.

Eduard hatte immerzu beide Backentaschen voll Kuchen und die Mutter versah ihn fortwährend mit neuen großen Happen, bis Herr Krause schließlich sagte: „Adelheid, bekommt es dem Knaben auch?“ – „Er ist konfirmirt,“ bellte sie gegen. „Willst Du ihm die letzten Stunden im Elternhause verbittern? Wärst Du liebevoller gegen ihn gewesen, würde er nicht von uns gehen. Aber du bist ein Despot. O, ich überlebe es nicht.“ – Nun weinte sie mal wieder.

Herr Krause machte ein grimmiges Gesicht und der Junge aß. Dies bildete die Unterhaltung.

Obgleich der Nachmittag eigentlich erst angebrochen war, sahen wir zu, sobald wie möglich, Gute Nacht zu sagen, und auch die Bergfeldten bestand darauf, sie müsse fort, es würde zu spät.

Dies ist das einzige Mal, daß wir in allen Punkten überstimmten.

Sieht man Leute bei sich, darf man es nicht so einrichten, daß sie nach jenseits der Thüre lechzen und man die freie Abendluft mit Erleichterung betritt.

Um den nuttigen Eindruck der Krause'schen Festivität zu verwischen und den Weingeschmack loszuwerden, kaufte mein Karl eine Droschke nach dem Löwenbräu. Die Bergfeldten mußte mit. Was hat sie auch viel vom Dasein? Der Alte bricht zusehends ab und bedarf fortwährender Pflegung wenn auch Auguste sie ablöst. Die hat ja ihren eigenen Hausstand. Ich will nur hoffen, daß Leuenfelsens Stück etwas einbringt. Wo soll es denn sonst her?

Das Löwenbräulokal war mit Gästen vollgeschichtet, knapp daß man sich durchwinden konnte, aber wenn der Berliner Durstige in Noth sieht, rückt er zusammen, und so wurden wir auch noch untergebracht.

Die Bergfeldten hatte dies Einkehrhaus noch nicht gesehen, wo man um die Ecke herum kneipt, während beim Spatenbräu künstliche Stadtbahnbögen dazu errichtet worden sind, und ward von den hübschen Holzwänden gefesselt und den in klassischer Schwärze erstrahlenden Gemälden, sowie von den Stilvolligkeiten, welche die Bierwagen auch mitgebracht haben.

Und wie mundete uns das Getränk. Mein Karl traute sich gleich einen ganzen Literkrug zu. Daß sie in München so von selbst runter laufendes Bier brauen, soll daran liegen, daß sie schonender mit dem Wasser umgehen.

Nun konnte man endlich ein langentbehrtes vernünftiges Wort plaudern. Die Bergfeldten hatte Verständniß für unsern Bau, wie ich ihr erzählte, welche Noth wir mit dem Keller gehabt hätten, weil Doris sich nicht allein hinunter riskirte, wenn sie etwas holen sollte, da doch die Maurer mit ihr anbändelten, weshalb ich immer als Schutzmann mit mußte, und wie die Küche aussah, als die Maschine gemacht wurde, woran sie beinahe zwei Tage kladderten. Da hab ich dem einen, es war der Aeltere, vorgeworfen, solche Nusselei wäre mir noch nicht vorgekommen, worauf er blos antwortete: ›Det stimmt‹, und wie ich bemerkte, in einem halben Tag hätten sie fertig sein können, sagte er, ›det stimmt.‹ Aber woran lag es? Sie schäkerten mit Doris, jedoch da sagte ich, nun stimmt es nicht mehr und schleunigst stellte ich mich feste dabei hin, was zur Folge hatte, daß die Arbeit längst gethan war. Und was sagte er, als ich sagte, „Na, seh'n Sie wohl?“ – ›Det stimmt,‹ sagte er.

So unterhielten wir uns häuslich, während mein Mann über seinen Ziehgarnrauch nachdachte, nur von Zeit zu Zeit vom brüllenden Löwen unterbrochen, den sie jedesmal kneifen, wenn ein frisches Faß angesteckt wird. Brummt er, dann gießt das Publikum eilig die Reste hinter die Binde und die Kellner werden herangeklappt. Ein wirklich weltstädtischer Ausschank.

Mein Karl wollte den Löwen noch einmal heulen hören, aber die Bergfeldten mahnte, der Alte sei zu hinfällig und Auguste werde sicher schon ungeduldig.

Wir brachten sie bis vor ihr Haus und sagten: Auguste könne eine Strecke mit uns fahren. Bald war Auguste da. Sie sprach nicht viel und mochte auch wohl ungern gefragt sein. Es stand vermuthlich trostlos bei Bergfeldts.

Wir klepperten durch die langen Straßen. Es war schon nach Mitternacht. Hier und da sahen wir erhellte Fenster, bald hoch oben, bald unten, bald in den mittleren Etagen, unregelmäßig vertheilt, wie es gerade kam.

Wem brannte das Licht? Dem Frohsinn, oder weil die Sorge es gebot? Lust und Leid wohnen in Berlin oft Wand an Wand und wissen nichts von einander.

Die Lust huscht bald davon, die Sorge hat Krücken und wird bettelfrech, gegen die helfen keine Ausgegrabenheiten und keine Tischgeister. Fest in die Augen sehen, wie Auguste es thut, da geht sie am ehr'sten.

Silberne Hochzeit

Betti war wieder einmal bockig. Mit neuntausend Gründen war ihr zugesetzt worden, ihre Hochzeit mindestens ebenso hervorragend zu feiern, wie die Vermählung ihrer jüngeren Schwester, worüber noch mitunter als pompiek gesprochen wird, allein ihre Antwort lautete unbekehrbar: „Kein Gepränge."

Sollte nun die silberne Hochzeit großartig verlaufen und Betti mit einer Herrlichkeit abgefunden werden, die man ins Taschentuch knoten konnte? Nein, sondern es galt einen Mittelweg zu bahnen. Noch umfingen uns die alten Räume, wie sie immer gewesen waren, obgleich ihr Urtheil gesprochen, noch hatten die Thüren ihre gewohnte Stelle, noch stand jegliches Möbel auf seinem Platz, noch war das Haus unser altgeliebtes Heim und darin schlug ich vor, den Tag zu begehen, der für uns Beide ein Ehren- und Freudentag werden sollte.

Das gefiel Betti und auch meinem Manne, obgleich der am liebsten einen großen Bullen losgelassen hätte, mit gegen hundert Gedecken, alle seine Geschäftsfreunde herangezogen und die bekannten Familien gleich nationenweise eingeladen, aber die Tugend siegte und er lebte sich mit anerkennenswerther Geschwindigkeit in meinen Gedankenflug ein, indem er sagte: „Wie Du willst, Wilhelmine."

„Siehst Du wohl, Alter," scherzte ich, „Du begreifst ganz rasch, wenn man Dir acht Tage Zeit läßt." – „Die Vernunft kommt mit den Jahren," entgegnete er. – „Du wolltest damit doch wohl nicht andeuten, sie hätte mir früher ferne gestanden?" – „Hältst Du mich eines solchen Hochverraths für fähig?" – „Karl, ich weiß nicht recht, aber manchmal munkel ich doch, daß Du mich utzst." – Er küßte mich und sagte nur das eine Wort: „Alte!" – Na, da war's denn wieder gut.

Im Gegensatz zum Doktor entschieden sich Felix und Betti für eine Hochzeitsreise, wozu sie Dresden und die sächsische Schweiz ausersehen hatten. Nach ihrer Rückkehr müssen sie so wie so im Hotel logiren, bis ihre Wohnung zum Beziehen ist. Mein Mann und ich, sowie Frieda gedachten uns in der oberen Etage einzurichten, die namentlich nach unserer Seite hin so gut wie unberührt bleibt. Es giebt das voraussichtlich Unbequemlichkeiten, aber lange nicht solche Unmenge, wie mit den Stützen, und hatte mein Karl darunter leiden müssen, so wäre es arrogant gewesen, wollte ich das Baugeracker nicht mitgenießen.

Ferner ward beschlossen, nur die Familie zu der Feier zu vereinigen, allein bei näherer Berathung kamen wir auf die Brautjungfern, die sich aus nächster

Verwandtschaft nicht stellen ließen, weshalb Mila und Amanda in Aussicht genommen wurden. Polizeileutnants konnten nicht umgangen werden. Auch hatte Felix einige Freunde.

„Und wie denkst Du über meinen Buchhalter und die beiden Kontoristen?" „Wenn sie sonst auch nicht bei uns verkehrten, an einem solchen Tage gehören sie dazu." – "Karl, Herr Brandes ist zurückhaltend und die beiden jungen Leute betragen sich anspruchslos: sie werden es Dir hoch anrechnen, wenn Du sie aufforderst."

Da noch ein Tischplatz frei war, riethen wir herum, wen man dahin setzen könnte. „Was meinst Du, wenn wir den Doktor Stinde einlüden?" sagte mein Mann.

„Karl, ich bitte Dich. Hast Du denn nicht in der „Vossischen" gelesen, daß sein Humor nur trübe fließt? Was thut so ein trauriger Kunde auf unserer Hochzeit? Soll er uns das bischen Vergnügtsein mit Krittelei und Mäkeln verderben, weil er unsere Art nicht versteht?"

„Sonst dachtest Du doch ganz anders von ihm." – „Ich richte mich nach der Zeitung, die kann doch nicht lügen?" –

„Bewahre". – „Karl, warum sagst Du dies ›Bewahre‹ so zweifelhaft?"

„Erinnerst Du Dich noch, wie die ›Post‹ so nächstenliebend war, Jemand eine blödsinnige Kongreß-Tischrede aufzuhängen, die weder von dem gar nicht anwesenden Jemand, noch überhaupt gehalten worden ist?" – „Ganz recht, sie mußte viel einstecken und hat sich bis heute noch nicht rein gewaschen. Karl, die ›Post‹ sollte sich die Idiß zulegen, das Mädchen würde sich dort wohl fühlen. Aber weißt Du was? Ich hole mir die Helbichen, die stand mir treu in Angst und Noth zur Seite und soll an meinem Ehrentage sich mit mir freuen. Freilich ist sie nur eine Bierwirthin, aber sie hilft Anderen aus Verdacht und Beschuldigung, statt übeln Leumund anzuklacksen. Außerdem ist sie für Herrn Brandes als Tischdame wie auserlesen."

Mila und Amanda sagten als Brautführerinnen zu. Mila kam und erkundigte sich, ob die Hochzeit immens werden würde und schien enttäuscht über die wenigen Fremden, wahrscheinlich weil sie sich auf einen zahlreichen Zirkel mit Gelegenheit zum Bemerktwerden gespitzt hatte. Aber wenn sie blenden will, werden wir doch nicht die Kosten tragen?

Amanda stimmte dagegen mit Betti überein. In ihrer bodenlosen Aufrichtigkeit sagte sie: „Wer mag ihr's verdenken? Ihr erster Verlobter liegt als elender Selbstmörder auf dem Kirchhof, wenn sie ihn ganz und gar vergessen hätte, wäre sie nicht werth gewesen, seine Braut zu heißen, so wenig an ihm war." – „Amanda, Sie kennen die Verhältnisse nicht, im Grunde war Emil ein guter Mensch, nur zu schwach. Fragen Sie blos Auguste Weigelt."

„Möglich. Meine Passion war er nicht. Aber Betti ist ihm gut gewesen, an ihrer Stelle wäre ich auch nicht zum Juchheien aufgelegt. Das Glück, geliebt zu sein und wieder zu lieben, stelle ich mir so groß vor, daß Alles nichtig dagegen ist, Tanzen und Jodeln erst recht."

„Ich hoffe, Sie werden es kennen lernen, Amanda, wie wird mich Ihre Verlobungsanzeige erfreuen." – „Ich bin für Freiheit und Unabhängigkeit," sagte sie kurz. – „So dachte ich auch einst. Aber da kam mein Karl gegangen und führte mich auf einen anderen Lebensweg." – „Was thut es, wenn ich sitzen bleibe? Einen heirathen, der mich unglücklich macht, bin ich nicht erpicht. Oder soll er hinterher wünschen, er säße oben in der Siegessäule und brauchte nicht herunter?" – „Warum dieses, Amanda?" – „Weil ich Alles für ihn hätte, Nägel, Zähne, das ganze Geschirr und was sich sonst an den Kopf werfen läßt, nur keine Liebe." – „Behüte doch, Sie lästern, Kind. Wer sein Wort vor dem Altare abgegeben hat, darf so nicht aufbegehren." – „Es dauert lange, ehe Kulecke's Amanda Ja sagt." – „Das Werfen gefällt mir aber trotzdem nicht, ich traue es Ihnen auch nicht zu." – „Mich kann ein kranker Zeisig um den Finger wickeln, Frau Buchholz, aber wenn ich merke, daß es auf meine paar Kröten abgesehen ist, dann fühle ich mich bis zur Wuth beleidigt. Soll ich die Beilage zur Mitgift sein, so ein Fetzen Zumpel, den man auf die Wiegeschale wirft, weil es Handelsgebrauch ist? Lieber beschließe ich meine Tage als Hundefrölen."

„Aber wenn der Rechte käme, Amanda?"

Sie zuckte zusammen, als hätte die Frage eine wunde Stelle berührt und sagte traurig: „Mitunter geht der Rechte vorbei und sieht die brennenden Augen nicht, die ihm nachblicken. Ein Glück, daß man sie sich wieder in die Reihe weint."

„Trösten Sie sich nur," entgegnete ich, „es giebt mehrere Rechte." – „Die sind auch danach," entgegnete sie kopfschüttelnd.

Mir kam es sehr drückend in den Sinn, daß Onkel Fritz sich eine Zeit für Amanda interessirte und er es wohl war, auf den sie hoffte, bis er in Lingen wählte, wie es ihr in den Träumen von Liebe vorschwebte, ohne Geldbegehr, frei aus Neigung.

Ich war damals nicht einverstanden und rieth ab und fühlte mich befriedigt, als er nicht mehr bei Kuleckes ging. Nun blutete Amanda das Herz noch und das belastete mich. Darum sagte ich besänftigend: „Amanda, die Täuschungen des Lebens sind so groß, daß wir unseren Irrthum oft erst nach Jahren einsehen. Der für Sie Bestimmte ist sicherlich noch nicht vorbeigekommen, denn sehen Sie, Kind, wäre er es gewesen, dann hätte er doch Halt gemacht. Aber werfen müssen Sie nicht."

Sie lachte hell auf: „Nur dann und wann mit dem Sophakissen." – Und ehe ich mich versah rief sie: „Wie hübsch Sie heute sind, Großmama Buchholz," und umfaßte mich und küßte mir Mund und Wange.

Wenn sie nur einen halben Kopf kleiner wäre, aber gegen die Längde hat Schweninger noch nichts heraus, blos gegen die Dickde und die meldet sich manchmal retour. –

Die Festvorsorglichkeiten übernahm meine brüderliche Liebe. „Ihr seid die Jubelhekatombe und habt still zu halten," dirigirte Onkel Fritz und wir gaben nach, damit er in seinem Schalten und Walten in Gemeinschaft von Männern mit Zollstöcken freie Hand behielt. Wenn Vernunft in einem Kommando liegt, folgt man ja freiwillig. –

Unbemerkt, wie sich ein wolkiger Himmel zuweilen aufklärt, war der Frühling gekommen, warm und gelinde, und obwohl oft genannt und herangezählt, ereilte uns doch der Hochzeitstag viel zu früh. In all der Plackerei und Schneiderei stand er mit einem Male vor uns. „Kinder," stöhnte ich, „wir sind noch lange nicht fertig und morgen ist es schon."

Und wie rasch verlief der Vorabend. Bis Elfen blieben wir beim Doktor und als wir nach Hause zurückkehrten, war Onkel Fritz noch da, um zu verhindern, daß wir die Zimmer besichtigten, die er in Arbeit hatte.

Und dann kam die Nacht, und welch' ein Morgen!

Quellender, anschwellender Gesang, rief uns wach. – Fritzens Vereinsfreunde brachten vom Hof aus ein Ständchen. Man kann einen Tag nicht behängen, daß er festlich bekränzt sei, aber grüßt uns sein Anbruch mit erhebenden Klängen, dann hat auch er ein Feiertagsgewand angelegt. „Karl," sagte ich, als sie die dritte

Nummer unternahmen, „der ›Keuchhusten‹ war mir oft zuwider, aber wußte ich, daß er so sein kann?“

Onkel Fritz klopfte an. „Seid Ihr noch nicht aufgestanden, Langschläfer?“ – „Gleich, gleich.“

Er konnte sich wohl nicht gedulden mit dem, was er vorhatte. Schon bei der Treppe mußte ich stille stehen, so überkam es mich, und auch mein Karl blickte ganz bewegt auf die Guirlanden, welche das Geländer umrankten und auf die Topfgewächse, welche den Wohnzimmereingang in eine Laube verwandelten, das selbst zu einem Tannengarten geworden war, in dessen Mitte Betti und Emmi standen, die ihren Eltern entgegeneilten.

Sonst war Niemand da. Dank Dir, mein Fritz, für diese Stunde. –

Nach einer Weile brachte Frieda das Frühstück und Onkel Fritz folgte ihr. „Mein lieber Schwager,“ sagte er, „fünfundzwanzig Jahre bist Du mit meiner Schwester ausgekommen. Du verdienst eine Bildsäule; ich kenne sie von Jung auf.“

„Du! Du!“ rief ich, „Du besserst Dich nie.“ Und da hatte ich ihn in meinen Armen.

Frieda wünschte uns Glück und wollte sich entfernen. „Wie doch, Frieda,“ wehrte ich, „Du bleibst hier.“ Sie wurde ganz glücklich aussehen, denn ich überwand das befreundete Du nicht mehr, seit ihr Ida's Hohntreiben in der Küche behagte; heut aber war es ganz von selbst wieder da.

Auch der Frühstückstisch war mit Immergrün umrandet und mitten darauf war eine Vase mit einem Fliederzweig gestellt, der jedoch mehr Knospen als Blüthen trug, im ganzen zwei bis drei. „Der Busch im Garten will auch dabei sein,“ sprach Betti, „heut Morgen sind die ersten Knöpfchen aufgebrochen.“ – Sie dufteten nur wenig, aber der alte Strauch meinte es doch gut, und hatten wir uns jedes Jahr über ihn gefreut, an diesem Tage wie noch nie.

Und nun erschien Doris mit einer weißen Schürze vor und einem Napfkuchen. Sie wollte gratuliren, sagte sie, und hoffte, daß er gerathen wäre. Wir schnitten ihn an und kosteten. Er war trefflich. „Er is jenau so, wie'n meine Mutter immer backte,“ erklärte sie, „blos mehr Eier dran, un mehr Butter un reichlijer Rosinen.“ – „Ein gutes Rezept,“ lobte ich sie, „den nächsten machen wir in der nämlichen Manier.“

„Det freut mir,“ erwiderte Doris, und ging stolz ab.

„Wollt Ihr Euch die gute Stube ansehen, ob sie Euch gefällt?" fragte Onkel Fritz nun. „Wir hängen hernach die Thüren aus und haben dann ein Festlokal von hinreichendem Raummangel. Die gedeckten Tische stehen im Berliner Zimmer und werden zur Hauptfütterung hereingesetzt. Die Beköstigung erfolgt von einem Hoftraiteur." – „Mit einem Lohndiener, Fritz?" – „Mit zweien." – „Das wird ja strahlend."

Er öffnete. Auch da drinnen waren die Wände mit Tannengrün ausgeschlagen, was ja weiter nicht schadete, weil die Tapeten die längste Zeit gehalten hatten. Mein Bild war hingestellt, als wenn ich in einem Fichtenhaine wandelte, dessen Zweige Silberfäden durchspannen, die grüne und die silberne Hochzeit zu bedeuten. Einzig in seiner Art.

Und nun erst die Gabentempel, wie Fritz die Tische nannte, auf denen die Geschenke mit den köstlichsten Blumenkörben und Sträußen arrangirt waren. Wenn irgendwo, dann verstehen sie es in Berlin, Blumen zu winden, aber Aehnliches war mir doch noch nicht vorgekommen, so duftend, mit seidenen Bändern und Visitenkarten dran. Und dazwischen die Gaben, von förmlich zu hohem Werthe, nicht blos von der Verwandtschaft, sondern auch von meines Mannes Geschäftsfreunden, denen, wie sich ergab, Fritz einige Winke hatte zufließen lassen. – „Dies können wir nicht annehmen," rief ich. – „Nimm se Dir se denn se man," erwiderte Fritz, „sie schinden die Auslagen bei der nächsten Order wieder heraus."

Der andere Tisch gehörte Betti. Nein, was gab es zu besehen und die vielen Briefe und Depeschen, von denen im Laufe des Tages noch manche anlangten. Auch Besuch stellte sich ein und der Morgen zerschmolz Einem nur so unter den Händen.

Erst als Felix, Betti, mein Mann und der Doktor nach dem Standesamt fuhren, trat eine Unterbrechung ein, die ich mir zu widmen gedachte. Aber damit ward es nicht viel, denn diesen Moment hatte Auguste Weigelt abgewartet.

„Auguste!" rief ich erstaunt bei ihrem Eintritt.

„Nur einige wenige Minuten," sprach sie rasch, „ich will nicht, daß Betti mich sieht, aber Ihnen muß ich Alles Gute wünschen, was nur ein Menschenherz zu fühlen vermag." – „Du beschämst mich, Auguste." – „Nein, nein. Ihre Freundschaft ist es, die mich so oft aufgerichtet hat, wenn ich schier zu verzagen vermeinte, Sie sind mein Anhalt. Ich weiß, in der allerschlimmsten Noth helfen Sie mir und daß es dahin nicht kommt, daß ich mich vor Ihrer klaren Einsicht nicht verkriechen brauche, darin liegt der Sporn, immer erst zu versuchen aus eigener Kraft Oberhand zu gewinnen; und es geht. Ihre Strenge hat mich gelehrt, jedes Ding auf seine Thorheit zu prüfen, Ihre Güte stärkt mein Vertrauen zum Leben. Wo wären wir ohne Sie, ich, meine Kinder, mein Mann? Rückwärts, weit rückwärts."

„Auguste," entgegnete ich, „Du überschätzest mich in dieser Hinsicht, und das muß man nicht. Es fügt sich Manches, wie wir gar nicht ahnen. Sag, wie steht es zu Hause Auguste?"

„Bei uns sind alle wohl und munter, bis auf die Kleinste Ich fürchte, sie bleibt mir nicht lange. Und ich habe sie so lieb. Mama läßt gratuliren, es wird ihr schwer abzukommen, Vater darf nicht ohne Aufsicht sein. Sie bittet Sie, diese kleine Gabe anzunehmen." – Auguste wickelte ein Packetchen auf und reichte mir eine allerliebst gearbeitete Tasche. „Die Stickerei ist von mir, der Fingerhut darin ist von Mama. Sie möchten sie gebrauchen wie Sie wollten, als Nähcessair oder Häkelcessair, Silbernes müßte dabei sein, das gehörte sich so."

Ich dankte ihr herzlich und sagte: „Auguste, vergiß nie daß wir Beiden alte Freunde sind und bleiben."

Sie nahm Abschied und ich trug ihr viele Grüße auf.

So war es mit dem Ausruhen nichts geworden. Onkel Fritz kam wieder und nahm die Zimmer in Beschlag, um ihnen den äußersten Pli beizubringen und wir durften auch nicht lange säumen.

Ich half erst Betti beim Ankleiden und ging dann selbst ans Werk, mein neues Grauseidenes anzulegen. Es war aus deutschem Seidenstoff, bestechend schön und sehr geschmackvoll gearbeitet. Frieda, die mir Handreichung leistete, äußerte, es sei voller Noblesse. Dann setzte Emmi mir den Silberkranz auf.

„Die Gäste wären beinahe vollzählig," sagte sie. „Onkel Fritz habe den Flur in eine Empfangshalle verwandelt, die schon ziemlich gepfropft sei. Sobald der Pastor käme, würde Papa mich abholen. Fritz und Franz wäre auch mit, sie würden artig sein und nicht stören." – „Bei Fritz ist dies vorauszusetzen, aber wer garantirt für Franz? Gehe lieber zu ihnen, daß sie ruhig bleiben. Denn eine Feierlichkeit ist leicht auseinandergeschrieen."

Jetzt hatte ich endlich einen Moment für mich, aber in längst vorgenommener, Sammlung zurückzublicken wollte nicht gelingen. Das Herz war zu voll.

Ich saß und wachte nicht und schlief nicht, es lag wie Abwesenheit auf mir, bis mein Karl kam.

Ich hatte sein Eintreten überhört und gewahrte ihn erst, als er vor mir stand, die Hände ausstreckend, daß er mich erhöbe. Wir sahen uns an, unverwandt; er las in meinen Augen, ich in den seinen. Dann fiel mein Blick auf den silbernen Myrthenstrauß an seiner Brust, er schaute herab auf den Kranz in meinem Haar und liebreich sprach er:

„Komm, Silberbraut."

Ich legte meinen Arm in den seinen. Sprechen konnte ich nicht.

Als wir nun hinabgingen, war ich nach den ersten Schritten wieder gefaßt, selbst die Töne eines hinter Gewächsen verborgenen Harmoniums konnte ich vertragen. Doris die kundschaftend aus dem Flur herumhorchte, flüsterte: „Se sind schonst Alle drin."

So war es auch. In einem mehrreihigen Halbkreis saßen die Geladenen, in der Mitte Betti und Felix, neben ihnen Emmi mit den Zwillingen, auf der anderen Seite Erika, und dann die Frau Polizeileutnanten. Dies nahm ich flüchtig wahr, während wir langsam zu dem Prediger gingen, der auf einer kleinen Erhöhung uns erwartete. Die Musik verklang und er hob seine Rede an.

›Zu einer zwiefachen Handlung sei er hierhergerufen, sprach der Pastor, ein altes Herzensbündniß zu segnen, ein neues zu weihen. Grüne Hochzeit werde die Feier genannt, wenn ein junges Paar auf seinen Ehebund den Segen des Höchsten erflehe, doch heiße sie silbern, wenn nach fünfundzwanzig Jahren das Gedächtniß des ersten Gelübdes begangen werden könne. Es sei der grüne Kranz ein Sinnbild der Liebe, die geheimnißvoll entstehe, wie Blatt und Blüthe, aus denen er geflochten, die sich anfangs nur schüchtern hervorwage, dann aber zum Lichte dringe, sich seelig zu offenbaren. Zweig und Blume verdorreten und zerfielen in Staub, die Liebe aber wachse und festige sich; in den Kämpfen des Lebens erprobt, werde sie stark und beständig, dem lauteren Silber gleich.

So wandelt sich der grüne Kranz zum Silberkranze.

Jedes Jahr, jede Stunde des Jahres habe an ihm gewirkt und nun reiche die Vergangenheit ihn hellschimmernd dar. Ihrer sei froh gedacht und der Lebensfreuden, die sie gespendet. Doch auch wären Tage gekommen, von denen wir sagen, sie gefallen uns nicht, aber sie üben das Herz in Geduld. Die Geduld hilft uns, nicht zu verzagen, sondern in Demuth der Güte Gottes vertrauen, die wir oft und reich an uns erfahren, wenn wir sie nur erkennen wollen. Die Erfahrung aber bringet Hoffnung, die Zuversicht auf die unwandelbare Liebe dessen, von dem alle Gaben kommen. Ihm laßt uns danken; sein Segen senke sich auf das Jubelpaar!‹

Während er also sprach fühlte ich, wie sich etwas an den Falten meines Kleides hielt, erst an der einen Seite, dann ebenso an der anderen. Es waren die Enkel, die sich an Großmama schmiegten, und mit kindlichen Augen zu dem fremden Manne im schwarzen langen Talar aufblickten. Segne auch sie, unser aller Lieblinge. Segne sie.

Und wieder, wie vor fünfundzwanzig Jahren, reichten wir uns die Hand, mein Karl und ich. Wie umschloß er sie fest, so fest. – – –

Eigentlich kam ich erst wieder zu mir, als ich neben meinem Karl auf dem Stuhle saß, den Betti vorher einnahm, die nun mit Felix vor den Prediger getreten war. Noch viel zu sehr von dem Vorhergehenden angethan, vermochte ich dem Pastor nicht zu folgen. Wohl vernahm ich Worte, aber sie fielen auseinander wie lose Brocken und nur verschwommen sah ich die beiden jugendlichen Gestalten. Allmälig jedoch legte sich der Puls und klärte sich der Blick. Betti erschien beinahe zu strenge für eine Braut, auf Felix' Antlitz dagegen lag es wie das Morgenroth eines glückverheißenden Tages. Nur seine weiße Binde fiel mir auf, die einen bereits mehrmals gewaschenen Eindruck machte.

Ich betrachtete die Trauzeugen: sie waren tadellos beschlipst. Ich sah mich um, die Herren vom Geschäft hatten funkelneue Atlasbinden angelegt und der jüngste Mann, Herr Hoff, verstieg sich so gar zu einer roth eingefaßten Unterweste. Dies war mir an Felix seltsam, da er sonst doch wie ein Galalieutnant auf sich hält, nur daß er den Kopf nicht striegelt, wenn er in Gesellschaft tritt. Und die Facon! Solche gab es ja gar nicht.

Aber sah ich sie nicht schon einmal? Wo war das doch? – Richtig. – In Tegel, als wir Muck noch hatten, als Felix' Halsgurt im Wasser verloren gegangen war und Betti ihm eine Binde aus dem Mückenschleier nähte, als sie sich zum ersten Male sahen. Nun trug er am Hochzeitstage das Andenken an jenes Damals. Wie lieb und werth mußte es ihm sein, daß er es so treu bewahrte. Nie hätte ich gedacht, daß ein Stückchen Mull so entzückend sein kann.

Jetzt hätte ich noch den schönsten Genuß von der Traurede haben können, aber sie war just vorbei. Nur mit einer Umarmung vermochte ich Betti zu sagen, daß ich den freudevollsten Tag beging ... „Und Du, mein Kind?“ fragte ich. – „Könnte ich doch nur so danken wie ich glücklich bin,“ sprach sie.

Nun zeigte sich nimmer mehr, wie geschickt Onkel Fritz als Obermime vom Ganzen Alles vorausgefädelt hatte. Während die vielen Beglückwünschungen auf dem Flur fortgesetzt wurden, der durch Vorhängeteppiche, wie mindestens bei Kommerzienraths aussah, transportirten die Lohndiener die Tische so fliegend an Ort und Stelle, daß das Mahl baldigst beginnen konnte. Wir Brautpaare kamen uns an dem Haupttische gegenüber zu sitzen. Der Polizeileutnant führte Erika, Onkel Fritz die Frau Polizeileutnanten, dem Doktor war die Krausen gegeben, worüber er hinterher Unzufriedenheiten äußerte, denn sie hat ihn in einer Tour mit ihrem Eduard geödet, der bereits segelt. Wenn der Wind durch die Straßen weht, zittert sie, das Schiff schlüge um und die Wetterberichte in den Zeitungen halten sie in ständiger Angst. Aber die Geister hätten versprochen, ihr jede Gefahr anzuzeigen. Da hat der Doktor auf ihr Gequose nicht mehr hingehört, sondern sich mit dem Rothspohn unterhalten. Für ihn sind Geister ja auch nur irrthümliche Bettlaken.

Das Essen war jedes Einzelne Otto Bellmann. „Nimm Dir getrost noch einmal, wenn es Dir schmeckt,“ sagte ich zu meinem Karl „und angle nur die Krebsschwänze aus der Steinbuttsauce heraus; um den Doktor mit satt zu machen langen sie doch nicht.“

Der Herr Polizeileutnant brachte die erste Gesundheit auf das Silberpaar aus, ein bischen lang, aber gewählt in der Sprache; er wünschte weitere fünfundzwanzig Jahre bis zur goldenen Hochzeit und daß wir dann Alle auf dem Posten sein möchten. Dann aßen wir wieder einen Gang und Onkel Fritz ließ das junge Paar leben. Aber wie immer mit Randglossen. Was sollte es heißen, daß er mich mit in seine Rede hinein zerrte und Felix Glück zu wünschen, daß er mich zur Schwiegermutter bekommen hätte, es gäbe schlimmere? Dann wurde das Wohl der Brautjungfern getrunken und zwar vom Doktor, und dann das der Brautführer, und dann das der Damen, und dann das der Enkel, und dann das der verheiratheten und Polizeileutnants ihres, dann Onkel Fritz seines. Herr Gott wurde angestoßen! wir standen beinahe ebensoviel mit den Gläsern in der Hand als wir essenshalber saßen und dabei mußten die Damen sich stets in Acht nehmen, daß sie nicht Rothweinflecke auf die Kleider kriegten. Aber er war fidel. Ungeheuer fidel. Sehr fidel sogar.

Zuletzt, wir waren schon beim Eis und der Champagner war eingeschenkt, wozu Onkel Fritz einen Lothringer Sekt ausprobirt hatte, der sehr preiswürdig, sich reichlich geben ließ, als Herr Brandes anklingelte. ›Er bäte um Entschuldigung, daß er sich die Freiheit nähme, aber man möge ihm auch ein Wort gestatten. Man habe bereits Aller Wohl getrunken, er möchte noch einen Wunsch aussprechen. Als er nach Berlin gekommen sei, vor vielen Jahren, da sei die Stadt nicht das gewesen wie heute, wo sie von Allen gepriesen würde, die sie kennen lernten. Sie habe sich vergrößert und verschönert, das Alte habe dem besseren Neuen weichen müssen, da der Raum zu enge geworden. So ginge es jetzt auch in der Landsbergerstraße im Hause Buchholz. Das Geschäft habe sich ausgedehnt und Bauleute seien thätig, abzubrechen, damit es sich entfalten könne. Er wünsche, daß das alte Glück dem Hause treu bleibe, daß es gedeihen möge hier im Kleineren, wie die Stadt Berlin im Großen blühe und wachse, er bäte uns, mit ihm einzustimmen: „Hoch die Firma Buchholz und Sohn! Hoch!"‹ – ›Hoch soll sie leben, drei Mal hoch‹, sangen wir und mein Karl ging hin und dankte Herrn Brandes.

Als abgegessen war, tranken wir den Kaffee auf dem Flur, die Tische wurden fortgenommen und nun sollte ein Tänzchen getreten werden. Dies scheiterte jedoch daran, daß der Klavierspieler uns im Stiche ließ. „So viel wir gebrauchen, können wir am Ende noch selbst," schlug Onkel Fritz vor, jedoch Keiner drängte sich an das Piano. Jeder entschuldigte sich, er könnte es wohl nicht gut genug.

Da rief die Polizeileutnanten: „Mila, Du hast ja in der Schweiz so renommirten Unterricht genossen!" – Fritz führte Mila galant hin und bat um eine Polonaise. Mila besann sich erst und fing dann an. Na, wir marschirten nach den von ihr erzeugten Tonwellen, aber Takt war nicht drin, weshalb Onkel Fritz sie um einen Walzer ersuchte. Felix und Betti drehten sich einige Male, allein es ging auch nicht. „Ist dies ein Walzer?" fragte ich. – „Von Chopin," antwortete Mila. – „Es ist wohl mehr ein Anhörwalzer, als danach zu tanzen?" – Sie entgegnete: „Banale Sachen spielte sie nicht", und stand schnippisch auf. – Betti und Emmi nahmen hierauf ihre vierhändigen Noten von früher, die brauchbar waren, aber sie wollten sich doch auch gerne amüsiren. Genug, wir waren recht in Verlegenheit. Da erbot sich Herr Hoff, ob er sein Akkordion holen dürfe? „Natürlich," sagte Fritz.

Nach einer Weile brachte er das Akkordion denn heran. Aber was war es? Eine große Quetschorgel. – „Nein," sagte ich, „das gestatte ich nicht." – „Spielen Sie man zu," befahl Onkel Fritz.

Herr Hoff konnte die neuesten Tänze, sehr einladend und mit Schwung, worüber die Jugend sich hoch erfreute, die Polizeileutnanten aber Mienen zog. Das gab sich jedoch, als Onkel Fritz sie engagirte und weil er seine feinste Sohle mit ihr tanzte, meinte sie nachher, es sei wirklich recht gefällig, daß Herr Hoff sich als Orchester aufopferte.

Da stand nun das theuere Piano und die Stunden hatten manchen Groschen gekostet, wozu nur? Schließlich ist eine Ziehharmonika viel billiger und thut dasselbe auch. Man sollte sie doch mehr studiren.

Es ward immer vergnügter mit Tanzen, Singen und Erfrischungen, wie auf einem zwanglosen Feste im Waldesgrün. Das machten die Tannen. Der Abschied des jungen Paares blieb unbeachtet. Wir hätten sie gerne noch länger gehabt, aber sie mußten mit dem Zuge.

Dann brachen Polizeileutnants auf und Krauses und so Einer nach dem Anderen. Als die Letzten gegangen waren, hatte die Lustbarkeit ein Ende. Nur die Kerzen brannten noch, die leeren Stühle standen regellos durcheinander und Gläser und Teller, wo sie gerade Platz gefunden hatten. Das Fest war aus.

„Bist Du angegriffen, Wilhelmine?“ fragte mein Karl, als ich mich ein wenig ermattet ausruhte.

„Setze Dich zu mir, Karl, daß ich mein Haupt an Deine Brust lege, in aller Stille, in allem Frieden. Es war ein schöner Tag; wie schön wird sein Gedenken sein?“

Westerland

Der Schornstein war schon abgerüstet und in der Fabrik begannen die Monteure die Maschinen aufzustellen, wozu Felix unumgänglich nothwendig war. Die jungen Eheleute hatten als verlängerte Hochzeitsreise Wohnung im Hotel genommen, denn im Hause sah es greulich aus, und weil mein Karl noch einige neue Ideen erfaßt hatte, griff das Wändedurchschlagen weiter um sich, als man mir anfänglich vorenthielt, daß wir auf ein immer kleineres Terrain zusammengedrängt wurden und Frieda den ganzen Tag um mich war. Da kamen wir uns denn näher und weil auch Kummer zuletzt den stärksten Willen bricht, blieb denn das Vertrauen nicht aus. Auf dem Balle war sie zu weit gegangen und so herrschend ihre Schönheit sonst über Max gewesen war: als sie im Zorne glaubte, sich Alles, selbst thätliche Drohung erlauben zu können, zerbrach das

Scepter. Er kam am nächsten Tag nicht und auch nicht am folgenden und so ging es fort. Das total verfumfeite Mittagsessen an dem Balltage, wird auch wohl beim Zurückschaudern geholfen haben.

Max hatte Frieda aufgegeben, er ließ nichts von sich hören, nur daß er in Afrika war, wußten wir. Nach der Silberhochzeit ward Frieda von Tage zu Tage niedergeschlagener; sie hatte gehofft, daß Max wenigstens an uns oder an Felix einen Glückwunsch senden würde und einen für sie dabei, aber da jegliches Liebes- und Lebenszeichen ausblieb, befürchtete sie das Schlimmste. „Er wird wohl nur ein Weilchen verschollen sein und sich gelegentlich wieder anfinden," beschwichtigte ich, allein sie sprach: „Wenn er auch am Leben ist, mir zürnt er. Ich habe seine Liebe verscherzt. Auf der Hochzeit sah ich, was es heißt, glücklich sein und glücklich machen. Ich begehrte nur und wollte nicht geben, ich hielt mich für vollkommen und war der Fehler voll. O, kehrte er wieder, ich wollte ihm dienen, wie ich vermöchte, nur durch ihn sein, was ich bin, nur für ihn leben. Und nun ist er todt." – „Man weiß durchaus nichts Gewisses, Frieda." – „Für mich ist er verloren." Sie dauerte mich tief und ich beschloß, sie stets bei mir zu behalten. Mußte ihr Jemand Anhalt gewähren, so war ich es. Meine Eingriffe waren vielleicht ebenso viel Hindernisse, daß es so kam, wie sie selbst mit ihrer früheren Benehmigung.

Wenn Max sie nur sähe! Der Kummer hatte ihren Zügen gemach einen schwermüthigen Ausdruck verliehen, der ihrem Lächeln, wenn es sich einstellte, das Ueberhebende nahm, womit sie sonst Leute abkühlte, die sich ihr annäherten. Ihre Stimme klang sanfter, wenn sie um etwas bat: es lag in dem Ton auch schon der Dank im Voraus für das Gewähren. Es giebt Viele, die irgendwo ein Herz haben, aber es spricht nicht, wenn es soll, und so war es Frieda bisher auch ergangen. Jetzt konnte es reden, aber Max vernahm es nicht. Mir ward Frieda mit jedem Tage angenehmer. Sie gab sich viele Mühe, selbst wenn ich verdrießlich war, wozu die Anlässe wild umherliefen.

Zunächst diese Doris. Sie legte es nämlich aufs Gekündigtwerden mit sofortigem Abgange an. Reinemachen war nicht mehr, da die Stuben doch wieder voll getragen würden, und wenn ich nach der Küche kam, saß ein schon oft verbotener Maurer darin, und sie mir kodderig gekommen. „Doris," sagte ich, „kujeniren dulde ich nicht." – „Det stimmt." „Gefällt es Ihnen nicht mehr bei mir?" – „Det stimmt." – „Ihnen ist doch nichts zu Leide geschehen?" – „Det stimmt." – "Haben Sie Heirathsgedanken?" – „Det stimmt." – „Doch unmöglich mit dem Maurergesellen?" – „Det stimmt uf de Nuppe."

Da hatten wir das liebe Gut. Hätte Idiß die Kochmaschine mehr geachtet, brauchte ich ein geschultes Mädchen nicht gehen lassen. Eine Tuntige in dem Durcheinander anlernen, das überstieg meine Kräfte; eine Ordentliche wäre gar nicht in die Trümmer zugezogen. Und dann zweitnächstens dieser Herr Kleines.

Also er kommt eines schönen Tages heran. „Meines Lebens" rufe ich „wie sehen Sie aus, sind Sie irgendwo durch ein Nadelöhr gejagt?" Man hätte ihn in eine mittlere Stopfnadel fädeln können, so schlotterte sein Skelett. – „Schützen Sie mich vor der Schulz" rief er. – „Vor welcher?" – „Vor Mutter und Tochter. Die Alte verfolgt mich; Idiß sagt, ich hätte ihr die Ehe versprochen." – „Ist das wahr?" – „Nein!" – „Na wer lügt denn?" – „Die Idiß." – „Dann sind Sie ja schön heraus?" – „Nennen Sie das schön, wenn die Schulz ein paar mal jede Woche antritt?" – „Mich prampirte sie blos brieflich." – „Ihre Handschreiben nehme ich nicht an. Aber der Skandal den sie macht, und Logis wechseln nützt auch nichts mehr, sie erfährt doch sofort vom Polizeileutnant, wo ich bin. Gewähren Sie mir ein Unterkommen Frau Buchholz, vor Ihnen hat sie Furcht." – „Thut mir leid, wir bauen." – „Fünfmal bin ich schon umgezogen und fünfmal mußte ich flüchten. Es ist um aus der Haut zu fahren und sich daneben zu setzen."

„Das hätten Sie längst thun sollen." – Er sah mich fragend an. – „Ich will damit sagen, Sie hätten Ihre Lebensart aufgeben müssen, denn es ist nie welche gewesen, wirklich abgeplastert wären Sie nur ein medizinischer Anblick für Aerzte und nicht für Familien." – „Weil die Familien dumm und prüde sind" antwortete er. „Ich wandere aus." – „Das wäre gescheut von Ihnen, denn aufrichtig gesagt, es ist hier doch wohl zu altmodisch für Sie." – „Es wird auch zu schlecht Skat gespielt", sagte er und ging. – Ob er mich mit dem schlecht spielen gemeint hat? wäre dies der Fall, kann der Ocean nicht breit genug zwischen uns liegen.

Da Frieda sich für alle Arbeit erbot, ging Doris am Ersten ab und wir Beide wirthschafteten mit einer Morgenfrau für das Gröbere; aber schön war es nichts zumal es warm wurde und der Sommer Berlin anheizte. Doch Rettung traf ein und zwar von Emmi.

Der Doktor war ihr Genugthuung von wegen der Russin schuldig und dies konnte nur geschehen, indem er den Mammon, den Emmi durch eine wochenlange Entziehung doch auch mitverdient hatte, zu einer Reise herausrückte. Wie liebenswürdig war es nun, mich aufzufordern, unter ihrem

Schutze eine Erholung auf Sylt zu suchen, die an meinen Nerven und dem Asthma Wunder verrichten würde.

Sie riethen mir Alle zu, und ich gab nach. Aber unter den Bedingungen, daß mein Mann ins Hotel ginge und Frieda so lange in Doktors Wohnung einhütete, und daß wir Auguste Weigelts Jüngste mitnähmen, da der Doktor gesagt hatte, Seeluft würde dem kleinen Wesen aufhelfen, es finge an sich zu kommen. Auch dies wurde gewährt.

Herr Weigelt fragte, was er für mich thun könnte, als er es erfuhr. Ich sagte, „Halten Sie Augusten in Ehren.“ – Er entgegnete: „Frau Buchholz, eine Frau, so wie meine Frau, das ist eine Frau,“ und weiter kam er nicht. Ein Pappstoffel von Unselbständigkeit, dieser Mann. Konnte er nicht einfach sagen: ›Jawohl?‹ Doch muß man ihm lassen, er gibt nicht unnütz aus und schuftet redlich. Aber wenn er die Anleitung nicht hätte! –

So fanden wir uns Abends spät auf dem Lehrter Bahnhof zusammen, mit Koffern, Handgepäck und Schirmen. Der Doktor war völlig planbewußt, da Herr Jeckel von der Buchhandlung ihm die Reiserichtung entworfen hatte. Der kennt jede Umsteigung, jedes Liegenbleiben und wann gebimmelt wird, daß sie ihn längst hätten zum Lokomotivrath oder ähnlich ernennen müssen, denn er stellt solche Kilometer zusammen, daß wenn Einer nach Kötschenbroda will, er wegen der kombinirten Anschlüsse aus Wollust nach Eidtkuhnen dampft, woran der Staat doch seine Prozente hat.

Für Schlafwagen langte entweder die Russin nicht oder mein Schwiegersohn war mehr für die alte Methode mit miserabel durchbrachter Eisenbahnnacht. Der durchgangbare Wagen verhinderte jegliches Ausstrecken und wenn die Kinder nicht grade krabbelten, quarrten sie umzechig, bevor Morpheus sie in den Sack stach. „Recht wohlthuende Badereise,“ warf ich hin. – „Es ist nun mal nicht anders, liebe Schwiegermutter,“ wehleidete Er, „wir sind einmal keine Finanzbarone.“ – „Geizhammel,“ dachte ich unhörbar, „wenn die Rubel doch verposamentirt werden sollen, warum seinen in die Reparatur reisenden Leichnam erst durchmartern lassen? Es heißt freilich, bei zugegenem Arzt schadet Nichts, es ist aber verschieden mürbe, wie man sitzt und dem eigenen Urtheil unterworfen.“

Die Anschlüsse waren ganz gut, blos die Züge hielten sie nicht inne, weshalb die Schwierigkeit, Sylt mit Zwillingen zu erreichen, der staatlichen Nachhülfe bedarf. Selbst der vernunftbegabteste Kulturmensch wird hier zum Kolli. Aber er kommt an.

Ist man nun auf dieser äußersten Insel des Deutschen Reiches angelangt, in Westerland, wo neben den Bauerhäusern die großen Hotels aufgeschossen sind und architektonische Fremdenvillas, fragt man: „Wo ist nun die berühmte Nordsee?“ – „Hinter den Dünen.“ sagen sie, da sie friesisch nur unter sich sprechen, und man geht durch den Ort nach den Sandbergen die Treppe hinauf und dann ...

Ja dann.

Da ist es, als wenn in einem fort Königsgeburtstag geschossen würde, Donner auf Donnerhall von den Wellen, die auf den weißleuchtenden Strand stürzen, so allgewaltig, daß sämmtliche Molesten vergessen sind. Das weite, weite Meer geht mit dem Himmel zusammen und man selber ist ein Nichts. Mir fehlte mein Karl.

Wir gingen hinunter zu den vielen Hunderten, die auf dem Sande spazierten, oder in Strandkörben saßen oder platt ausgestreckt sich sonnten, viele gruben Kuten in den Sand, worin sie hausen, die Wälle mit Fähnlein besteckt, oder bauten Festungen, wie die Kinder. Die Erwachsenen hatten Ferien und Musik dazu und Verpflegungshallen mit flatternden Fahnen schwarz-weiß-roth, und Schaaren von silbergrauen Möven in der Luft, die so zuthunlich sind, daß sie hochgeworfenes Brot mit dem Schnabel fangen. Ununterbrochen rollt das Meer und stäubt sein Wasser in die Luft, die mit Salz durchzogen sich heilsam einathmet. „Hier wird es mir gut thun,“ sagte ich. – „Uns Allen,“ meinte der Doktor. – „Nun ja, es ist soviel Erholung da, daß Keiner darben braucht.“

Mit dem Logis und der Verpflegung wurden wir täglicher zufrieden. Sie kochen vortrefflich und was sehr bekömmlich ist: trotz der guten Gesellschaft aus gebildeten Ständen wird kein Toilettenluxus getrieben. Jeder giebt sich wie er ist, und das fördert die Gesundheit, die unter Zwang nur leidet, gleichzeitig mit Ersparung verbunden.

Mein Siechthum war hingegen Nebensache. Sehr billig hatten der Doktor, und unter seinem Einfluß Emmi mit, das Kindermädchen zurückgelassen, und die Enkel der Großmama aufgehalst. Dies war ihre Liebenswürdigkeit, mich mitzunehmen.

Er tunkte sich ins freie Meer, während ich nur zu athmen hatte, und Emmi Anfangs warme Bäder nahm. So hockte ich denn allein als Kinderfrau am Strande. Zum Glück erhielt ich schon in den ersten Tagen Unterstützung, nämlich Herr Spannbein und Ottilie, die wir in Italien kennen lernten, waren auch da in Begleitung von Quenglhuber und den jungen Spannbeins. Nein diese Wiedersehensfreude.

Herr Spannbein streicht jetzt Seelandschaften und Quenglhuber hat seine historischen Mücken ziemlich aufgegeben, da das Natürliche leichter Absatz findet und er das Publikum doch nicht in die Vergangenheit zurückrezensiren konnte. Er schimpfte sehr, daß er jüngeren Kritikern weichen mußte, von denen er sagte, daß sie hahnebüchenen Unsinn zusammenschreiben, was sie wieder von ihm behaupteten.

„Da muß ja das Ideal zu Grunde gehen," hüstelte er, denn er ist alt geworden. – „Sagen Sie, was ist eigentlich das Ideal?" fragte ich. – „Das wissen Sie nicht?" – „Nein." – „Nun, das Ideal ist ... Mein Gott, Sie müssen doch wissen, was das Ideal ist?" – „Aber nein." – „Nichts kann einfacher sein. Also das Ideal, oder vielmehr das Ideale ... Aber, daß Sie das nicht wissen? Lächerlich." – „Man weiter," sagte ich. Nach einigem Besinnen fing er an: „Das Ideale als Gegensatz zum Realen ist die objektiv gedachte Idee, zum Exempel des Sublimen im Menschlichen oder vice versa, beziehungsweise die ästhetische Perception des Stoffes ... Ach was, Sie wissen es ja recht gut, was ideal ist." – „Können Sie nämliche nicht auf Deutsch sagen?" – „Das war ja Deutsch." – „So? Na ja. Es muß doch sehr schwer sein, ehe die Kunst an den Wänden hängt. Aber Sie sind Großvater und ich bin Großmutter, was kümmert sie uns lange?"

Die jungen Spannbeine waren richtige Sandgräber. Unermüdlich schippten sie Dämme gegen die Wellen und sagten, diesmal sind sie stark und fest. Dann aber kam die Fluth und leckte ihre Arbeit hinweg, wie das Schicksal, das auch daherfluthet und vernichtet, was unvergänglich erstrebt schien, wenn es nur mit der Fabrik etwas wird? –

Mein Karl schrieb regelmäßig, auch daß der alte Bergfeldt entschlafen. Es sei das gut so, denn er wäre eine schwere Last geworden und selbst Auguste habe gesagt, ein sanftes Ende wäre eine Gnade, für ihn und Alle. Nun ruhe er in Frieden neben Emil. Es ging mir nahe, sehr nahe.

Ich konnte nach Hause nur berichten, daß wir uns vortrefflich befänden und Fritz und Franz bereit braun eingebrannt wären, wie Kameruner, wogegen der jüngste Spannbein mit seinem kurzgeschorenen Haar schon mehr wie ein Seehund aussah. Augustens Kleine nahm prächtig zu. Man bekommt ja auch von der Seeluft Appetit wie eine Fleischhackmaschine und dazu kräftige Nahrung, die sich fest und gesund auf den Körper herauf stoffwechselt, wodurch neue Stärkung zum Essen entsteht, die wieder das Skrophulöse bei Kindern vertreibt und den ganzen Gesammtorganismus in Wohlbefinden erneuert. Der Doktor prepelte, daß er über die Kosten kam. – Sonst ereignete sich nicht viel, wir ruhten wirklich aus.

Je länger wir blieben, je genußreicher ward es. Das Meer ist immer anders. Manchmal so und manchmal so, aber gerade in der Manchmaligkeit liegt der Zauber, war der Himmel bewölkt, dann zerrissen die Wolken zuweilen und hinter ihnen glänzte das Abendgold, daß man einen Schnitt Weltall sah, wo die Sonne herrlich schien, wie immer, während wir grau und trübe eingehüllt waren. Auch ein Wägelchen spendirte der Doktor mitunter, und wir besuchten die bildsauberen Dörfer der Insel, das Dünengebirge, die rothblühende Haide, den Leuchtthurm, der die Schiffe mit wechselndem Scheine warnt, und auch in ein altes Hünengrab mußte ich hinein. Der Hüne war nicht mehr darin, sondern eine Frau mit Stearinlichtern und empfänglich für Trinkgeld. Und wie zahm ist alles Gethier auf Sylt, weil die Jagdflinte begraben ist. Die Hasen thun, als wenn es keine Pfannen gäbe. Es ist vieles merkwürdig da. Aber das Schönste ist das Bad in den brausenden Wellen, das mein Schwiegersohn weit über Helgoland stellt, wo er früher einmal war. Mir bekam die Luft herrlich, die Nerven gaben sich und das Asthma verschwand. Der Doktor saß mehrstens in einer Kute und ergab sich dem Kartenspiel, Emmi und Ottilie machten Strandwanderungen, Spannbein malte und Quengelhuber und ich hüteten die Kinder. Wie meine eigenen wurden sie mir lieb.

In dieser Friedfertigkeit traf mich ein fürchterlicher Schreck, ein Brief mit schwarzem Trauerrand, den ich erbebend entgegennahm. „Erika!“ war mein erster Gedanke. Aber Gottlob, nein. Die Bergfeldten war so liebenswerth gewesen; sie hatte wohl noch Todesfall-Papier übrig behalten und versetzte mir einen Stoß damit. Ich achte Jedermanns Gram, aber man muß Niemand unnöthig ängstigen und das thut solches Couvert, bevor man weiß, von wem es kommt und was es enthält. Viel Vernünftiges stand nicht darin. „Sie fände sich allmälig,“ schrieb sie, „und ginge oft ihren Mann und Emil begießen. Er hätte zuletzt nichts mehr essen gemocht. Das Beste risse man doch vom Leben mit den Zähnen herunter. Wenn das vorbei wäre, sei es aus." – Und deshalb Trauerbögen. Das geb ich ihr gelegentlich.

Bei unserer Abreise konnten wir, mit Ausnahme der Bergfeldten, auf eine Reihe stärkender Wochen zurückblicken, und als das Dampfschiff in das Wattenmeer einbog und Sylt mit seinen Dünen tiefer tauchte, waren wir einig, es wieder mit Berlin aufnehmen zu können. Die große Stadt zehrt doch schließlich.

Heimath

Das Erste, was ich auf dem Bahnhofe erblickte, war mein lieber, lieber Karl. Es ist doch nichts ohne hin. Wie war mir in dem Ankunftsgedränge an seinem Arme so wohl. Er fand mich ein über das andere Mal wettergeröthet und gesund aussehend. „Ich bin es auch. Und Du." – „Ich bin froh, daß wir Dich wieder haben." – Auguste, Kinder und Mann holten die Kleine ab. Sie war zu verwundert über das frische abgehärtete Wesen, welches vor der Strand- und Sandkur eben in den Gräten zusammenhing. Herr Weigelt wollte etwas quasseln, aber wir gingen rasch ab und zwar die paar Schritte zu Fuß nach unserem Hause.

Von außen war es das alte, drinnen aber hatte es sich verändert und aus Furcht vor zu Neuem ward es mir schwer einzutreten. Aber wie man die Bilder seiner Vorstellung meistens verzeichnet, so auch diesmal.

Freilich war Manches verlegt und kleiner, aber dafür um so behaglicher und die früheren Möbel waren es auch, nur Zuvielgewordenes hatten sie abgeschafft, als mußte. Es war ein warmes Nest, darin alt zu werden.

Bettis Seite hatte eine renaissancene Einrichtung, aber ein Museum war nicht daraus geworden, weil, wenn man hustet, die Nipps und Pipps sich nur noch kaputer von den Borden fallen. Betti war so froh, mich auf Alles aufmerksam zu machen und Felix hielt sie dabei umfaßt und sah mit zu. So kam ich in der ersten halben Stunde nicht zur Ruhe. Als ich mich nun ausgelobt hatte, fragte ich: „Wo ist Frieda?" – Es trat Verlegenheit ein. – „Sie ist bei Fritz," antwortete mein Karl zögernd. „Wir wollten Dir nicht schreiben, aber nun ist die Gefahr vorbei." – „Welche Gefahr?" – „Wir fürchteten schon, Erika zu verlieren." – „Erika?" – „Jetzt ist sie durch und glückliche Mutter. Morgen sollst Du sie sehen und ihr Töchterchen." – „Und Fritz?" – „Er weicht nicht von Frau und Kind. Frieda hält bei ihm Haus." – „Das kann sie ja nicht." – „Doch," sagte Betti, „sie wollte und weil es sein mußte, konnte sie es." „Gleich gehe ich hin, hier hält mich Niemand."

Und so that ich. – Ganz leise öffnete Frieda mir. Sie hat ein wenig Taube gegessen," flüsterte sie, „Herr Dr. Paber ist heute sehr mit ihr zufrieden. Wie schön, daß Sie da sind. Sie fragte oft nach Ihnen."

Dann kam Fritz. Wie überwacht er war. Der bitterste Ernst des Lebens hatte seine Stirn berührt, ich sah die Spuren. – „Mein armer Junge." – „Nicht arm, jetzt doppelt reich, mein Weib geht nicht davon. O Schwester, welche Tage." – „Darf ich sie sehen, beide?" – Fritz ging hinein und nach einer Weile winkte er mir. Es war Dämmerlicht im Zimmer und Erika in ihrem Bette bleich, ach wie bleich. Aber der Blick war frei, sie schaute wieder vorwärts in das Leben. „Ich stand schon vor dem dunklen Thor," sprach sie. „Da rief mich eine Stimme, mein Fritz rief und ich kehrte zurück" – „Nicht solche Gedanken; wir wollen uns recht bald herausmachen, da sitzt mehr Sinn drin, nicht wahr?" – Nun sah ich das Töchterchen. Es war kräftig und wohlgebildet und schlummerte lieblich. Dies war genug für das erste Mal, aber überzeugen mußte ich mich, sonst wäre ich vor Argwohn draufgegangen. –

So hatte ich alle Hände voll. Unser Hausstand war neu und Erika nahm mich in ach wie gerne gewährten Anspruch. Auf Frieda war Verlaß und so hatten wir den Trost, daß Erika nach einigen Wochen schon kurze Zeit in dem Zimmergarten verweilen durfte. Sie wäre vielleicht rascher genesen, aber auf der Berliner Etage erholt sich schwerer, wer in halbwege ländlichen Luftbedingungen jung wurde.

Auf Onkel Fritz war die lebenskräftige Zunahme seiner Frau von sichtlichem Einfluß, die Erinnerungsqual der schlimmen Stunden nahm ab, wo die Vergänglichkeit ihren schrecklichen Mahnruf durch das Haus geschrieen und er mit furchtbarer Gewalt empfand, daß aller Muth und alle Kraft doch nur ohnmächtiges Ringen ist, wenn des Schicksals Hand sich nach unseren Lieben ausstreckt. „Aber," so sagte er, „nun ist Erika zum zweiten Male in das Leben getreten und Berlin ihre Heimath! – „Sie wird mit der Zeit sich in die Residenz finden," entgegnete ich."

Sehr angebrachtermaßen war das Töchterchen Wilhelmine genannt worden, obgleich die Krausen gemeint hatte, man hätte sie nach dem Großvater nennen müssen, aber das würde ich Erika doch verdacht haben. Die Krausen hat bereits Nachricht von ihrem Eduard erhalten, er müsse arbeiten wie ein Tagelöhner, aber er sei unverzagt und mit Leib und Seele Seemann. Mit einem Neger, der auf demselben Schiffe und von gleichem Alter wäre, habe er Freundschaft für das ganze Leben geschlossen, es sei wahrscheinlich ein gefangener Königssohn. – „Natürlich," hatte Onkel Fritz erwidert, „und dabei so echt in der Wolle, daß er nicht abfärbt." – Sie muß doch Alles berühmter haben als Andere und sollte sie es sich auch nur einbilden. –

Nach und nach konnte ich mich dem Eigenen hingebender widmen, aber doch mehr wie unterwegs, denn als ungestört, da zunächst die absichtlich stark links gelegte Bergfeldten heranstrauchelte und ein Anliegen hatte, nämlich Billette für Leuenfelsens Trauerspiel, welches sie nirgends geben wollten, und das nun in einem Stullentheater unter Beihilfe von einigen ebenfalsigen jungen Dichtern zur Aufführung gelangte. „Blos der Neid würfe ihm Knüppel zwischen die Beine," sagte sie, „aber Alle, die zu dem Poetenbund ›Neudeutschland‹ gehörten, hätten sich zusammengeschmissen um der Welt zu zeigen, daß die bisherigen Dichter Schafsköpfe gewesen seien. Sie müssen Leuenfelsens Gedichte hören," sprach sie, „mein seliger Mann kriegte das fliegende Zittern dabei, so schön." – „Die werden ihm wohl den letzten Dampf angethan haben." – „Ach nee, der Doktor hat ihn nicht gleich richtig erkannt. Er ist falsch behandelt worden." – „Von Ihnen, ja," verdolmetschte ich ihr die Wahrheit, „wo Sie sogar mit Briefkouverten meucheln." Dies hatte sie noch in Gegenrechnung.

Weil sie jedoch Leuenfelsen auf das Stück unverantwortlich gepumpt hat, nahm ich ihretwegen sechs Billets zur „Völkerschlacht." Ihre Tochter zieht mit Familie zu ihr und wird das Vermiethen weiter betreiben und so hoffen sie sich durchzuschlagen. Auguste wird schon Wohlgefallen hineinbringen.

Die Billette erwiesen sich als sehr gelegen, dann anstatt mir Ruhe zu lassen, waren Kliebischs nach Berlin gekommen und da ich sie vor Jahren eingeladen, besuchten sie uns. Die Kliebischen hat tüchtig ausgelegt, in Pommern muß es nahrhaft sein mit Spickgans und was sie sonst groß ziehen. Freilich gehörte ihre Schönheit bereits der Geschichte an und eben deshalb wollte sie ihre Speiseanstalt bei einem Zahndoktor neu möbliren lassen. Ihr Mann hingegen war wegen großer Sorgen hergereist, weil doch auf der Naturforscherversammlung in einer wissenschaftlichen Rede geredet worden war, die Landwirthschaft könne sich nun gänzlich begraben lassen, da nächstens alle Produkte, wie Mehl, Fleisch, Milch und Brot mittelst Chemie hergestellt werden würden, sämmtlich aus Luft und Wasser, mit etwas Mineralreich mang. „Dann bin ich ruinirt," sagte Kliebisch. – „Hat man das wirklich verkündet?"

fragte mein Mann. – „Es stand in allen Blättern, das goldene Zeitalter bräche herein und jede Nahrungssorge würde beseitigt sein!“ – “Es war wohl nur Hirngespinst?“ – „Bewahre, Virchow saß dabei und hat nicht dagegen gesprochen, der ja sonst jeden Fehler im Reichstag aufdeckt, das muß schon so richtig sein, wenn ich nun in Berlin solche Maschine kaufen könnte, wäre ich schön heraus, Luft und Wasser und Sand haben wir bei uns ausgezeichnet zu den künstlichen Nahrungsmitteln.“ – „Wenn sie nur bekömmlich sind?“ warf ich ein. – „Und es fragt sich, wie hoch die Herstellungskosten sich belaufen?“ sagte mein Mann. – „Danach will ich mich eben erkundigen.“

Die Kliebischen war total Ackerbauerin geworden und verstand mehr von Kartoffeln als früher von Noten. Zur Musik hat sie wegen Milchwirtschaft keine Muße und auch ihre Kinder lernen nicht, da es an Begabung fehlt. „Statt dessen haben wir das Geld für die Stunden genommen,“ sagte sie, „und die Knaben in die Militärversicherungsanstalt eingekauft, die zahlt eine hübsche Summe aus, wenn sie dienen müssen. Kommt die Landwirthschaft durch die neue Lufterfindung noch mehr herunter, wird das eine große Beihülfe sein. Hinnerich ist recht in Unruhe und bereut sehr, sich bis jetzt nicht genug mit der Wissenschaft eingelassen zu haben.“ Auch Herrn Kliebischs Bruder war mit, ebenfalls Landmann; ein Wittwer und groß und stattlich. Als er mir guten Tag sagte, meinte ich wirklich für einen Groschen Kleinholz in die Hand zu kriegen. Er sagte: und wenn sämmtliche Professoren an der Maschine drehten, es sollte ihnen schwer fallen, ein fettes Mastkalb fertig zu bringen. Ein sehr vernünftiger Mann.

Kliebischs mußten mit nach Leuenfelsens Stück „die Völkerschlacht“, wozu sich nicht nur alle Leuenfels-Bergfeldtischen Bekannte eingefunden hatten, sondern noch einiges Publikum mehr. Auch Amanda war unterstützungsbereit gewesen, ebenso der Doktor mit Emmi. Wir bildeten eine gehörige Clique und die Bergfeldten saß neben mir und sagte, das Stück würde Tausende einbringen, weil das Geistliche mit einer Guitarre über das Materische siegte. – Sie muß es ja wissen. Der erste Akt war ausgezeichnet. Sie spielten in Thierfellen, um die wilde Vorzeit darzustellen und dann verwandelte die Bühne, und mit Gesang und Lautenspiel befand man sich in gesitteten Gegenden der Menschheit. Sie sangen und sagten ein Leuenfelsisches Gedicht nach dem andern auf. – „Ist es nicht bildschön?“ fragte die Bergfeldten. – „Mir gefällt es“, sagte ich. – Als der Vorhang fiel, wurde applaudirt und Leuenfels erschien, bedeutend in die Brust geworfen. Wir waren ja auch sehr viele Freunde und dann die Kliebischs mit den großen Händen!

Nun kam der zweite Akt. Der war beinahe ebenso wie der erste, weil die Wilden auf Raub auszogen und richtig nach denen mit den Barbierflügeln hinkamen. Die Grobheiten, die sie sich sagten! Au! Das Publikum rief ›Da Capo‹ – ›noch einmal‹ und wie der Eine nun seine Laute nahm und haute den Anführer der Wilden mit der alten Githit auf die Hörner, daß die Splitter flogen und er todt hinstürzte, war der Lärm schon nicht mehr schön. Ein Theil zischte, ein Theil klatschte und trampelte und Welche pfiffen, weshalb Mehrere den Schauplatz aufgaben. Wir blieben jedoch, um noch das wehende Todtenhemd zu sehen. Es flatterte aber nicht an der Fahnenstange wie es sollte und machte keinen großen Eindruck. Leise fragte die Bergfeldten mich: „Ob ich wohl meine Miethe kriege?“ – Dies wußte ich nicht.

Der Verabredung gemäß, gingen wir nach dem Stück in den Rathskeller, wo Leuenfels gefeiert werden sollte. Er schimpfte mächtig. „Sein Stück wäre zu titanenhaft für die blöde Menge, der echte Poesie verschlossen sei. Er aber wäre ein Volldichter trotz Toben und Pfeifen seiner Feinde.“ – „Sie haben sich für Ihr ganzes Leben mit unsterblichem Ruhm bedeckt,“ sagte ich. – „Gewiß,“ entgegnete er. „Es thut wohl, zu erfahren, daß noch Urtheilskraft da ist. Wir dichten weiter.“ Der Doktor sagte halblaut, er sollte lieber Souffleur beim Affentheater werden.

Doch Drama versteht Er nicht so. Hingegen hatte Er Kliebisch belehrt, daß die Kunstnahrung nur erst theoretisch sei, gewissermaßen als amüsante Seite der Wissenschaft, denn richtig wäre es, aber gehen ginge es nicht. Da stieß Kliebisch einen fürchterlichen Fluch auf das Theoretische aus und bestellte Freudenwein. Mein Karl gab einige Flaschen dagegen aus, aber Kliebisch wieder feinere Sorten, und versprach dem Doktor einen Schinken in den Haushalt.

Die Gelegenheit, sich auch mit einer Pulle zu revanchiren, beachtete der Doktor weiter nicht. Amanda unterhielt sich handfest fröhlich mit Herrn Kliebisch Bruder, während Leuenfels ausschließlich von seinem Stück sprach und sich mächtig mit sich selbst begeisterte, bis der Kassenbote vom Theater kam.

„Her mit dem Ehrensold,“ rief Leuenfels großmäulig, „es wird der Dichter mit fürstlichem Geschenke nicht kargen.“ – „Der bringt die Miethe,“ sagte die Bergfeldten. – „Ist dies die Abrechnung?“ fragte Leuenfels, als er den Zettel gelesen, den Jener ihm reichte. „Was soll das? Was ist das?“ – „Die Billette zum Selbstvertrieb und Ihr Antheil von heut Abend gehen gerade auf, bleiben noch sechs Mark für die Laute.“ – „Wieso?“ – „Sie verlangten eine echte Laute zum Todtschlagen, die kostet alt sechs Mark.“ – „Ich soll noch zubezahlen?“, – „Sechs Mark.“ – „Die können von den nächsten Tantiemen abgezogen werden.“ – „Die Völkerschlacht ist abgesetzt, sie wurde zu schlimm angeblasen.“ – Mein Karl lieh Leuenfels das Geld und der zog kleinlaut mit der Bergfeldten ab. Es scheint doch, als wenn Trauerpiele so ihre Eier haben. Nun, Auguste weiß uns zu finden.

Als wir zu Hause angelangten, erwarteten Betti und Felix uns. Es war Nachricht von Max eingetroffen. – „Und?“ fragte ich. – „Er will nicht glauben, was ich ihm schrieb,“ sagte Felix, „daß Frieda eine Andere geworden.“ – „Wenn er sie nur sähe.“ – „Ganz meine Meinung,“ sagte Felix. – „Erlauben Sie, meine.“ – „Mama, Felix hat schon ausgedacht, daß er übermorgen, wenn Max gekommen ist, mit ihm ins Residenztheater geht in eine Loge, wo ihn Niemand so leicht sieht, und Ihr und Kliebischs nehmt Frieda ebenfalls dahin.“ – „Ich habe vorläufig Theater genug.“ – „Mama, Friedrich Haase spielt den Königslieutenant, seine berühmteste Rolle, und so elegant wie Direktor Anno seine Bühne hat, das müssen Kliebischs doch sehen. Frieda geht unbefangen mit.“ – „Kinder, aber meine Nerven!“ – „Die hast Du auf Sylt gelassen.“ – „Denn man zu.“

Der Abend wird mir unvergeßlich bleiben. In dem ersten Zwischenakt machte mir die Kliebischen die Anzeige, daß ihr Schwager sich um Amanda Kulecke bewerben würde, was ich davon hielte? Sie gefiele ihm unmaßen. – Ich sah ihn mir genau an. Etwas glich er Onkel Fritz, nur war er derber. „Versuchen Sie Ihr Heil,“ rieth ich. Das wunderbare Spiel des großen Künstlers nahm hierauf meine Aufmerksamkeit gefangen, daß ich weder an Amanda, noch an Frieda dachte. Er mußte bei offener Scene heraus und die Leute riefen entzückte Bravos. Da mit einem Male fährt Frieda zusammen. „Seine Stimme!“ schreit sie und aufgestanden und sich umgeschaut. Und wie sie Max erblickt, sinkt sie bewußtlos auf mich.

Mit Zuvorkommenheit halfen die nächsten Herren mir, Frieda hinauszugeleiten, der Logenschließer holte Wasser, sie zu beleben, und nun er damit kam, stand er erstaunt zu sehen, wie ein junger Mann vor dem jungen Mädchen kniete, das weinend seinen Hals umschlang, während da drinnen die Leute dem Schauspiel zusahen, hatten wir unser Drama auf dem Corridor. Aber es nahm einen erfreulichen Verlauf und wenn es auch ohne hier- und daige Kabbelei später nicht abgehen wird, so ist es doch meine Ueberzeugung, daß

Max auf mehr Glück rechnen kann, als Viele andere. Ich kenne die Frieda jetzt. Sie wird immer mehr einsehen daß die Zufriedenheit der höchste Erwerb ist, das Glück, welches Alle suchen und die wenigsten finden, weil es ihnen zu unscheinbar ist.

Bevor der Akt endete, befanden wir uns in einer Droschke auf dem Heimwege. Dann ließ ich die Beiden allein, weil es doch sehr stört, wenn Zweie sich aussprechen wollen und der Dritte kann nicht wegfinden. –

Die Kliebischen kam eines Tages wie verjüngt an und konnte frei lächeln, ohne wie bisher den Mund mit der Hand zu schirmen und ihr Heinerich fand seine frühere Zärtlichkeit wieder. Hatte er sich seiner Zeit in ihre Schmelzperlen verliebt, war es ihre Pflicht für Erneuerung zu sorgen, denn wie oft schwindet die Liebe mit den äußeren Reizen.

Noch vor der Abreise Kliebischs war Amanda Braut. Sie besuchte uns mit ihrem Athleten und nannte ihn ihren Flügelmann. – „Er soll es furchtbar gut haben," vertraute sie mir. Und das wird er auch. –

Als der erste Schnee fiel, nahte wieder die Zeit, an den Tag der Gaben zu denken, von Jahr zu Jahr waren ihrer mehr geworden, die an meinem Herzen hängen, aber die Liebe darin ward nicht weniger, o nein, sie nahm zu, je mehr sie vertheilt wurde. Es muß doch wahr sein, daß sie unerschöpflich ist.

Für Fritz und Franz fand ich das alte Puppentheater geeignet, das auf dem Boden doch nur verkam; es zurechtzukleben und auszubessern, war für mich und meinen Karl eine unterhaltende Abendbeschäftigung. Trotz der Fabrik hatte er weniger Arbeit, denn Felix nahm ihm das Meiste ab. An ihm haben wir einen wahren Schatz.

Und so saßen wir und pappten die Könige und Königinnen, Ritter, Grafen, Bauern und Bettler und machten neue Drähte an den Figuren fest.

„Es ist merkwürdig," sagte ich, „mit dem besten Willen kann ich nicht ohne Thätigkeit sein." – „Und doch," entgegnete mein Karl, „wollte Jemand ... Namen nenne ich nicht ... sich ganz in Ruhe zurückziehen." – „Karl, man hat manchmal Ansichten, aber man rennt damit gegen. Wie kann Großmama Buchholz wohl Ruhestand verlangen, wo blieben die Kinder, die Enkel? Ach, Karl, ich kann Onkel Fritzens kleine Wilhelmine nicht sehen ohne den Gedanken: so hilflos war ich auch einst, wie dies süße Wesen, das ganz meinen Namen trägt. Wird auch sie heranwachsen wie ich, ebenso mit geflochtenen Zöpfen und Aermelschürze, wird auch ihr so reicher Segen, wie mir auf Erden ward, findet sie dereinst ein treues Herz, wie Dich? Das erleben wir wohl nicht mehr." –

„Der Tag geht zu Rüste," sprach mein Karl, „der große Sonntag des Friedens am Ende unseres Jahrhunderts. Sanft verglüht sein Abendroth, aber was wird der Morgen bringen?" –

„Karl, weißt Du, einmal muß der Mensch verlassen, was er liebt, aber die Zurückbleibenden lenkt eine starke Hand durch das Unbeständige der Heimath zu. Wenn wir lenken wollen, haben wir den richtigen Draht nicht. Gerade wenn man meinte, es recht schlau angefangen zu haben, sah man hinterher das Mißgegriffene ein, und wenn es so kam, wie es sollte, geschah es ohne unser Zuthun. Blick' nur zurück auf unser Leben, wie war es sonnig durch Dich, Du Herzensmann, durch Dich, den er mir gab, unser Vater im Himmel."

Wir schwiegen Beide. Die Zeit zog leise vorüber und unsere Gedanken folgten ihr.